SHERLOCK HOLMES

图解

夏洛克·福尔摩斯关键词

[日]北原 尚彦 著

[日]毛毛草工房 绘

方宓 译

華中科技大學出版社
http://www.hustp.com
中国·武汉

有书至美
BOOK & BEAUTY

前言

自大侦探夏洛克·福尔摩斯※问世，至今已有一百多年了。作为一部小说，单论能够被世人持续阅读至今，便已十分了得（距离笔者第一次读福尔摩斯竟已50年）。此外，除了原著，围绕着福尔摩斯还衍生出各种各样的作品，比如仿作、漫画、电影、游戏等。若想享受福尔摩斯带来的乐趣，就必须体验所有的作品。

本书介绍了福尔摩斯原著中的各个故事以及其中的主要角色，不仅如此，本书还力求能够成为与整个“福尔摩斯文化”相关的辞典。然而，福尔摩斯的世界实在太广阔，以致无法面面俱到。笔者撰文时，本着“重要、有趣”的原则加以选取，受限于个人喜好，无法兼顾，还望读者见谅。为弥补缺憾，笔者尽量奉上第一手资料（包括当前热播的电视剧或动画）。

※编者注：本书中的主要人物名及案件名，译法参考群众出版社2014年版《福尔摩斯探案全集》。部分原著角色的台词及外貌描写，参考果麦文化版《福尔摩斯探案全集》。

入选本书的词条，从文学作家至当代演员，古今中外兼容并蓄。笔者认为，这也印证着“福尔摩斯”这一文化符号的渗透度之深与知名度之高。

在广大的福尔摩斯爱好者中，仅读过原著者有之，仅看过某些影像作品者亦有之，希望本书能在各位不知从何入手时助一臂之力。

北原尚彦

不忍释卷

本书导读

本书列举了“原著”“出场人物”“出场物品”“相关作品”“相关人物”等，无论是狂热的粉丝，还是入门的萌新，都能从本书中获得所需的信息。

❶ 词条

❷ 解说

无论是行内知识，还是令人莞尔的故事节选，都收录其中。

版了1卷的此作就停止发行了，后续作品令人期待。

❶ 鲍勃·卡勒瑟斯

❷ 《孤身骑车人》中的出场人物，他居住在萨里郡边界，法纳姆近郊的奇尔特恩庄园，妻子已过世。他聘请了瓦奥莱特·史密斯小姐，作为自己10岁女儿的音乐教师。此前他一直生活在南非，并在那里认识了史密斯小姐的叔叔拉尔夫·史密斯。

《波西米亚丑闻》

载于《斯特兰德杂志》1891年7月刊，收录于《冒险》。有一天，福尔摩斯的住所来了一位戴面具的客人，他就是波西米亚国王。他年轻时曾与歌剧女演员艾琳·艾德勒有过一段感情，此次来访的目的，是想通过福尔摩斯，从艾琳手中夺回照片。福尔摩斯对此展开了调查，这就是故事的大致内容。这是继长篇《血字的研究》《四签名》之后，以短篇形式创作的系列作品中最早的一个。福尔摩斯对女性没有好感，但他唯一尊敬的女性就是艾琳·艾德勒，她永远是福尔摩斯口中的“那位女士”。

关于“原著”60篇，在每段解说的开头，均注明首刊杂志（如有美国版，则备注在后缀括弧内），以及收录此案的短篇集。

短篇集以下列简写表示：

《冒险史》→《冒险》

《回忆录》→《回忆》

《归来记》→《归来》

《最后致意》→《致意》

《新探案》→《探案》

带“外框线”的插图，系“原著”作品。

- 本书谢绝剧透，因此今后想要接触福尔摩斯相关作品的读者，也可以安心阅读。本书附有大量专栏及插图，可以从自己喜欢的页面开始朗读、默读及玩味。当真正接触过作品之后再来读本书，更会升级开心指数。
- 在本书的附录“双六盘棋”中，还可查到维多利亚时期的伦敦旅游地图，以及按照时间顺序追踪福尔摩斯遇到的案件。

※本书内容更新至2019年11月。
※本书（日文版）收录的“原著”标题，以及引用内容均取自光文社文库版。

目录

※原则上对本书记录的人物略去敬称。

主要人物介绍

黑发、黑眉、灰色眼珠，目光犀利，鹰钩鼻。

抽烟。特别喜好抽烟斗，拥有各种烟斗。

一边倾听委托人的讲述，一边思考时，双手习惯性地指尖相对。

身高6英尺（约180厘米）。因身材极瘦而显得更高。

身着双排扣长礼服，具有强烈的因弗内斯色彩。

大学毕业之后，在蒙塔古街开设侦探事务所。

有着知识分子的外表，却擅长拳击和东洋武术。臂力惊人，曾有过徒手掰直拨火棍的壮举。

酷爱做化学实验和拉小提琴。

查案期间废寝忘食，无案可查时则变得很颓废。

SHERLOCK HOLMES

夏洛克·福尔摩斯

著名侦探。受警方或普通人委托查案的“顾问侦探”。

在夏洛克·福尔摩斯的原著中，
既有以福尔摩斯、华生为主频繁出场的角色，也有出场仅一次，
但给人留下深刻印象的角色。以下将对这些主要人物加以介绍。

JOHN H.WATSON

约翰·H. 华生

福尔摩斯的助手，负责为其记录案件。1878年获得伦敦大学医学博士学位。

MRS. HUDSON

哈德森太太

福尔摩斯租住的贝克街221B号的房东（曾在《空屋》等故事中出场）。

MYCROFT HOLMES

麦考夫·福尔摩斯

夏洛克·福尔摩斯的哥哥（曾在《希腊译员》等故事中出场）。从表面看是一个下级公务员，实则是政府中的重要人物。是第欧根尼俱乐部的成员，该俱乐部由一群讨厌社交的会员组成。

- 满头银发，圆额头形成一道白色弧面，眼眶深陷。脑袋喜欢一刻不停地左右摇摆，像只奇怪的爬行动物。
- 身材瘦削、颀长，驼背。

PROFESSOR JAMES MORIARTY

詹姆斯·莫里亚蒂教授

作者将其设定为超级反派，是夏洛克·福尔摩斯的宿敌（曾在《最后一案》中出场）。他的社会身份是大学的数学教授，其实是世界犯罪组织的首脑，被福尔摩斯称为“犯罪界的拿破仑”。

- 歌剧女低音，华沙帝国歌剧院首席女歌手
- 波西米亚国王年轻时的情人。与福尔摩斯也有过交锋，是福尔摩钦佩的女人。

IRENE ADLER

艾琳·艾德勒

福尔摩斯始终称呼其为“那位女士”（曾在《波西米亚丑闻》中出场）。1858年生于美国新泽西州。

身材短小精瘦。作者将其容貌描写成“黄鼠狼”或“斗牛犬”，果真如此吗？

即使是一点小事也要与福尔摩斯商量，并为其提供线索。

福尔摩斯称其在苏格兰场那帮人中算是一名“佼佼者”。

INSPECTOR LESTRADE

雷斯垂德警探

苏格兰场警探，与福尔摩斯协同探案（在《血字的研究》等故事中多有出场）。

其他角色
警探·协作者

INSPECTOR TOBIAS GREGSON

托拜厄斯·格雷格森警探

雷斯垂德警探的对手。曾在《血字的研究》《红圈会》等故事中出场。

BAKER STREET IRREGULARS

贝克街小分队

混迹于伦敦街头的一群流浪少年，为福尔摩斯探案提供帮助以换取报酬。为首的少年名叫威金斯。在《血字的研究》《四签名》等故事中均有出场。

TOBY

托比

为史宾格犬与勒车犬交配所生，嗅觉极其灵敏，福尔摩斯夸赞其“比警察还有用”。曾在《四签名》中出场。

福尔摩斯辞典

《I AM SHERLOCK》(我是夏洛克)

这是小学馆于2017—2018年刊载的漫画，由高田康太郎绘制，伊绪直道负责脚本。这是一部近未来科幻推理漫画，以AI设定的夏洛克与退伍军人约翰为双主人公。BBC版电视剧《神探夏洛克》中的福尔摩斯生活在现代社会，而这部漫画中福尔摩斯的故事则发生在未来。漫画中的案件也都是在原著基础上改编而成的。

艾萨克·阿西莫夫

美国科幻小说作家、推理小说作家、科学家（1920—1992年）。作为世界三大科幻作家之一，他以“机器人学三定律”为世人所知。他还是一位狂热的福尔摩斯迷，在其短篇小说《终极犯罪》(收录于《黑鳏夫俱乐部2》)中，对莫里亚蒂教授的“小行星动力学”进行了论考，并加入了BSI（→参考“贝克小分队”）。此外，他还曾写过福尔摩斯主题的limerick（五行打油诗），以及编撰福尔摩斯的科幻戏作选集等。

艾琳·艾德勒

这是《波西米亚丑闻》中的出场人物。1858年生于美国新泽西州，女低音歌手，曾在意大利米兰斯卡拉歌剧院演出。她是华沙帝国歌剧院的首席女歌手，后从剧团引退，移居伦敦。她与波西米亚国王过从甚密，与其留下过合照。波西米亚国王委托福尔摩斯拿回这张合照，案件结束后，福尔摩斯尊称艾琳为“那位女士”。在整部小说中，艾琳女士是一个大IP,《身份案》《蓝宝石案》《最后致意》中都曾提到过她的名字。坊间对二人的关系有各种说法，比如福尔摩斯爱着艾琳，与艾琳育有子嗣等，但都是“一种演绎”而已。卡罗尔·纳尔逊·道格拉斯以艾琳·艾德勒为主人公，创作了一系列仿作。截至2019年，其相关作品在日本出版的包括《晚上好，福尔摩斯先生》《您醒了吗，艾琳？》《您好，华生博士》。其他以艾琳为题材创作的仿作还有很多（→参照第009页“主要人物介绍”）。

《蓝宝石案》

载于《斯特兰德杂志》1892年1月刊。收录于《冒险》，讲述从被拾获的大肥鹅的腹中发现宝石的故事。因为是莫卡伯爵夫

人被偷的宝石，福尔摩斯逆向追踪鹅的买卖路径，从而追踪到了罪犯。这是一个发生在圣诞季的故事。原作名称为*The Blue Carbuncle*，日文版将故事名称译为《蓝色石榴石》，当时还曾就采用何种译名产生过争论。

《红圈会》

载于《斯特兰德杂志》1911年3月刊、4月刊（《斯特兰德杂志》美国版1911年4月刊、5月刊）。收录于《致意》。瓦伦太太向福尔摩斯求助，委托其调查她的一位奇怪的房客，在她的叙述中，“这位房客整天不见踪影，连需要什么东西也都写纸条告知”。这个案件后来竟发展成为国际大案，美国真实存在的平克顿侦探社也有出场。对于出现的密码，福尔摩斯虽然可以破解，但密码也存在疑义。福尔摩斯经不住瓦伦太太的恭维，同意接受委托，也反映出他可爱的一面。

《红发会》

载于《斯特兰德杂志》1891年8月刊。收录于《冒险》。开当铺的杰贝兹·威尔逊加入了“红发会”，一个仅接收红发人的组织。在这里，他只需完成简单的工作，便可获得高额的报酬。但是有一天，红发会突然解散了。威尔逊感觉十分可疑，故而向福尔摩斯求助，由此揭开了一宗犯罪大案的面纱。故事中所使用的阴谋被称为“红发阴谋”，柯南·道尔在《三个同姓人》中再次使用了这个阴谋（可谓异曲同工）。

阿加莎

在故事《米尔沃顿》中出场，是米尔沃顿家的女仆。福尔摩斯假扮成水管工埃斯科特，为了套出情报而接近阿加莎，结果竟与其订婚。阿加莎之后的命运令人担忧。

阿加莎·克里斯蒂

英国侦探小说家（1890—1976年），人称“推理小说女王”。她留下了大量作品，包括以名侦探波洛为主角的《东方快车谋杀案》，以玛普尔小姐为主角的《破镜谋杀案》等。在她发表处女作《斯泰尔斯庄园奇案》（1920年）时，柯南·道尔仍然活跃在小说界，因此二人的创作时期有所重叠。以汤米和托彭丝为主角的《犯罪团伙》各篇都是推理小说的戏作。克里斯蒂在1926年时神秘失踪，当时柯南·道尔也对此事发表了评论。

《空屋》

载于《斯特兰德杂志》1903年10月刊（《柯林斯周刊》1903年9月26日刊）。收录于《归来》。根据华生的记录，此案发生在1894年春天。这基本上是一个独立的福尔摩斯作品，但唯独这部作品必须在读过《回忆》中的《最后一案》之后再读。在《最后一案》中，福尔摩斯和莫里亚蒂教授双双跌入莱辛巴赫瀑布，未料数年之后福尔摩斯突然归来，并说出了此前的真相。看到活着出现的福尔摩斯，华生的晕倒表现得十分可爱。福尔摩斯这次的对手，是为莫里亚蒂效力的人中排名第一的神枪手莫兰上校。之所以能够出现这幕“复活剧”，正是因为未在莱辛巴赫瀑布潭中发现福尔摩斯的尸体。莫非柯南·道尔考虑过一丝让福尔摩斯复活的可能性呢？

老阿克顿

《赖盖特之谜》的受害者，是一个身材矮小的中年绅士，住在萨里郡的赖盖特，是郡里的富豪。盗贼从他家中偷走了一些杂七杂八、毫无关联的东西（一本亚历山大·蒲柏翻译的《荷马史诗》残卷、两个镀金的烛台、一个象牙镇纸、一个橡木小气压计、一个麻线团），以此拉开了《赖盖特之谜》的序幕。

《魔鬼之足》

载于《斯特兰德杂志》1910年12月刊（《斯特兰德杂志》美国版1911年1月刊、2月刊）。收录于《致意》。1897年春，因工作繁忙而身心俱疲的福尔摩斯，和华生一起在康沃尔郡疗养时遭遇此案。特里根尼斯兄弟精神失常，妹妹布伦达神秘死亡，福尔摩斯抱病出马侦破此案。由于案中涉及科学性的神秘物质，艾萨克·阿西莫夫等人将其归入科学幻想类小说之列。

阿瑟·卡多根·韦斯特

《布鲁斯-帕廷顿计划》中的出场人物。阿瑟是伍利奇兵工厂的职员，有一天，他突然将未婚妻瓦奥莱特·韦斯特伯里丢在大雾中，独自消失了。此后，人们在奥尔德盖特地铁站外，隧道口的铁轨左侧发现了他的尸体。在他的口袋中，有一份本该被严密保存的潜水艇设计图。从官方角度来看，这简直就是一个灾难。

阿瑟·柯南·道尔

阿瑟·柯南·道尔爵士（1859—1930年）是一位英国作家，因创造了福尔摩斯这个人物而闻名全球。严格来说，“柯南·道尔”是一个复姓。作家毕业于爱丁堡医科大学，自幼热爱文学，学生时代便在杂志上发表小说。开业行医期间病人鲜少，他得以在闲暇时间从事写作。后在《斯特兰德杂志》上连载福尔摩斯短篇作品而声名大噪，从此走上职业作家的道路。然而，作家真正想写的，其实是描写骑士制度的历史小说，为此他曾一度终结了福尔摩斯的作品，但经不住读者和编辑的一再要求而重启创作。后来作家被授予爵位，并非因其创造了福尔摩斯这一人物，而是为了嘉奖其在波尔战争期间发表文章拥护英国。作家还创作了著名的科学幻想小说《失去的世界》，在侦探小说、科幻小说、历史小说、怪奇小说、通俗小说等广泛领域都有所建树。作家爱好体育，他曾参加板球运动，并在瑞士滑雪。他沉迷于心灵学，晚年曾为了普及心灵学而巡回各地讲演。在《乔治·艾达吉案件》及《奥斯卡·斯莱特案件》中，作家化身侦探展开调查，终于使真相大白于天下。作家的发妻露易丝·霍金斯因患肺结核去世之后，他与珍·勒奇再结连理。他虽育有数名子女，却无孙辈，因此并无直系子孙留存于世。作者自己创作的福尔摩斯知名度明显更高，但《名侦探柯南》的问世，也使柯南·道尔的名气略有回升。

埃瑟尔尼·琼斯警探

苏格兰场的警探,《四签名》中的出场人物,他身材肥胖且魁梧,生得一张红脸。用福尔摩斯的话说,他是一个带来棘手案件的警察。他有时会把福尔摩斯当傻瓜,但实在说不上是个有能力的人。

阿德尔伯特·格鲁纳男爵

《显贵的主顾》中出场的恶棍,是福尔摩斯口中的“奥地利杀人犯”。所谓的“施普吕根山口事故”,其实是他自导自演的杀妻案。据基蒂·温特小姐说,他还犯过一两件杀人案。就是这样一个恶人,竟然骗过德·梅维尔将军,与其千金瓦奥莱特小姐订婚。而另一方面,他又是骨灰级的书籍和艺术品收藏家,对中国的陶瓷和日本的历史非常精通。

《格兰奇庄园》

载于《斯特兰德杂志》1904年9月刊(《柯林斯周刊》1904年12月31日刊)。收录于《归来》中。案件发生于1897年冬天,肯特郡格兰奇庄园的大富豪尤斯塔斯·布拉肯斯托爵士被杀。也正是在这个故事中,产生了一个金句“好戏登场了”(→参照“好戏登场了”)。

"看得出来，您刚从阿富汗回来"

福尔摩斯的金句之一。他在《血字的研究》中第一次见到华生，后者还未开口介绍自己，福尔摩斯便说出了这句台词。这无疑得益于福尔摩斯敏锐的观察力和推理能力，瞬间令华生大为震惊。

阿富汗战争

严格意义上应称为"第二次阿富汗战争"，华生随军担任军医，在迈旺德战役中负伤，后又因感染伤寒而被送回英国。塞巴斯蒂安·莫兰上校也参加了这场战争，并在其中战功显赫。在21世纪的现代，阿富汗也曾发生过纷争，因此在BBC拍摄的现代版电视剧《神探夏洛克》中，华生的人设依然是从阿富汗回来的退伍军医。

《或者所有有酒的海洋》

这是筒井康隆的小小说，是对阿夫拉姆·戴维森所著小说《或者所有有牡蛎的海洋》的戏仿。后者的书名来自《临终的侦探》中，福尔摩斯说的一句台词（胡话）"牡蛎的繁殖能力那么强，为什么没有铺满整个海床呢？"但这两部作品的内容都与福尔摩斯无关。

艾丽斯·特纳

《博斯科姆比溪谷秘案》的委托人，约翰·特纳的女儿。她与本案的嫌疑人詹姆斯·麦卡锡相爱，坚信后者是无辜的。她希望雷斯垂德警探能够助其洗刷爱人的不白之冤，而束手无策的警探转而向福尔摩斯求助。华生盛赞艾丽斯小姐是自己"有生之年见过的最美的姑娘"。喂，身为人夫的华生先生，这样说真的好吗？

亚森·罗宾

法国作家莫里斯·勒布朗塑造的侠盗。在作家的作品中，罗宾多次与戏仿侦探“福尔摩斯”交战。虽然日本习惯将罗宾的这位对手译作“夏洛克·福尔摩斯”，但实际上他的名字是与之非常接近的Herlock Sholmès（爱洛克·休尔梅）。该人物出现在短篇小说《福尔摩斯姗姗来迟》、单行本《亚森·罗宾智斗福尔摩斯》《奇岩城》中，在《813之谜》《813之谜续集》的小说幕后也有出场。仅《福尔摩斯姗姗来迟》在杂志刊登之初采用了“Holmes”，后因涉嫌侵权而改为“Sholmès”。因《奇岩城》中的“福尔摩斯”（实际上是“休尔梅”）多行不义，有不少罗宾迷开始讨厌福尔摩斯。

阿尔塔芒

《最后致意》中的人物，一个爱尔兰裔美国人。他在英国期间，向德国间谍冯·博克出卖了各种情报。他60岁左右，个子瘦高，留着山羊胡。对葡萄酒要求甚高，喜欢喝帝国托卡伊（产自匈牙利托卡伊地区的著名葡萄酒）。

亚历山大·霍尔德

《绿玉皇冠案》的委托人。开了一家霍尔德-史蒂文森银行，住在斯特里特哈姆的费尔班克别墅中。他曾向“英国身份最尊贵、最高贵、最荣耀”的人物贷款5万英镑，并奉上了“绿玉皇冠”作为贷款抵押。不幸的是，皇冠上的三颗宝石不翼而飞。为追回失物，他来到福尔摩斯的住处向其求助。

亚历克·麦克唐纳警探

《恐怖谷》中的人物，苏格兰场的一名探员，将福尔摩斯卷入《恐怖谷》中。他出身于苏格兰，阿伯丁口音浓重。警探身材高大、粗壮，兼有肌肉和理智，是一名合格的警察。案件发生时警探尚年轻，但他在此案中崭露头角，很快便在全国声名大振。因获得了福尔摩斯的帮助，而对其怀有深深的敬意。福尔摩斯对他很宽容，亲切地称其“麦克先生”。这位警探虽只在《恐怖谷》中出场，却给读者留下了很深的印象。

阿洛伊修斯·加西亚

《威斯特里亚寓所案》的受害者，是一名西班牙裔青年，会说一口流利的英语。他和蔼可亲，相貌英俊，受退休酿酒商梅尔维尔的熟人约翰·斯科特·埃克尔斯先生之邀，来到威斯特里亚寓所。然而就在次日早上，加西亚与别墅中的用人一起失踪了。在距离别墅大约1英里的奥克斯肖特公地上，发现了他的尸体。在福尔摩斯介入调查之后，他身上的秘密逐渐大白于天下。

案件

日本的网络用语，指与福尔摩斯相关的事物或现象，也可以说“北原案件”。原本是指所有的福尔摩斯、科幻、旧书信息的“北原向案件”，在流传过程中有了特指的含义，词语也被省略了。后来这逐渐形成了一种惯例，当找到福尔摩斯的相关信息之后，就会问一句“这是案件吗？”

安斯特拉瑟医生

伦敦的医生。华生经营诊所时期，每当必须与福尔摩斯一起行动而无法行医时，便托其帮忙。在《博斯科姆比溪谷秘案》的开头，华生收到福尔摩斯发来的电报，望其同往博斯科姆比溪谷查案。华生因当时手中还有病人而无法决定，其夫人便说“安斯特拉瑟会帮忙处理的”(事实是，华生立即就出发了)。在《驼背人案》中，华生将诊所临时托付给了杰克逊医生。从此案发生的时间推测，这位“杰克逊医生”很有可能就是“杰克逊·安斯特拉瑟医生”。

安东尼·赫洛维兹

英国作家，生于1955年。因创作“少年间谍艾列克”系列和“钻石兄弟”系列而知名。2011年全球同步上市的《丝之屋》，作为第61个福尔摩斯作品，是柯南·道尔产权会唯一认证的福尔摩斯新故事，一时间成为读者热议的焦点（日文版于2013年问世）。2014年创作的《神探夏洛克·莫里亚蒂》使读者大为震惊（日文译本于2015年问世）。后来，作者所著的官方认证的詹姆斯·邦德题材小说《触发动机》以及向阿加莎·克里斯蒂致敬的作品《喜鹊谋杀案》都曾引发过话题。读者也希望看到作家书写福尔摩斯题材的作品。

安东尼·布彻

美国作家、评论家、编辑（1911—1968年），主要活跃在推理小说世界，世界最大规模的推理小说迷聚会被称为“布彻大会”。在科学幻想小说、恐怖小说方面也有所建树，对福尔摩斯有着很深的研究，并著有长篇小说《业余侦探谋杀案》。短篇小说《妖怪狼历险记》(收录于《福尔摩斯的荣耀》)是一部福尔摩斯推理出世界著名童话故事真相的短篇。《外星最伟大的人》(收录于《福尔摩斯赝作展览会》)是一部出色的戏仿科幻小说，讲述人类灭亡后，外星人推理福尔摩斯的真面目。其他作品还有《著名诈骗犯的冒险》(收录于《福尔摩斯的灾难》)、《虚空人的异常》(收录于《时光机杀人》)、论文《后期的福尔摩斯是冒牌货吗》(收录于《福尔摩斯读本》)。此外作家还以脚本作家的身份，参与由巴兹尔·雷斯伯恩主演的广播剧版福尔摩斯（其中部分内容被肯·格林沃德写进小说《福尔摩斯遗失的案件簿》）的创作。虽然也借用了“H. H. Holmes”[*1]的名义，但那不是夏洛克·福尔摩斯，而是来自真实存在的杀人恶魔。

---

*1：指Dr. Henry Howard Holmes，是自美国历史上开始记载连环杀手后，首批被发现的连环杀手中的一个。

《想不到的怪物》

这是《巴斯克维尔的猎犬》在日本最初的译本名，由中村书店于大正三年（1914年）发行。封面上印着“桑野桃华著”，但在序言中注明了此书原作者为柯南·道尔（无原书名）。在此版译本中，人物均被冠以日本人名，如福尔摩斯成了“堀野先生”，华生成了“和田君”。故事背景设定在美国纽约，却频频出现“飞鸟村”“王子町监狱”等日本味十足的地名。译本的开头做了很大修改，以至于不读到故事开始的部分，完全不会意识到这是《巴斯克维尔的猎犬》。接下来故事的发展基本遵照原作。此版译本被发现之前，人们认为日本最早的译本是大正五年（1916年）的《名犬物语》。但谁也无法断言，今后不会发现更早的译本。

石井寿一

日本漫画家，生于1951年。知名的四格漫画作品包括《加油！塔布奇君》《野野子》等。漫画家在“漫画推理之旅”系列中，戏仿了各种推理小说，足可见其是一名资深的推理小说读者。在其创作的四格漫画中，有不少以福尔摩斯为题材，并且被大量收录于单行本的卷末。在这些作品中，福尔摩斯是一个性格冷漠的角色，华生则被描写成一个感情正常的人。除了福尔摩斯探案系列原著，漫画家甚至借用了“未刊案件”为题材，足可见其研究福尔摩斯程度之深。近年来，漫画家的相关作品在吉卜力工作室杂志《热风》连载，包括《华生笔记》《华生备忘录》等。虽然在每一卷《漫画推理之旅》中都收录了大量福尔摩斯题材的作品，但至今未有单行本单独集结福尔摩斯题材作品出版。或许终有看到此类单行本的一天吧。或许是个美丽的巧合吧，漫画家笔下的华生长得竟与福尔摩斯翻译家日暮雅通惊人相似。

石森章太郎

日本漫画家（1938—1998年），代表作包括《假面骑士》《人造人009》等。从漫画家的自述中得知，他在小学时便读过福尔摩斯的故事，因崇拜福尔摩斯而开始学习小提琴。他上高中时即以漫画家身份出道，然而作为职业作家的商业处女作则是《少女俱乐部》1956年7月刊附录的《斑点带子案》，晚年监修了由KUMON出版社出版的漫画《夏洛克·福尔摩斯》（全10卷/1996—1997年）。

“一个逻辑学家不需亲眼见到或者听说过大西洋或尼亚加拉大瀑布，他能从一滴水上推测出它有可能存在”

这是福尔摩斯的金句，出自《血字的研究》，实际上引用自福尔摩斯撰写的论文《生活宝鉴》。他要论证的观点是，人生犹如一条大链条，从其中的一环便可推想出整个链条的情形。同理，通过观察人物极小的部分（如指尖），可以推想出整个人物的形象。当时还不了解福尔摩斯的华生认为此观点“一派胡言”，并将刊载此论文的杂志重重拍在桌上。然而，在此后的漫长岁月中，福尔摩斯无数次证明了这一观点是完全可能的。（→参照《生活宝鉴》）

伊诺克·J. 德雷伯

《血字的研究》中的第一名死者，他中等身材，前额低窄、鼻子扁平、下巴外凸。虽然身着绒面呢大衣，看上去却"极像一只怪异的猿猴"（华生语）。这位死者在劳里斯顿花园街3号的一座空屋中被发现，福尔摩斯受托出马侦破。在故事的后半段，德雷伯与杀害他的凶手之间的纠葛大白于天下。

"对我而言，客户地位高低并不重要"

这是福尔摩斯的金句之一，来自《贵族单身汉案》。福尔摩斯不会因为客户身份显赫，而对其另眼相看。在这句台词之前还有一句铺垫"案子有趣与否才是关键"。他不在意客户的身份，对身份高贵但妄自尊大的客户态度严苛，反而宽待身份低下的穷人。究其原因，也许他嫌恶的不是高贵的身份，而是身份高贵之人"傲慢的态度"。

因弗内斯大衣

这是一种带斗篷的旅行外套。福尔摩斯经常身着这种外套出镜，但在原著中并未直接以"Inverness"来指代其着装。在《博斯科姆比溪谷秘案》中写道，福尔摩斯穿着"旅行斗篷"。因插画家画出了福尔摩斯身着因弗内斯大衣的形象，这便成为其固定的着装。但这种专为旅行而准备的外套，在伦敦这种大城市中穿着是很奇怪的。

《退休的颜料商》

载于《斯特兰德杂志》1927年1月刊（《自由》1926年12月18日刊）。收录于《探案》中。乔赛亚·安伯利老人有一位比他小20岁的夫人。有一天，夫人与雷·欧内斯特医生带着老人的积蓄私奔了，老人为此向福尔摩斯求助，后者调查之后发现了一个可怕的事实。安伯利老人于1897年匆匆结婚，婚后不到2年便发生夫人携款私奔的事件。按此推算，此案应发生于1898年。

瓦奥莱特·史密斯小姐

《孤身骑车人》的委托人。史密斯小姐是一名家庭教师，教授音乐，父亲是老帝国剧院的乐团指挥詹姆斯·史密斯。她的叔叔拉尔夫·史密斯生前有一位朋友卡罗瑟斯先生，后来成了史密斯小姐的雇主，雇佣她教自己10岁的女儿学习音乐并住进了自己家中。每逢周末，史密斯小姐都会骑自行车回家，而她在从卡罗瑟斯家骑往自家途中，发现总是有个奇怪的人尾随自己。为了解开这个谜，她找到了福尔摩斯。

瓦奥莱特·德·梅维尔

《显贵的主顾》中的出场人物，其父是在开伯尔山口之役中一战成名的梅维尔将军。她年轻富有，漂亮优雅，是真正的名媛。后来，她被格鲁纳男爵以爱的名义控制了思想，即便从别人口中听说了他的恶行（她认为都是对他的加害之辞），仍然对他爱得不可自拔。福尔摩斯接到的委托，正是阻止一心要嫁给男爵的梅维尔小姐。

瓦奥莱特·亨特

在《铜山毛榉案》中，向福尔摩斯求助的家庭教师。住在汉普郡的“铜山毛榉”的杰夫罗·鲁卡斯尔先生强烈要求其来到家中任职，条件是必须剪短她的长发，开始工作后必须穿着他们为其准备的衣服，必须坐在指定的位置等。因感到事有蹊跷，亨特小姐在做决定之前，希望得到福尔摩斯的帮助。

弗纳

伦敦的年轻医生，在《诺伍德的建筑师》中，华生曾提到此人。福尔摩斯回到伦敦时，华生已经在肯辛顿开设了诊所。在福尔摩斯的要求下，华生卖掉诊所，搬回了贝克街老公寓。当时买下其诊所的就是弗纳医生。几年后华生才得知，原来弗纳是福尔摩斯的远亲，后者才是出资买下诊所的人。这也许恰恰说明，福尔摩斯是多么热切地盼望与华生重新过上“同居”的生活。在小说的人设中，福尔摩斯的舅公是画家韦尔内（Vernet），从弗纳（Verner）这个名字的拼写来看，似乎有着某种关联。

V.R.

维多利亚女王（Victoria Regina）的简称。福尔摩斯在房间里对着墙壁射击，以此向维多利亚女王行鸣枪礼，因此在墙壁上留下了“V.R.”的弹痕（《马斯格雷夫礼典》）。这便成为贝克街221B房间的重要特征之一，在重现该房间时必定要加以展示。在BBC版的《神探夏洛克》中，这个标记变成了一个笑脸。

威金斯

伦敦街头的流浪儿，贝克街小分队的队长。被提及名字的成员只有两名，一个是威金斯，另一个是辛普森。威金斯因此而收获了一些关注，不少仿作中都有他的出现。然而在原著中，威金斯以清晰面目出现过的作品，只有《血字的研究》及《四签名》。

维克托·特雷弗

《格洛里亚·斯科特号三桅帆船》中的出场人物。特雷弗是福尔摩斯大学两年里结交的唯一朋友（福尔摩斯语），他热情奔放、充满活力。特雷弗饲养的一条牛头梗犬狠狠地咬了福尔摩斯，致使后者躺了10天。在不时探病的过程中，二人逐渐建立起了友谊。特雷弗在其父位于诺福克的宅邸中款待福尔摩斯时，发生了《格洛里亚·斯科特号三桅帆船》。此事成为福尔摩斯以侦探为业的契机。老特雷弗是当地治安法官，拥有大片土地，既有声望又有财富。

维克多·哈瑟利

在《工程师大拇指案》中，维克多·哈瑟利是一名在伦敦维多利亚街开业的水利工程师，因拇指被切断，伤势严重，而被送到华生的诊所。华生感觉事有蹊跷，便向其推荐了福尔摩斯。事情的原委是这样的：某天，一位自称莱桑德·斯塔克上校的人来到哈瑟利的办公室，委托其检查一台出了故障的水力压印机，接下来的经历可谓又惊又险。然而，研究福尔摩斯的人们却对哈瑟利的遭遇导致其失去拇指的结果存疑。哈瑟利在著名的水利公司积累了丰富的工作经验之后，决定自己创业。开业后两年里，上门的顾客却寥若晨星，以至于发出“我苦苦守在窝里，直到最后心灰意冷，不指望有活儿找上门”的消极感叹。这或许也正反映出柯南·道尔在自己开设的诊所中，翘首期待患者上门却不得的心情吧。

维多利亚女王

英国女王（1819—1901年，1837—1901年在位），印度女皇（1876—1901年在位）。由她统治的时代称为维多利亚王朝或维多利亚时代。福尔摩斯主要生活在维多利亚王朝末期至爱德华王朝。福尔摩斯在房间里对着墙壁射击，以此向维多利亚女王行鸣枪礼，因此在墙壁上留下了“V.R.”的弹痕（→参照“V.R.”）。据说，破获了《布鲁斯-帕廷顿计划》一案之后，福尔摩斯在温莎城堡过了一天，从一位“尊贵的女士”那里获赠了祖母绿的领带夹。这位女士很有可能就是维多利亚女王。在比利·怀尔德导演的《福尔摩斯秘史》中出场的维多利亚女王，与现实中的女王相似度极高。

《维多利亚活死人　福尔摩斯大战僵尸》

2010年出版发行（Ian Edginton文/Davide Fabbri绘），是一部离经叛道的美漫。在莫里亚蒂教授的暗中策划下，伦敦出现了大批僵尸。福尔摩斯耗尽脑力和体力，与华生等人共同投入战斗。该漫画虽然有点玩梗的感觉，但不至于被划入B级，算是一部画面质量很高的杰作。在作品中，福尔摩斯肩负重任，可以与任何人作战，甚至不得不对付僵尸。日译本于2012年由小学馆集英社Productions出版。

威士忌兑苏打水

福尔摩斯爱喝威士忌兑苏打水（即highball）。在《红发会》中，案件告破之后，福尔摩斯在公寓中边喝边与华生说明案情。在《贵族单身汉案》中，委托人离开之后，福尔摩斯提议“要不来杯威士忌兑苏打水和雪茄”。为了兑出威士忌苏打水，他在房间中备了一台饮料充气机，证明这是其生活中不可缺少的饮料。（→参照“饮料充气机”）

《威斯特里亚寓所》

载于《斯特兰德杂志》1908年9月刊、10月刊（《柯林斯周刊》1908年8月15日刊）。收录于《致意》。据华生的记录，此案发生在1892年3月末，那时恰好是福尔摩斯失踪期间，因此怀疑是华生记录有误或有意为之。约翰·斯科特·埃克尔斯受阿洛伊修斯·加西亚之邀，来到萨里郡的威斯特里亚寓所，不料就此开始经历一件不可思议的怪事。次日清晨，他发现别墅的主人和用人都离奇失踪了。正当他就此事来到贝克街向福尔摩斯求助时，反被警察以杀人嫌疑的罪名逮捕。此案在原著的短篇小说中分上下两部，实属特别。

威廉·吉勒特

美国演员（1853—1937年），因在舞台剧中扮演福尔摩斯而知名。他对柯南·道尔所写的戏剧做了大胆的修改，执笔撰写剧本并亲身出演。这出戏剧曾经长演不衰。美国有一位福尔摩斯插画家，名叫弗雷德里克·多尔·斯蒂尔，画家将吉勒特的长相复刻在了自己绘制的福尔摩斯画像中。从此之后，吉勒特的形象与福尔摩斯的形象完全重合，并永远留在了人世间。吉勒特首创了“这是很基本的事，我亲爱的华生”（Elementary, my dear Watson）这句台词，并且将叼着弯柄烟斗的形象固定在了福尔摩斯的画像中。他还出演了舞台剧的电影版（1916年）。这部电影曾一度失传，幸而近年来在法国被重新发掘，并通过电子化处理让全世界的人们终于能够看到“移动的吉勒特·福尔摩斯”。

威廉·斯图尔特·巴林·古尔德

1913—1967年。在美国做过记者、编辑，是著名的福尔摩斯迷，其祖父是英国国教会牧师、民俗学者萨宾·巴林·古尔德。古尔德本人因撰写虚构的福尔摩斯传记《贝克街的福尔摩斯》，以及注释版福尔摩斯全集而知名。后者的日文译本由东京图书出版，共21卷，后由筑摩书房发行文库本共10卷。无论哪一版本，都是福尔摩斯迷们案头必备的资料。除此之外，古尔德还对福尔摩斯进行了大量研究，曾是福尔摩斯爱好者组织BSI（Baker Street Irregulars）的一员。在日本，虚构传记《贝克街的福尔摩斯》中古尔德创作的部分被误认为引自原著，古尔德的福尔摩斯年代学（即案件发生的年月日）也被误认为是“最准确的”。当然，责任不在古尔德，作为一名福尔摩斯迷，他可谓厥功至伟。古尔德还为雷克斯·斯托特笔下的侦探尼禄·沃尔夫写过虚构传记。在书中，他抛出了一个观点，认为尼禄·沃尔夫系福尔摩斯与艾琳·艾德勒所生。

文森特·斯塔瑞特

1886—1974年。出身加拿大，是一名美国作家、记者。同时他也是BSI创始人之一，声名显赫的福尔摩斯迷，著有《福尔摩斯的私生活》等。该小说于1933年发表，至今仍具有很高的研究价值。此外，还有戏仿福尔摩斯的短篇小说《哈姆雷特的冒险》(收录《福尔摩斯的灾难》等)，以福尔摩斯为题材的著名诗歌《221B》(收录于《福尔摩斯的私生活》)。BBC版电视剧《神探夏洛克》的共同制片人，同时也是麦考夫·福尔摩斯扮演者的马克·加蒂斯也曾引用过该诗。

《戴面纱的房客》

载于《斯特兰德杂志》1927年2月刊(《自由》1927年1月22日刊)。收录于《探案》。案件发生在1896年下半年，房东梅里洛太太感觉她的房客罗德太太情况诡异，故而前来委托福尔摩斯调查。福尔摩斯与华生来到梅里洛太太的房子，听罗德太太讲述事情的经过，多年前震惊世界的“阿巴斯·帕瓦惨案”的真相也随之浮出水面。福尔摩斯仅仅倾听一位女性全程述说，而并未进行特别的调查，不同于其他的案件。

文森特·斯波尔丁

《红发会》中出场的人物，在红头发的杰贝兹·威尔逊开的当铺中当店员，自愿拿一半的工钱。他痴迷于拍照，成天在地下室里洗照片。在他的劝说之下，杰贝兹·威尔逊决定加入红发会。

《孤身骑车人》

载于《斯特兰德杂志》1904年1月刊(《柯林斯周刊》1903年12月26日刊)。收录于《归来》。案件发生于1895年4月，瓦奥莱特·史密斯小姐在卡罗瑟斯家中，教家中的孩子学习音乐。每次当她从卡罗瑟斯家的奇尔特恩庄园骑车去火车站时，总有一个奇怪的男子尾随着她。在当地的酒馆中，福尔摩斯施展了他的拳击技术。故事的英语原名为*The Solitary Cyclist*，究竟意指何人一直尚无定论。日文译本名也各有不同，包括《美丽骑车人》《孤身骑车人》等。

A. A. 米尔恩

指英国作家艾伦·亚历山大·米尔恩(1882—1956年)，其闻名世界的作品当属《小熊维尼》。作家获得的第一笔稿费来自《福尔摩斯的掠夺》(收录于《福尔摩斯的荣耀》)，是福尔摩斯的短篇戏作。另外，以华生口述形式撰写的短文集《华生医生坦白说》(收录于霍罗依德编《通往贝克街221B的17级台阶》)，披露所谓幕后隐情，从广义上说也属于戏作。虽然在《小熊维尼》中并没有出现福尔摩斯，但使用这个角色制作的一部动画《小熊维尼 超级侦探跳跳虎》中，讲述了跳跳虎穿着福尔摩斯风的服装做侦探的故事。

AKB48

日本女子偶像团体，2005年出道。由AKB48冠名播出的电视节目“AKBINGO!”，在犯罪推理主题档中，团员们分成了“福尔摩斯分队”“柯南分队”“金田一分队”，分别扮演福尔摩斯、柯南、金田一，展开案件推理。在《AKB48杀人事件》中，前田敦子穿着福尔摩斯风的服装扮演侦探(→参照《AKB48杀人事件》)。AKB48前成员秋元才加出演了音乐剧《夏洛克·福尔摩斯2～嗜血游戏～》(→参照音乐剧《夏洛克·福尔摩斯～安德森家的秘密～》)。在AKB48的“官方对手”乃木坂46的团员身穿“侦探格纹”，装扮成侦探拍摄官方照片。从其中都可以看出形成福尔摩斯风格的元素(笔者在偶像领域是个门外汉，所知若有偏颇之处，请多包涵)。

《AKB48杀人事件》

这是影像与漫画相结合的作品，由秋元康企划，青山刚昌原作，影像方面为江崎格力高株式会社推出的“冰之实”产品的电视广告与活动网站的异业结合，漫画(梧桐柾木绘)则在《周刊少年Sunday》上连载。故事讲述了AKB48的成员在拍摄地惨遭杀害，凶案现场是一所洋房，相当于一个大型密室(Closed Circle)。这并非严格意义上的福尔摩斯戏作，前田敦子戴着猎鹿帽，身着因弗内斯大衣，以一副福尔摩斯风格的装扮，展开侦破谜案的行动。在故事的开始模仿《血字的研究》，罪犯在杀人现场留下血字。在漫画中，前田敦子当时已退团成为侦探，其侦探事务所位于米花町，故事的世界观与《名侦探柯南》一脉相承。此外，在漫画中，洋房内的图书馆中收藏着柯南·道尔及江户川乱步的著书，也证明这是《名侦探柯南》的承袭之作。

埃斯科特

在《米尔沃顿》中，福尔摩斯假扮成名叫艾斯科特的水管工潜入米尔沃顿家，为探听消息而接近其家中女佣阿加莎并与之订婚。如此行径，被控骗婚也不为过。

埃德加·爱伦·坡

美国作家（1809—1849年），擅长恐怖、奇幻的文风。作家写过多部以神探欧鸠斯特·杜邦为主人公的小说，《莫尔格街凶杀案》被称为世界上第一部推理小说（即早于福尔摩斯的推理小说）。福尔摩斯曾多次提到过爱伦·坡，并在《血字的研究》中说，杜邦绝不是爱伦·坡想要塑造的那种探案奇才。此外，福尔摩斯和华生也曾就短篇小说《硬纸盒子》中杜邦的推理进行过讨论。柯南·道尔说自己年轻时读爱伦·坡的小说，深为所动，并受其影响。

江户川乱步

日本侦探小说作家（1894—1965年），原名平井太郎。作家创造了“名侦探小五郎”这一角色，是奠定日本侦探小说根基的伟人。福尔摩斯小说进入日本之初，作家既读过原文，也读过译本。在其小说中出场的“少年侦探团”，明显是从福尔摩斯的“贝克街小分队”得到灵感而创造的。署名“江户川乱步译”的福尔摩斯小说由平凡社出版，但很明显这是借作家名义出版的。作家还曾写过《福尔摩斯的情人》等随笔。《名侦探柯南》中的“江户川柯南”，系将江户川乱步与柯南·道尔的名字组合而成。

爱德华·戈里

美国画家（1925—2000年），因创作《可疑的客人》等恐怖绘本而知名。播放过英国格拉纳达版《福尔摩斯探案集》的美国推理电视剧时段“Mystery!”的片头动画，也是由他制作的。在格拉纳达版福尔摩斯的扮演者杰瑞米·布莱特主演的舞台剧《德古拉》中，他还负责过美术。他为纪念“Mystery!”十周年而制作了福尔摩斯＆华生的海报，戈里作品的网店中，有这一设计的手机壳及磁石出售。金斯利·艾米斯创作的仿作《浊流馆神秘狙击者》刊载于《花花公子》，也是由其负责插图（同日版《花花公子》1978年6月刊刊载的日语版）。狄更斯未完成的推理小说《艾德温·德鲁德之谜》中的谜团，由福尔摩斯等名侦探解开的*The D. Case*中，他负责绘制封面和插图。D. R. 本森以艾琳·艾德勒为主角的仿作《晚安，艾琳》(*Irene, Good-Night*)，由戈里绘制限定版的插图。限定250部，且带有作者及戈里的亲笔签名的古书价格高企。

《爱德华·霍克的福尔摩斯系列故事》（原书房出版）爱德华·霍克著/日暮雅通等译

爱德华·D. 霍克

美国推理小说作家（1930—2008年），是一位著名的古典短篇推理小说大家，曾担任美国侦探作家俱乐部会长。代表作有“妙贼尼克”系列和“术士西蒙·亚克”系列等。他虽未加入BSI，却非常喜欢福尔摩斯，曾在杂志上，或以文集形式发表过大量短篇的福尔摩斯仿作。作家相当多产，作品包括可认作《斑点带子案》续集的《斑点带子的回归》，将福尔摩斯故事中未竟的事情写成故事的《马戏团花魁》《阿德尔顿惨剧》，以埃勒里·奎因文风写就的《庄园宅邸探案记》，有刘易斯·卡罗尔出场客串、委托查案的《圣诞节的委托人》，据说福尔摩斯搭乘了泰坦尼克号的《泰坦尼克号冒险记》等。以上仿作全部收录于“爱德华·D. 霍克福尔摩斯故事”系列，全书共12个故事。除此之外，还有妙贼尼克题材的《偷窃福尔摩斯的拖鞋》（收录于《妙贼尼克全集2》）等。

爱德华·哈德威克

英国男演员（1932—2011年）。其父塞德里克·哈德威克也是一名演员，曾在广播电视剧扮演过福尔摩斯，他与五度扮演福尔摩斯的演员巴兹尔·雷斯伯恩，以及华生的扮演者奈杰尔·布鲁斯都是至交好友。爱德华在格拉纳达版电视剧《福尔摩斯探案集》中，扮演第2代华生博士（从第14集的《空屋》至最后一集）。因前任华生扮演者大卫·伯克过于“完美”，哈德威克感到压力巨大，但仍然表现出色。哈德威克与伯克是朋友，借此缘分继承了这个角色（在日文版中担任配音的，也是长门裕之的继任者福田丰士）。他还在取材自科廷利仙女案的电影《仙女照片》中，扮演柯南·道尔。

埃菲·芒罗

《黄面人》中的出场人物，格兰特·芒罗的妻子。小时候去了美国，住在亚特兰大。她曾经是赫伯龙太太，但年纪轻轻便守了寡，后来又嫁给了格兰特·芒罗。有一天，她突然向格兰特要回当初转至其名下的大笔资金。埃菲接下来的行为十分诡异，格兰特不得已来向福尔摩斯求助。

埃米尔·让·霍勒斯·韦内特

法国随军画家（1789—1863年）。福尔摩斯在《希腊译员》中称，其祖母是画家韦内特的妹妹。换言之，韦内特是福尔摩斯的舅公。

"好戏登场了！"

这是福尔摩斯说过的金句，因原文为"The game is afoot!"，此句常被误译"游戏开始了"。英文台词出自莎士比亚的《亨利五世》第3幕第1场，在《格兰奇庄园》中首次引用。

埃勒里·奎因

美国推理小说家。是弗雷德里克·丹奈（原名丹尼尔·内森，1905—1982年）与曼弗雷德·李（原名曼弗雷德·伊曼纽尔·莱波夫斯基，1905—1971年）表兄弟合用的笔名。奎因有诸多代表作，包括《埃及十字架之谜》《Y的悲剧》（以巴纳比·罗斯的名义发表）等。由其编写的福尔摩斯仿作集《福尔摩斯的灾难》，于福尔摩斯迷们而言是一大功绩。福尔摩斯与开膛手杰克对决的电影《恐怖的研究》也由其改写成小说。此外，还有侦探埃勒里·奎因对福尔摩斯故事中华生提及的事情进行推理，得出真相的剧本《詹姆斯·费里莫尔先生失踪案》（收录于《福尔摩斯的灾难》）。在奎因的"一半"——丹尼尔·内森的自传体小说《金色夏天》的第6章"书与书籍"中，描写了少年时代与《恐怖谷》邂逅及发生的案件。（→参照《恐怖的研究》）

埃尔西·库比特太太

《跳舞小人儿》中的出场人物，希尔顿·库比特先生的妻子，原姓帕特里克，出身于美国。二人交往时，夫人曾对库比特先生说，自己有过“一些非常不愉快的经历”。当她收到一封来自美国的信之后，变得整天心神不宁。此后，库尔特先生在家中发现一些画有跳舞小人儿的草图纸，拿给夫人看时，竟导致其受惊晕倒。

《福尔摩斯：演绎法》

这是美国CBS出品的剧集（2012—2019年）。与BBC出品的《神探夏洛克》一样，都是将福尔摩斯这个人物移植到现代舞台上，但前者的改变更大，除了美国背景，连华生都被改成了女性（且是东方女性）。福尔摩斯由约翰尼·李·米勒扮演，华生由刘玉玲扮演。第一季发生的案件和角色中，取自原著的很少。随着剧情的推进，艾琳·艾德勒、莫里亚蒂（从第2季开始）、麦考夫相继登场。在案件方面，第2季中有改编自《歪唇男人》，第3季中有改编自《五个橘核》《显贵的主顾》的故事。2012年第1季开播，2019年以第7季完结，共计154集。大概可算是史上“集数最多的福尔摩斯剧集”了吧。

《情色◆推理 夏洛克·福尔摩斯》

藤堂哈克鲁*1绘制的漫画，创作于2013—2014年，在原著《血字的研究》《斑点带子案》基础上，进行了夸张的改编，风格相当大胆。《血字的研究》中的德雷伯等人在原作中虽然也是好色之辈，但并未描述情色场景。尽管如此，漫画的基本情节还是没有脱离原著。类似福尔摩斯对着房间的墙壁射击，留下"V.R."形弹痕的情节，也都忠实地搬进了漫画。遗憾的是，这套漫画仅发行了电子书，读者对出版纸质版的呼声很高。

大久保康雄

日本翻译家（1905—1987年）。除了《飘》等大众英美文学，还译有大量推理小说。早川书房出版的福尔摩斯由大久保翻译，是少数个人翻译全集60篇的翻译家之一（但大久保动用手下译员处理了大量翻译，因此对是否完全由其"个人翻译"尚存疑）。雅德里安·柯南·道尔&约翰·迪克森·卡尔的仿作《福尔摩斯的功绩》，以及卡尔所写的传记《柯南·道尔》的日语版也是由大久保翻译的。早川书房的《早川推理》（俗称《早川袖珍推理》）版福尔摩斯，在20世纪50年代便已发行了若干本。全集的序号都已编妥，但因迟迟未出版而长期空缺，直到20世纪80年代才补齐。其中的4部长篇如今已非常少见，是袖珍推理收藏家争抢的焦点（如丛书之类的珍版）。文库本也于20世纪80年代几乎同时期出版发行。

大槻贤二

日本的摇滚音乐人，生于1966年，著名的"筋肉少女带"组合的主唱，"大贤"是粉丝对他的爱称。他是出了名的喜爱福尔摩斯，同时谦虚地表示"算不上福尔摩斯迷"。在有线电视播放的特别节目《福尔摩斯还活着》（AXN推理/2012年）中担任引导员。他写过不少与福尔摩斯有关的文章，在随笔录《因为是我》中，收录过一篇《地球上最强的格斗术巴流术与福尔摩斯之谜》。此外，在随笔录《这篇随笔是手写的》中，也有回忆福尔摩斯的内容。其作品中有一个短篇《决战礼服在红茶后》（收录于《大槻贤二短篇集 哥特式洛丽塔幻想剧场》），讲述福尔摩斯和艾琳·艾德勒的后代，哥特式洛丽塔少女爱铃·艾德勒施展巴流术，大闹原宿的故事。作者本人似乎并不喜欢这个作品，因此未将其收入修订后的文库本《哥特式&洛丽塔幻想剧场》。由井上雅彦监修的《暗电话》中收录的龙陈伯著《秘传·手机防身巴流术》，专门介绍了以手机为武器的防身巴流术。整体看起来作者似乎是喜欢巴流术的，但若只写这些，笔者就要对其是否为杰出的福尔摩斯迷存疑了……

大槻贤二著《大槻贤二短篇集 哥特式洛丽塔幻想剧场》（Index Communications）

*1：漫画家笔名，取自其喜爱的电影角色哈克·贝利·芬。

欧鸠斯特·杜邦

正确的拼法应为“C. 欧鸠斯特·杜邦”，是埃德加·爱伦·坡创造的侦探角色。他在《莫尔格街凶杀案》《玛丽·罗杰命案》《失窃的信》中均有出场，对以夏洛克·福尔摩斯为首的侦探人物创作都有很大的影响。在《血字的研究》及《硬纸盒子》中，福尔摩斯都提到过杜邦的推理法（并不是褒奖）。在格雷厄姆·查普曼创作的短篇作品中，有一篇名为《福尔摩斯智斗杜邦》的戏作（收录于《福尔摩斯的荣耀》）。

红茶

事实上，福尔摩斯喝咖啡的场景远比喝茶（红茶）的多（→参照“咖啡”），但他当然也是会喝茶的。在《四签名》中，福尔摩斯受托外出调查之后，喝的便是华生为其泡的茶。在《希腊译员》的开头还写道，“一个夏日傍晚，喝完下午茶，我们漫无边际地闲聊起来（下略）”。喝茶的同时还配有面包或饼干，是所谓的“high tea”，即下午5—6点喝的下午茶。

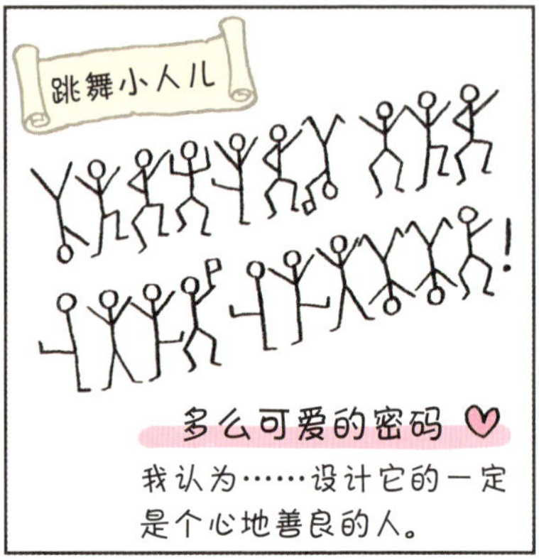

《跳舞小人儿》

载于《斯特兰德杂志》1903年12月刊（《柯林斯周刊》1903年12月5日刊）。收录于《归来》。这是发生在女王加冕典礼次年的案件，因此推测发生时间是在位50周年庆典（1887年）或在位60周年庆典（1897年）的次年（1888年或1898年）。对于确切年份，众说纷纭。在希尔顿·库比特的庄园中发现了一些纸条，上面画着奇怪的跳舞小人儿。库比特的太太埃尔西见之惊恐万状。这是一部密码推理小说杰作，然而疑问尚存的是，使用福尔摩斯的推理方法是否真的破解了密码。利用小人来设置密码，是一种异常杰出的做法，因此福尔摩斯迷喜欢将之用于周边设计。日文译本将书名译作“踊る人形”。从字面上看，“人形”（doll）会被误解为“玩偶”。如果念作“Odoru Hitogata”，更接近原书名*The Dancing Men*，但人们已经约定俗成念作“Odoru Ningyo”，再改也很难了*[1]。

*1：日语汉字“人形”有两种读音：“Ningyo”“Hitogata”，分别意为“玩偶”和“纸人”，故本书作者做出上述解读。

歌剧

福尔摩斯的故事被大量制作成影像，或改编成舞台剧，当然也少不了歌剧。1982年日本歌剧协会创作的《福尔摩斯案件簿 告白》(作曲：原嘉寿子、台本：前田纯)，便改编自《金边儿夹鼻眼镜》，2002年在日本新国立剧场小剧场重演。福尔摩斯自己在破获《巴斯克维尔的猎犬》之后，被华生邀请去欣赏歌剧《新教徒》。而且艾琳·艾德勒也曾是一名歌剧演员。

欧·亨利

美国作家（1862—1910年），擅长写作小小说、短篇小说，曾发表过数百部作品，其中以《麦琪的礼物》《最后一片叶子》等作品最为知名。在其大量作品中，也有福尔摩斯故事的仿作《沙姆罗克·乔尔摩斯历险记》(*The Adventures of Shamrock Jolnes*)。乔尔摩斯是一名纽约侦探，其搭档名叫“whatsup”而不是“watson”。在作品中，乔尔摩斯侦探模仿福尔摩斯的方法，观察路上遇到的陌生人，从而推理出各种线索。在《沙姆罗克·乔尔摩斯智斗名侦探》中，乔尔摩斯身穿“紫色睡衣”的场景，或许是对原著的致敬。在《追踪侦探的人》中，乔尔摩斯完全退到了配角的位置上。以上作品全部收录于《欧·亨利推理小说佳作精选》中。

《福尔摩斯与华生》

这是2018年美国出品的喜剧电影，虽未在日本的剧场上演，但发行了DVD。福尔摩斯由威尔·法瑞尔扮演，华生由约翰·C.赖利扮演。影片讲述莫里亚蒂被裁决之后，发出了暗杀女王陛下的预告，福尔摩斯与华生为阻止暗杀而展开调查。这部听起来严肃认真的影片，其实是彻头彻尾的闹剧，贡献了各种低级的笑料。格斗场面模仿了盖·里奇导演的电影。不仅恶搞了维多利亚女王（像得出奇），还对客串出场的马克·吐温、爱因斯坦、胡迪尼等真实的人物大加恶搞。口音浓重的哈德森夫人，以及被猫养大的女子都是颇有味道的人物。“哈利·波特”系列中伏地魔的扮演者拉尔夫·费因斯在片中扮演饰演最强宿敌莫里亚蒂。该电影在负面电影奖金酸莓奖（Golden Raspberry Awards）中，斩获了四项大奖。

《五个橘核》

载于《斯特兰德杂志》1891年11月刊，收录于《冒险》。根据华生的记录，此案发生在1887年9月末。受约翰·奥彭肖之托，福尔摩斯查明了其父约瑟夫与其伯父伊莱亚斯之死是谋杀。收到装有五个橘核的信封便会身死，这一看似可笑，实则恐怖的家族诅咒给读者留下了深刻的印象。想必有不少福尔摩斯迷是从这个故事中，了解到“K.K.K.”的存在吧。(→参照“Ku Klux Klan”)。

《海军协定》

载于《斯特兰德杂志》1893年10月、11月刊，收录于《回忆》。此案发生于华生结婚不久之后的7月。故事还要从珀西·菲尔普斯——华生的校友来信欲向福尔摩斯求助说起。菲尔普斯供职于外交部，不料祸从天降，一份重要文件被盗。在此案的结尾，福尔摩斯为菲尔普斯准备了一份“特别的早餐”。这个故事将福尔摩斯喜欢恶作剧的一面展现在了读者的面前。

《犯罪大师吉格玛 音乐篇》

这是一部短篇音乐动画电影，原作系寺山修司的同名戏曲，电影由和田诚制作、导演，阵容相当豪华。故事讲述女歌手被犯罪大师吉格玛偷走了“歌曲”，侦探受托开始侦查此案。剧中的侦探连名字都没有，但他头戴猎鹿帽，嘴里叼着烟斗，手执放大镜的形象，一看便知是福尔摩斯（就是略胖了些）。在配音演员方面，侦探由山崎勋，女歌手由由纪纱织，吉格玛由斋藤晴彦担任。与1988年由小泉今日子主演的《快盗露比》同时在剧场公演。这是部很有趣的动画，然而它只发行了录像带版，却没有DVD版，实在令人遗憾。

《福尔摩斯归来记》

这是一部1987年由美国CBS制作的电视电影。原名*The Return of Sherlock Holmes*，虽然与《归来记》同名，故事却与之截然不同。故事设定异想天开，讲述被冷冻保存的福尔摩斯，被华生的孙女（在波士顿当侦探）简·华生解冻，在现代社会中复活，继而两人共同投入发生在简身边的案件。福尔摩斯如何与其身后的事物发生关系，这才是电影的看点。故事设定的趣味可能会受到质疑，但影片多处融入了福尔摩斯迷的要素，让人不禁会心一笑。影片或许会让正统的福尔摩斯研究者皱眉，但对于喜欢恶搞的人来说，却是一部让人无法抗拒的佳作。

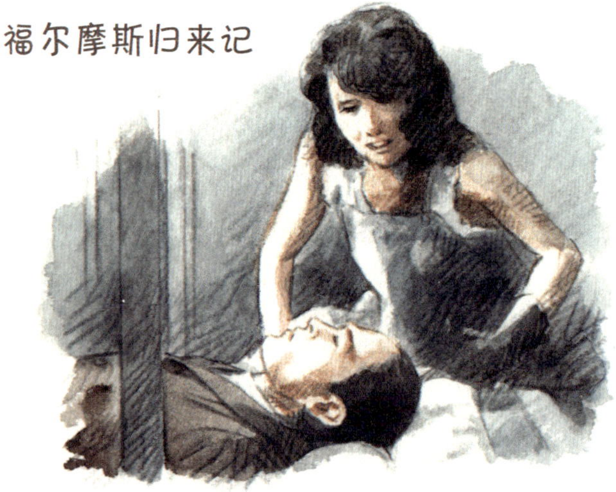

化学实验仪器

福尔摩斯对化学实验有着极大的兴趣，在他位于贝克街221B的房间中，摆满了本生灯、蒸馏瓶、试管、移液管、石蕊试纸等（《海军协定》）化学实验仪器。在《三个大学生》中，华生曾说“没有剪贴簿，没有化学用品，没有习以为常的凌乱，福尔摩斯整个人都不自在”。

《各种烟灰之鉴别》

这是福尔摩斯撰写的一篇专业论文。文章列举了140种雪茄、香烟、烟丝，并配有彩色插图，讲解了各种烟灰的区别。福尔摩斯研究烟灰并非出于兴趣，而是将烟灰作为审判的证据，或案件至关重要的线索加以研究。福尔摩斯在《四签名》的开始，（略显自豪地）向华生说起这篇论文。在《博斯科姆比溪谷秘案》中也提及此论文，他一眼就看出现场的雪茄烟灰来自印度雪茄，并将之作为推理的线索。在《血字的研究》中也有同样的情节（当时发现的是特里其雪茄）。

牡蛎

牡蛎是部分双壳类的统称，可食用。在《四签名》中，福尔摩斯准备出发追捕犯人之前，他准备了牡蛎、松鸡以及上等白葡萄酒，款待埃瑟尔尼·琼斯警探和华生。在《临终的侦探》中，病中的福尔摩斯发出担忧牡蛎会不会铺满整个海床的呓语。牡蛎品种丰富，日本的食用牡蛎与欧美的食用牡蛎大有不同。而且英语“oyster”含义宽泛，在日本有时也用来称呼原非牡蛎品种的生物。

《春日灯笼》

大正元年（1912年）发表于《大和新闻》，是目前已确认的，日本最早的福尔摩斯仿作。是对莫里斯·勒布朗所著《怪盗与名侦探》后半部的中篇小说《犹太人油灯》的改写之作。作者（译者）署名“清风堂主”是共同笔名，现已确认为安成贞雄（1885—1924年）。作品中福尔摩斯名为“堀田三郎”，华生名为“和田”。1913年改名为《周六之夜》，收录于同名单行本。今天在市面上可以看到的书名为《怪盗与名侦探改编集》（2012年）。

煤气灯

福尔摩斯生活的年代，伦敦街头主要依靠煤气灯照明。在原著中，曾多次出现过路灯。当时的路灯是煤气灯夫一盏一盏点亮的。室内也使用煤气灯，福尔摩斯在贝克街221B号的房间里就点着煤气灯。在《临终的侦探》中，煤气灯还发挥了重要的作用。煤气会引发中毒事故，在小说中也会使用煤气犯罪（福尔摩斯的竞争者们的某些作品以及福尔摩斯的某些仿作）。书中在没有装管道煤气的地方也使用煤油灯，当然也有使用电灯的地方。但在读者的心目中，福尔摩斯生活的世界就应该使用煤气灯，这是一个根深蒂固的印象。E. W. 史密斯编撰的《福尔摩斯读本 映在煤气灯影中的侧脸》、威廉·S. 巴林-古尔德编撰的《贝克街的福尔摩斯》、小林司&东山茜《煤气灯影中的夏洛克·福尔摩斯》等书名，都使用了与煤气灯相关的词汇。

饮料充气机

维多利亚王朝后期，有些英国家庭会购买制造碳酸水的仪器。福尔摩斯的房间里也有一台（《波西米亚丑闻》《王冠宝石案》）。用藤条编成的容器，上、下包住两个玻璃球，组成一个葫芦形的装置。其工作原理是，在上方的玻璃球中，装入酒石酸和碳酸氢钠的混合物，使之产生二氧化碳，在下方的玻璃球中装入清水，利用虹吸原理制作出碳酸水。福尔摩斯喜欢喝威士忌兑苏打水，这个装置明显是为满足他的嗜好而准备的。福尔摩斯迷组织贝克小分队将其作为福尔摩斯迷的象征。

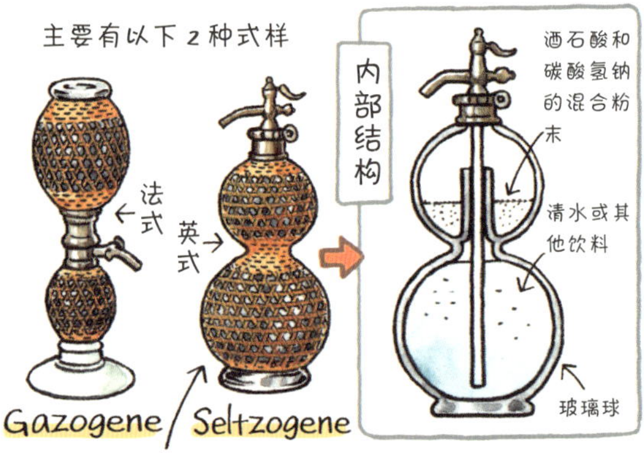

未刊案件

福尔摩斯原著中提及案件名和概要，但未被正式记录的案件统称为“未刊案件”。《铝制拐杖奇案》《跛足的里科里特和他可恶妻子的案件》《红水蛭事件及银行家克罗斯贝的惨死》《有关政客、灯塔以及鸬鹚的案件》，回家取伞之后便消失无踪的《詹姆斯·费里莫尔先生失踪案》，以及围绕科学无法解释的恐怖虫子展开的《伊莎多拉·帕萨诺疑案》，都是非常有意思的案件。其中《协助阿莱克·麦克唐纳警探之案》等连名字都没有的案件也有百件之多（根据个人计算）。雅德里安·柯南·道尔与卡尔合作的《福尔摩斯的功绩》，琼·汤姆森所著“福尔摩斯的秘密文件”系列，北原尚彦所著《收集福尔摩斯》等仿作，也都是在“如果未刊案件被讲述出来……”的设定下创作的。像“苏门答腊的巨鼠”那样魅力十足的题材，被数次写成仿作。如何加以演绎才是关键，因此多次重写也完全不成问题。

坎宁安父子

《赖盖特之谜》中的出场人物，指郡里的大地主老坎宁安与其子亚历克·坎宁安。有人发现家里的马夫威廉·柯万被一枪打中心脏，当场毙命。

卡特赖特

《巴斯克维尔的猎犬》中的出场人物，一名在信差公司工作的14岁少年，透着机灵劲儿。在福尔摩斯以前为这家信差公司办案时曾帮过忙。在《巴斯克维尔的猎犬》一案中，受福尔摩斯差遣，去调查查令十字街周边的旅馆。在案件的后半段，也为福尔摩斯查案起到很大作用。

加纳一朗

日本推理小说家、科幻小说家（1928—2019年），同时又是一名著名的动画脚本家，代表作有《8Man》。长篇福尔摩斯仿作《福尔摩斯异乡冒险史》及其续作，将作家的名字永远铭刻在日本福尔摩斯史上。作家还写过《消失的黄金佛像》，一部讲述福尔摩斯在日本对战罗宾的短篇作品。另外，在学年杂志与其副刊中，那些被改编成儿童文学的福尔摩斯故事，也有不少由其执笔。他也撰写儿童读物的侦探小说入门书籍，其中当然也少不了福尔摩斯的各种元素。（参照《霍克的异乡冒险》）

《歌舞伎町夏洛克》

自2019年10月起每天播出的电视动画，由Production I.G制作，吉村爱导演。虚构的故事背景设定在新宿区东部的歌舞伎町。那里的侦探团中有一个酷爱落语的怪咖夏洛克·福尔摩斯（小西克幸），他与其他六个侦探挤在同一个警长室中。开膛手杰克引发猎奇杀人的那一夜，法医约翰·H. 华生（中村悠一）前来求助……为哈德森夫人配音的是诹访部顺一，故而引发了“怎么回事”的话题。她性格很好，是侦探事务所的大姐大主人，酒吧“PIPECAT”的店长。还有姐妹侦探玛丽·摩斯坦和鲁西·摩斯坦。游击队的队长，一个名叫詹姆斯·莫里亚蒂的高中生，名叫“莫兰”的区长等，都是取自原著故事中的人物。仔细看街头的看板，便可发现各种来自原著的名称。2019年10月，本作与月9电视剧*1《夏洛克》的播放同时开始，一时间令福迷欣喜若狂。

*1：指周一9点的电视剧时段。

《证券经纪人的秘书》

载于《斯特兰德杂志》1893年3月刊，收录于《回忆》。证券公司文员霍尔·派克罗夫特服务的公司倒闭，就在他已被内定入职莫森-威廉斯证券公司时，被今天所谓的“猎头”阿瑟·平纳挖了墙脚。故事说的就是这么一个离奇的事件，情节与《冒险》中的一个短篇非常相似。在这个故事中，福尔摩斯对华生说：“《四签名》让华生太太受了惊吓，现在应该完全恢复了吧。”在华生的婚姻生活中，从来没有提起过太太的名字（换言之，不确定其太太是谁），但如果相信这个记录的话，好像是与在《四签名》中订婚的玛丽·莫斯坦顺利结合了。

轻井泽

位于长野县。在轻井泽的追分，立着一尊福尔摩斯的铜像。这是为纪念翻译家延原谦曾住在此地，并在这里完成了福尔摩斯全集的翻译。此外，日本福尔摩斯俱乐部的主理人小林司、东山茜的别墅也在这附近。福尔摩斯“诞生”100周年的1987年特别企划，次年举行铜像揭幕仪式。但揭幕当天因受昭和末期“自肃”环境的影响，不得不修改了各项计划，整个过程相当曲折（援引自揭幕仪式执行委员北原尚彦访谈）。

《黄面人》

载于《斯特兰德杂志》1893年2月刊，收录于《回忆》。住在萨里郡诺伯里的格兰特·芒罗觉得妻子行为怪异，委托福尔摩斯加以调查。他的妻子要求其归还婚后转至其名下的财产，同时她还出入一户搬到这附近的人家。而芒罗在那户人家的二楼窗口，看到一张死人般脸色暗黄、令人惊恐的脸。此案最终真相大白。最后，福尔摩斯反思了自己的不足之处，并请华生日后多加提醒。

（→参照“诺伯里”）

卡尔弗顿·史密斯

曾在《临终的侦探》中出场。这是住在苏门答腊的一个种植园主，在当地小有名气，最近正好住在伦敦（下伯克街13号）。他不是医生，但由于他的种植园中爆发过苦力病，而成为第一个研究此病的人。感染此病，岌岌可危之际的福尔摩斯，对被哈德森夫人叫来的华生说他治不了，并让他去请卡尔弗顿·史密斯来。

岸田森

日本演员（1939—1982年），以出演电视剧《遍体鳞伤的天使》《怪奇大作战》《杰克奥特曼》，电影《吸血蔷薇》而知名。在介绍福尔摩斯的《福尔摩斯的世界》（NHK/1979）节目内嵌电视剧中，扮演夏洛克·福尔摩斯。在欧美国家，福尔摩斯的扮演者也经常扮演吸血鬼，在电影中扮演吸血鬼的岸田森也不例外。只可惜英年早逝。

《工程师大拇指案》

载于《斯特兰德杂志》1892年3月刊，收录于《冒险》。这是少有的，华生将福尔摩斯带入案件的一次（另一次是未刊案件《沃伯顿上校发疯案》）。受重伤的水利工程师维克多·哈瑟利被好心人带到华生的诊所，华生将其带到福尔摩斯处。哈瑟利陈述了导致他失去拇指的过程，福尔摩斯最终找出了真相。根据这个故事的记述，华生此时已经结婚，从贝克街租住的房子搬出，在帕丁顿车站附近开设了诊所。

北原尚彦

→参照本书的作者简介。

“你只是在看，但没有在观察”

这是福尔摩斯的金句。在《波西米亚丑闻》中，福尔摩斯问华生，从他们的门厅到房间的楼梯总共有多少级台阶。见华生回答不出，福尔摩斯便说了这句话。

金·纽曼

英国作家，生于1959年，曾用杰克·约维尔之名发表过作品。代表作为《德古拉元年》。这是一部架空历史小说，以布莱姆·斯托克创作的《吸血鬼德古拉》中德古拉取得胜利，统治英国为设定。其中一名主人公是英国谍报机构“第欧根尼俱乐部”的谍报员，效力于麦考夫·福尔摩斯。夏洛克·福尔摩斯因进行反政府活动而被投入监狱，虽未公开出场，但最终在第2卷新版《德古拉元年

一九一八 血的背叛》的《间奏曲》中现身。系列第5卷不仅以日本为故事背景，在贝克小分队（BSI）举办的活动中，日本的福尔摩斯作品翻译家日暮雅通还拍得了“作品出场权”，得以作为“剑术使日暮男爵”的身份出场（太羡慕了）。此外，作家还创作了《莫里亚蒂秘闻》，故事设定为莫兰上校记录下了莫里亚蒂的各种活动。每一章都是原著+其他作品的跨界戏作。同时，他还创作了一系列作品，描写各个时代第欧根尼俱乐部谍报员的活动。作家将恐怖、科幻、侦探小说等个人喜好的元素全部融入其中，是御宅族们的楷模。

《米尔沃顿》

载于《斯特兰德杂志》1904年4月刊（《柯林斯周刊》1904年3月26日刊），收录于《归来》。米尔沃顿是伦敦最恶毒的家伙，用福尔摩斯的话说，他是“敲诈之王”。即将嫁给多佛考特伯爵的伊娃·布莱克韦尔小姐受到他的敲诈，为此来向福尔摩斯求助。福尔摩斯与米尔沃顿交涉无果，只好采取极端手段，化装成水管工潜入其家中，与女仆阿加莎订婚以获取情报。此案的原名*THE ADVENTUER OF CHARLES AUGUSTUS MILVERTON*过长，因此日文版并未直译，而采用了其他各种译名，甚至出现过“罪犯有两个”的名字。读过故事之后，肯定能明白如此取名的原因。

《恐怖的研究》

1965年英国制作出品的电影，讲述福尔摩斯与真实存在的杀人恶魔开膛手杰克对战的故事。福尔摩斯的扮演者是约翰·内威尔。遗憾的是，日本并未上映此片，也没有光盘出售。发行此作成了人们心头的盼望。推理作家埃勒里·奎因将其改编成小说，采用双重结构，讲述（名侦探）埃勒里·奎因得到一份华生博士未发表的手稿，记录了惊人的秘密。实际上，奎恩侦探出场的框架由埃勒里·奎因亲自执笔，而华生的手稿部分则由科幻作家保罗·W. 费尔曼代笔。电影、小说都是“开膛手杰克”题材作品中的翘楚。

埃勒里·奎因著/大庭忠男译
《恐怖的研究》(早川推理文库)

《恐怖谷》

这是原著四部长篇中的最后一部作品。载于《斯特兰德杂志》1914年9月刊—1915年9月刊。福尔摩斯受托调查伯尔斯通庄园的约翰·道格拉斯被杀案。故事分为上下两部，后半部分讲述了犯下此案的，盘踞于美国恐怖谷，掌控矿山的犯罪组织游侠帮的故事。该作品中诞生了“伯尔斯通弃子法”这一推理用语。华生在此案中了解莫里亚蒂教授的情况，然而到了《最后一案》中却不了解。从时间顺序上来讲，此案先于《最后一案》发生。因此引起了福迷们激烈的讨论。

开膛手杰克

这是一个真实存在的连环杀人魔，他将1888年秋的伦敦带入恐怖之中。他用尖刀剖开并杀害了数名妓女，至今仍未破获此案。开膛手杰克虽未在原著中出场，但为了与时代合拍，大部分仿作中都有福尔摩斯与之对战的情节。长篇小说包括埃勒里·奎因所写的《恐怖的研究》、迈克尔·笛布丁所写的《福尔摩斯大战开膛手杰克》、爱德华·B.汉纳所写的《白教堂的恐怖》等。而短篇小说更是不胜枚举。与之相关的电影作品有《恐怖的研究》《名侦探福尔摩斯/黑马车之影》等。开膛手杰克在柯南剧场版《贝克街的亡灵》中也有出场。

《希腊译员》

载于《斯特兰德杂志》1893年9月刊，收录于《回忆》。在此故事中，福尔摩斯亲口承认有一个哥哥，名叫麦考夫，并且其本人也在故事中出场。此外，他还说到其祖先是乡绅，祖母是法国艺术家韦尔内的妹妹等。希腊语译员梅拉斯先生接到一项翻译工作，他感觉十分诡异，前来向麦考夫求助。福尔摩斯趁此机会，插手调查此事。在《血字的研究》中，华生总结出福尔摩斯对天文学和日心说一窍不通。但在这个故事中，福尔摩斯却大谈“黄赤交角的变化原因”，可见其相当了解天文学知识。或许是福尔摩斯之前装作无知，戏弄华生，也或许是后来发奋学习才掌握了丰富知识。

吉尔克里斯特

《三个大学生》中出场的人物。为圣路加学院举办的福蒂斯丘奖学金考试准备的希腊语试卷，通过各种迹象表明被人动过了。三名大学生被列入嫌疑人名单，吉尔克里斯特

特便是其中之一。他与教师希尔顿·索姆斯先生住在同一栋楼中，是一名成绩优秀的运动健将，参加了学院的橄榄球队和板球队，还入选了跨栏队和跳远队。其父是著名的杰贝兹·吉尔克里斯特爵士，因为赌马输光了家产。

《黄金烟馆》

沿泰晤士河北岸一直到伦敦桥东头有一排高高的码头，挡在其背后的思旺达姆北巷中，有一家大烟馆，名字就叫作"黄金烟馆"。这里为瘾君子提供鸦片，来者个个躺在烟榻上吞云吐雾。华生受妻子朋友之托，前往烟馆寻找其丈夫伊莱亚斯·惠特尼，却意外在此遇到了卧底调查的福尔摩斯。有人在这栋楼的三层看见过内维尔·圣克莱尔，但后来便消失无踪了。

《金发美女》

1913年1月由明治出版社出版，是现存已被确认的日本最早的福尔摩斯仿作单行本，也是对莫里斯·勒布朗所著《怪盗与名侦探》前半部中篇小说《金发美女》的改编。与《春日灯笼》一样，作者（改编者）为清风草堂主人。经核实得知，这位作者即安成贞雄。原作中的爱洛克·休尔梅被看作福尔摩斯，在日本一直沿用此惯例。罗宾还有一个日本名字"有村龙雄"。

《金边儿夹鼻眼镜》

载于《斯特兰德杂志》1904年7月刊（《柯林斯周刊》1904年10月29日刊），收录于《归来》。1894年11月，此案发生在肯特郡的约克斯利，科拉姆教授的秘书威洛比·史密斯被杀，福尔摩斯受斯坦利·霍普金斯警探之托调查此案。死者留下的最后一句话“教授，是她”成为不解之谜。福尔摩斯是一个大烟枪，然而他却利用这一点破获了此案。华生在此案的开头部分记述道，福尔摩斯于当年获颁法国荣誉军团勋章（→参照“法国荣誉军团勋章”）。本作品在日本曾被改编为歌剧（→参照“歌剧”）。

Ku Klux Klan

简称“K.K.K.”，是美国历史上一个奉行白人至上主义的民间组织。它诞生于南北战争结束之后的南部各州，今天仍有余党在活动。《五个橘核》所讲述的案件，就是因该组织而发生的。该组织成员头戴尖顶、只露出两只眼睛的面罩，身着酷似白色长袍的服装，即使在今天看来都特别夸张。日本有许多不知道这个词意义的人，对废品回收站及多户住宅冠以“KKK”之名。

《歪唇男人》

载于《斯特兰德杂志》1891年12月刊，收录于《冒险》。前往鸦片烟馆寻找朋友的华生，意外遇见了化了妆潜入这里查案的福尔摩斯，他正在此搜寻失踪的内维尔·圣克莱尔。职业乞丐休·布恩被当作嫌疑人逮捕，然而他手上却掌握着关键证据。在所有作品中，只有这一部华生被他的妻子称为“詹姆斯”。这在福尔摩斯迷中引起了各种各样的猜测（→参照“哈米什”）。

克苏鲁神话

这是以美国恐怖小说家霍华德·菲利普·洛夫克拉夫特的小说世界为基础，与其作家朋友共同创作的架空文学体系。在太古时代有着异形的众神，至今仍然在主导着恐怖事件。倾力于神话的普及的是美国作家奥古斯特·德雷斯（→参照“索拉·庞斯”），他为神话出版了单行本。如今，通过角色扮演游戏等形式在世界范围内得以推广。TRPG脚本《煤气灯下的克苏鲁》（*Cthulhu by GASLIGHT*），是一部福尔摩斯与克苏鲁神话相结合的知名作品。跨界仿作集《贝克街的阴影》（*Shadows over Baker Street*）原定由东京创元社翻译出版，但始终未能付梓。其中一篇由尼尔·盖曼创作的《绿字的研究》曾获得雨果奖。而日本本土的跨界戏作集《福尔摩斯鬼谭～异次元的色彩》中，山田正纪、北原尚彦、雨果·哈尔创作的作品竞相争艳。

《小熊维尼》

→参照“A.A.米尔恩”。

克莱特里餐厅

这是位于伦敦皮卡迪利摄政大街的高级餐厅兼酒吧。某一天，从阿富汗被遣送回国，在一家私人旅馆住了一段时间的华生在这家酒吧旁偶遇了故人小斯坦福。他对华生提起，福尔摩斯正在找人与其同租公寓。因此，可以说克莱特里餐厅是他们二人相遇的“结缘地”。然而，华生与小斯坦福共进午餐的，却是另外一家餐厅（霍尔本餐厅）。当时的克莱特里餐厅也是综艺剧场，有不少赌徒也会来此光顾，对于重逢后需要畅聊的人而言未免过于嘈杂了。

来乐里

诞生于2014年，是纪念东京创元社创立60周年的吉祥物。自2015年起，便成为该社的官方角色。乍看之下，它是一只脸黑、身子黑、只有头是白色的兔子，而实际上它是一只戴着兔帽子的黑猫。在纪念宴会上，该形象被做成玩偶赠送嘉宾。后来在民众强烈的要求之下，以众筹的形式开售。此外，当时还可单独购买来乐里穿着的福尔摩斯服装（之后，来乐里、福尔摩斯服装都在各种活动中售卖）。穿着福尔摩斯服装的来乐里十分可爱。

干红葡萄酒

（尤指产于法国波尔多地区的）干红葡萄酒，在英国称“claret”，很得福尔摩斯的欢心。在《临终的侦探》案件告破之后，福尔摩斯一边喝干红，一边吃了几块饼干，说道：“从没像现在一样需要这些东西。”在《硬纸盒子》中，福尔摩斯与华生在餐厅吃过午饭，在一个小时内，一边聊帕格尼尼，一边喝光了一瓶干红。在《吸血鬼》中提到的不是“claret”，而是毒药“curare”（箭毒），请勿将二者混为一谈。

格兰特·芒罗

《黄面人》的委托人。高个子，看上去30岁左右，但实际年龄可能要大几岁，是一名做蛇麻生意的商人。他的妻子以急用为由，向他索要巨款。但妻子诡异的行为却引起了他的怀疑，故而前来向福尔摩斯求助。

《年轻的福尔摩斯小姐 HT》

新谷薰创作的漫画作品（2006—2011年），共7卷。故事主人公，少女克里斯蒂是福尔摩斯的侄女，年纪虽小，却有着清晰的逻辑思维。她经常协助福尔摩斯破案，或在福尔摩斯不在时代其破案。1～5卷是收入原著的案件，6～7卷则是未刊案件（《金丝雀驯兽师》《苏门答腊巨鼠事件》），本作并非单纯将福尔摩斯的侄女作为主人公，而是一部高水平的福迷作品。特别是第7卷涉及印度真实存在的杀人组织萨格，证明是认真查找过历史资料的。完结后又创作了续作《年轻的福尔摩斯小姐 LM》。

《年轻的福尔摩斯小姐 LM》

这是新谷薰创作的漫画（2011—2017年），全5卷，《年轻的福尔摩斯小姐 HT》的续作。在作品中，福尔摩斯的侄女克里斯蒂已经成长为一名17岁的大姑娘。第1～3卷的内容基于未刊案件（《俄罗斯老妇人历险案》《铝制拐杖奇案》《无匹俱乐部》《纸牌舞弊案》）创作而成，第4～5卷则是原创情节。此外，整部作品都贯穿着与莫里亚蒂教授的交锋。新谷薰完结了此作之后，便宣告封笔。

克里斯托弗·李

英国演员（1922—2015年）。以出演汉默电影公司的恐怖电影，尤其是德古拉一角而风靡了整个时代，与彼得·库欣多有合作。晚年出演了著名的《指环王》及《霍比特人》中的萨鲁曼。在汉默版电影《巴斯克维尔的猎犬》（1959年）中，他扮演了亨利·巴斯克维尔，在比利·怀尔德导演的《福尔摩斯秘史》（1970年）中扮演麦考夫。未在日本上映的电影《福尔摩斯与死亡项链》（*Sherlock Holmes and the Necklace of Death*，1962年），电视电影“新福尔摩斯秘史”系列《福尔摩斯与首席女歌手》（1990年），以及《维多利亚瀑布历险记》（1991年）中扮演福尔摩斯。

格赖姆斯比·罗伊洛特博士

《斑点带子案》中出场的人物。他曾在印度加尔各答开办诊所，却因打死了管家而入狱。回到英国后，他与斯托纳的遗孀结婚。后来夫人死于铁路事故，他与其前夫的女儿朱莉娅、海伦一起，住在斯托克·莫兰庄园。再后来就发生了案件。他脾气火爆，力气也大，是村里的恶魔。他和村里的铁匠吵架，把对方从护栏推出去掉进了河里。在福尔摩斯的房间里，他还把拨火棍掰弯了。

格雷斯·邓巴

《雷神桥之谜》中的出场人物，应聘担任J. 尼尔·吉布森两名幼子的家庭教师。她一头深褐色头发，个子高挑，姿态庄重优雅，是个端正的美女。吉布森夫人死亡时，从邓巴小姐的房间里找到了一把枪，她为此而成为嫌疑犯被逮捕。

吴田博士

三津木春影（1881—1915年）是明治、大正时期发表的侦探小说系列。小说以福尔摩斯的对手之一——桑戴克博士（R. A. 弗里曼原作）的故事改写为开篇，中间也掺杂了改写自柯南·道尔的福尔摩斯故事，以及原作未被确认（大概是原创）的作品，是福尔摩斯翻译史上非常重要的系列作品。书中侦探是吴田博士，助手是中泽医学学士。中兴馆书店出版了全6卷单行本（1911—1915年），长篇小说《四签名》的改写故事《河底的宝石》收录于第4卷，最后一篇作品《博士临终的奇侦探》则改写自《临终的侦探》。中兴馆书店版作为旧书，是珍本中的珍本。2008年全6卷被集中成1卷，由作品社出版，名为《侦探奇谭 吴田博士》（完整版）。这一版便于简单阅读，实属难得。书本厚重，本体定价为6800日元。然而中兴馆书店版若在旧书市场，一本能卖出数万甚至十数万日元。如此对比的话，这个定价算是很实惠的了。

《格洛里亚·斯科特号三桅帆船》

载于《斯特兰德杂志》1893年4月刊，收录于《回忆》。从年代上来讲，这是福尔摩斯经手的第一个案子。叙述的形式是，福尔摩斯先向华生展示了一些资料，然后向他讲述了遇见他之前发生的案子。福尔摩斯曾受他大学时唯一的朋友维克托·特雷弗之邀，住在他父亲的宅子里。借此机会开始调查此案。特雷弗的父亲看到了福尔摩斯出色的推理能力，建议他走上侦探的道路。

外典

即“apocrypha”，是指除60篇福尔摩斯系列，柯南·道尔自己所写的福尔摩斯故事的戏作或戏剧。戏剧包括戏剧版《斑点带子案》《王冠上的宝石》(成为《王冠宝石案》故事基础的戏剧)、《暗黑的天使们》(参考部分《血字的研究》，但福尔摩斯未出场)。戏作为《运动场义卖会》《华生的推理法学习》。在短篇小说《消失的临时快车》《浑身手表的男人》中出场的配角，是有着福尔摩斯风格的侦探。另外还有柯南·道尔与威廉·吉勒特合作的“戏剧福尔摩斯”。

“华生，没受伤吧？天啊，快告诉我没受伤！”

这是在《三个同姓人》的最后，华生受伤时福尔摩斯所说的话。福尔摩斯一向冷静，然而在朋友危难之际，他却表现出了罕见的感性。华生感动于此，不由发出感叹，“多年来卑微而虔诚的追随，在这个‘神启’时刻得到圆满”。对福尔摩斯如此感情的迸发，读者也深为所动。

K.K.K.

→参照“Ku Klux Klan”。

《兽医正宗捕物帐》

这是逢坂美惠子的漫画。2016年12月开始，在《月刊Flowers》上不定期连载，2018年由小学馆flower comic出版第1卷。故事背景设定在江户时代，但实际上是一个映射现代社会的、假想出来的江户时代。比如，这个“江户时代”流行的不是“Twitter”，而是“户板*1”。每一个故事都是从福尔摩斯原著改写而成。第1卷收录了《雷神桥奇

*1：日语“户板”的罗马音“TOITA”，与“Twitter”是谐音，以此表示两个时代互为映射。

谭》《莲花蛭之猫》《六块镜饼》3集，改写情节手法绝妙。在那之后还连载了《浓雨堂的木工》《红鼻会》。续刊值得期待。

格尔德工厂

这是位于伦敦东部斯特普尼区的教堂街，一家制造美术工艺品的工厂，出现在《六座拿破仑半身像》中。这家工厂曾经制作和出售过数百个拿破仑塑像，案子发生一年前，他们从六个一套的塑像中分出一半，卖给莫尔斯·哈德森商店，剩余一半卖给哈定兄弟商店。这家工厂的所有者是德国人，但制作塑像的是一群意大利人，其中一位名叫贝波。

小池滋

生于1931年，是一名日本的英文学者，铁路研究专家。除了撰写和翻译英国文学研究书籍，还写作铁路相关的书籍。同时，作家还是一位福尔摩斯迷，是日本福尔摩斯俱乐部的会员。在《柯南·道尔未刊作品集》（全3卷），以及《详解版福尔摩斯全集》中担任翻译监修。此外，他参与联合翻译格雷厄姆·诺恩著作《福尔摩斯的光与影 福尔摩斯100年，他的生涯与时代》、伊恩·乌斯比著作《从天上的猎犬哥德文到道尔的英国小说中的侦探》等。每日出版文化奖得奖著作《英国铁路物语》（1979年），是福尔摩斯时代铁路研究类书籍中的拔尖之作，作家凭借此书获得日本福尔摩斯俱乐部长沼奖（如今的日本夏洛克·福尔摩斯大奖）。作家在日本架起了英国文学研究与福尔摩斯研究的桥梁，是一位功勋卓越的人物。

《广辞苑》

这是日本具有代表性的中型国语辞典。由岩波书店出版，1955年发行初版（最新版为2018年第七版）。自出版始，辞典中便刊载了“福尔摩斯”这一词条，这是日本国语辞典中的首创。对该词条的解释是“英国侦探小说家柯南·道尔所著侦探小说的主人公，一名业余侦探”。1998年发行的第五版《广辞苑》中则解释为“英国小说家柯南·道尔系列作品的主人公，一位著名私家侦探的名字”。从“业余侦探”升格至“著名侦探”。可是自2008年第六版《广辞苑》开始则是“柯南·道尔系列推理小说的主人公，一位私人侦探的名字。其搭档为华生博士”，又变为了“私人侦探”。

讲谈[*1]

在日本，除了各种影像、舞台作品，福尔摩斯还被改编成为讲谈作品。讲谈笔记本《评判讲谈全集（9）》（大日本雄辩会讲谈社/1931年）中收录《怪盗鲁邦》（白云齐乐山），这是以《怪盗与名侦探》的《金发美人》为原著创作的，名侦探“堡无须”与怪盗“有濑流安”对战。近年来，讲谈师旭堂南湖讲谈的题材包括上述作品，南阳外史以《红发会》为原作改写的《秃头俱乐部》，以及《歪唇男人》《斑点带子案》《五个橘核》等。

神户异人馆

位于神户市中央区北野的异人馆街，是殖民时期风格的雅致洋馆。在洋馆的二楼，重现了贝克街221B福尔摩斯的房间。这里经过了日本福尔摩斯俱乐部的监修，可以与福尔摩斯、华生的人偶合影留念。每年10月，都会举办日暮雅通制作的推理之旅，人们穿戴上因弗内斯大衣和猎鹿帽，打扮成福尔摩斯，开动脑筋进行解密，以及巡游异人馆。2014年，为了纪念福尔摩斯“诞生”160年，继轻井泽之后，在这里树起了全日本第2座福尔摩斯像。但其全长55厘米，或许会让人有点失望。

*1：说评书、讲故事。

《显贵的主顾》

载于《斯特兰德杂志》1925年2月刊、3月刊（《柯林斯周刊》1924年11月8日刊），收录于《探案》。故事讲述了一个发生于1902年9月3日的案件。恶棍阿德尔伯特·格鲁纳男爵骗过德·梅维尔将军，与其千金瓦奥莱特小姐订婚。某位地位显赫的人物为此通过代理人来向福尔摩斯求助。有一个很具说服力的传闻，认为这位地位显贵的主顾，是当时英国国王爱德华七世。在案件调查进行到一半时，福尔摩斯遭人袭击而受伤。华生在街头从广告牌上看到这个消息，慌忙赶到福尔摩斯家里。格鲁纳男爵对日本的艺术品，以及日本的历史都非常精通。

可卡因

这是用古柯植物叶子制成的药物。夏洛克·福尔摩斯长期注射可卡因，但这在当时并不是特别的违法行为。在《四签名》的开头，就描写了福尔摩斯注射可卡因的场面。当时他注射的是百分之七的溶液，浓度并不很高。这句“百分之七的溶液”也是夏洛克·福尔摩斯的重要用语。尼古拉斯·迈耶的《福尔摩斯的绝妙冒险》及电影作品《福尔摩斯的绝妙挑战》，其原作是《百分之七的溶液》（*The Seven-Per-Cent Solution*）。福尔摩斯与其说是毒品上瘾，不如说是在没有工作上门时用可卡因来寻求刺激。《四签名》的注射场景中，华生问“今天打的什么？吗啡还是可卡因？”这只是讽刺，可以推断出福尔摩斯并没有注射吗啡。在《失踪的中卫》中华生曾说，福尔摩斯用了数年，才逐渐摆脱了使用毒品的恶习。

《乞食道乐》

这是在日本最早被翻译（改写）的福尔摩斯故事，明治二十七年（1894年）1月—2月刊登于《日本人》杂志，原作为《歪唇男人》。原作发表于1891年12月，单行本发行于1892年。在当时来说，引进的速度可谓相当快。译者署名“本国首个福尔摩斯译者”，并无真名实姓。虽然在人名上有微小的误译，以及小小的改编，但对故事整体并未做大删改。后被收录在《福尔摩斯古典事件帖》（北原尚彦编/论创社）中。

戈弗雷·埃姆斯沃思

这是《皮肤变白的军人》中的出场人物，是克里米亚战争英雄埃姆斯沃思上校的独子。在波尔战争中，他加入了志愿军骑兵队米德尔塞克斯连，出征前往南非。在比勒陀利亚城外的钻石山附近作战时，他被猎象枪射中。回国后长时间失联，服务于同一个骑兵大队的詹姆斯·M.多德先生为寻找他的下落而向福尔摩斯求助。

戈弗雷·斯汤顿

《失踪的中卫》中的出场人物，芒特-詹姆斯勋爵的侄子。他是剑桥大学橄榄球队的主力队员，参加过各种比赛。他在与牛津大学比赛的前夕突然失踪，队长奥弗顿特来委托福尔摩斯寻找他的下落。

“世界千变万化，只有你始终如一”

这是在《致意》中，福尔摩斯见到久违的华生时所说的台词。而实际上是福尔摩斯在前文中说“要刮东风了”，华生没有领会其真正的含义，只是按照字面做了理解。针对于此，福尔摩斯才用这样一句台词，代替了“你还是老样子啊”的说法（也许带着些许苦笑）。无论岁月如何流转，是否有留白，华生还是那个华生。

咖啡

人们通常会将英国与红茶画上等号，身为英国人的福尔摩斯，优雅地啜饮红茶也是理所当然的事。然而实际上，原著里出现得更多的，却是福尔摩斯喝咖啡的场景。《血字的研究》中，福尔摩斯与华生刚开始同租生活，在第一个进餐的场景中，华生“发现福尔摩斯还在吃早餐”“还没给我摆放餐具，也没准备咖啡”。换句话说，二人当时是一起喝咖啡的。在《红发会》中，福尔摩斯曾说“休闲时间到。来份三明治加咖啡，然后直奔小提琴世界”。在《海军协定》的末尾，福尔摩斯、华生与珀西·费尔普斯一起吃早餐的场景中，房东太太准备了红茶和咖啡，但福尔摩斯选择了咖啡。在《巴斯克维尔的猎犬》中，福尔摩斯用“锃亮的银咖啡壶”代替镜子，看到了身后的华生在干什么。（→参照“红茶”）

小林司

1929—2010年，精神病学者，在福尔摩斯相关研究方面做出了很大贡献。他与妻子东山茜共同创办并主持了日本福尔摩斯俱乐部。他坚持自己是主持者，并不站在会员的立场上，也没有自称会长。他与东山共同创作的福尔摩斯相关书籍包括《贝克街的福尔摩斯》《福尔摩斯解读百科》《福尔摩斯之旅》；共同翻译的书籍有R. L. 霍尔的《福尔摩斯最后的对决》、V. 斯塔瑞特的《福尔摩斯的私生活》等。如果没有他，日本的福尔摩斯研究或许不会有今天这番天地。

科拉姆教授

《金边儿夹鼻眼镜》中出场的人物，住在肯特郡查塔姆市近郊的约克斯利别墅。体弱多病，一半时间躺在床上，行动只能借助拐杖或轮椅。他身体消瘦，须发皆白，嗜烟如命。为了协助自己写书，他雇了一名年轻秘书，名叫威洛比·史密斯。有一天，女佣在教授的书房中发现了这名年轻人，已经被杀害了。

《柯林斯周刊》

一本美国的大开本周刊杂志，由彼得·费内隆·科利尔（1888—1957年）创刊。因刊登了福尔摩斯原著的《归来》《致意》《探案》而知名。多亏杂志编辑出高价，促使柯南·道尔决定让福尔摩斯复活。可以说杂志是福尔摩斯复活的最大功臣，而弗雷德里克·多尔·斯蒂尔为小说创作了插画和封面，也立下了汗马功劳。威廉·福克纳、J. D. 塞林格、库尔特·冯内古特、雷·布莱伯利、厄尔·斯坦利·加德纳等作家也都在此杂志上刊载过作品。

《骷髅13》

斋藤隆夫（1968—2021年）创作的漫画，描写了日本超一流杀手骷髅13的故事。SP漫画版131卷（2004年）收录的《福尔摩斯迷》，本身就是以福尔摩斯迷为主题的小故事。福尔摩斯爱好者团体“贝克小分队”（虽说与实际略有差别）也在其中出场。15年前，骷髅13在瑞士莱辛巴赫瀑布狙击了一个人，使之跌落瀑布潭中。时至今日，以此为发端的新委托降临到了骷髅13的头上。故事不仅推出了福尔摩斯迷，还巧妙地将莱辛巴赫这个事件发生地，《斑点带子案》的原稿，以及福尔摩斯迷之间的争端都联系在了一起。话说回来，没想到福尔摩斯迷在《骷髅13》中迎来了被青睐的一天。

《高尔夫球手福尔摩斯的冒险》

这是一部将福尔摩斯设定为高尔夫球手的仿作，作者鲍比·琼斯，原著于1981年出版。故事的设定是，福尔摩斯遇见华生之前曾住在蒙塔古街，当时与小斯坦福（福尔摩斯与华生的介绍人）搭档，共同处理与高尔夫相关的一系列案件……日文译版在《高尔夫杂志》连载之后，由棒球杂志社在福尔摩斯问世一百年之际的1987年出版（译者为编辑永田实）。还有名为《高尔夫球手福尔摩斯的新冒险》的长篇续集（原著于1986年出版），讲述大空白时期，福尔摩斯受英国王子威尔士亲王的委托处理高尔夫相关案件，助手仍是小斯坦福。日版译者为小鹰信光（1991年）。

《最后致意》

载于《斯特兰德杂志》1917年9月刊(《柯林斯周刊》1917年9月22日刊)，收录于《致意》。虽然福尔摩斯一直过着隐居生活，但英国首相还是亲自上门，邀其重出江湖。故事的背景是第一次世界大战开战前夕，福尔摩斯承担起了阻止重要情报流向德国的使命。在年代学意义（时间线）上，这是福尔摩斯的最后一案，它不是借用华生的讲述(第一人称)，而是用了第三人称。有一种说法认为，故事中出场的女子玛莎就是哈德森夫人，但也有不同意见。

《最后一案》

载于《斯特兰德杂志》1893年12月刊，收录于《回忆》，讲述发生在1891年4月底的一个案件。福尔摩斯就要与超级反派莫里亚蒂教授展开殊死对决，他制订了歼灭莫里亚蒂犯罪组织的计划，正在与苏格兰场携手推进，而他自己也成为犯罪组织灭口的目标。为暂避危险，福尔摩斯欲与华生一起远渡欧洲大陆……福尔摩斯曾与教授在瑞士的莱辛巴赫瀑布展开最后的决斗，因此，除伦敦之外，这里便成了福尔摩斯迷们的另一个圣地。柯南·道尔认为创作历史小说才是他的特长，他已厌倦了写福尔摩斯，想借这个故事终结掉这个系列，因此才有了大反派莫里亚蒂的突然现身。发表之后，看到这个结局的读者纷纷向出版社提出抗议。从这个故事的发表至当时的读者读到福尔摩斯新案件的故事，其中经过了8年。而直到福尔摩斯完全复活，则必须等待10年（→参照“莱辛巴赫瀑布”）。

苏塞克斯丘陵区

这是位于苏塞克斯郡东部至汉普郡中部的高地，也称“南唐斯丘陵”，以面朝英法海峡而立的白垩岩而知名。福尔摩斯退隐江湖之后，从伦敦移居苏塞克斯丘陵区。这些都是在《第二块血迹》中提及的信息。而真实的生活状态，则描写在福尔摩斯在隐居地遭遇的案件《狮鬃毛》中。在这里，福尔摩斯还沉迷于养蜂和研究侦探学，华生偶尔会在周末前来探望。在米契·库林所写的《福尔摩斯先生 名侦探最后一案》等仿作中，也有不少对福尔摩斯在苏塞克斯丘陵区生活的描写。

《吸血鬼》

载于《斯特兰德杂志》1924年1月刊，收录于《探案》。未注明案件发生年份，只知发生在11月份。住在苏塞克斯的奇斯曼庄园中的罗伯特·弗格森前来向福尔摩斯求助，说他的妻子从自己的婴儿的脖子上吸血。弗格森曾经是一名橄榄球运动员，而且与华生同属于布莱克希思橄榄球队。这部作品在进入正题之前，还提及了若干个“未刊案件”，其中的《苏门答腊硕鼠》非常吸引人，后人的不少仿作还以此为主题。

实吉达郎

生于1929年，动物学者、作家。以不明动物“UMA”的命名者而知名。在年终的神秘节目，或发现珍稀动物的报道中，这是一个经常被提及的名字。同时，他还有着西游记研究家、天方夜谭研究家、美少年研究家等多个身份。其中有一个身份是福尔摩斯迷，著有《福尔摩斯的决定性因素》《福尔摩斯与金田一耕助》《福尔摩斯的情报活用学》等书。他很早就指出过，在《斑点带子案》和《“银色火焰”赛马》中描写的动物有矛盾行为。

三种神器

日本的福尔摩斯迷曾经做过一次遴选，选出开始福尔摩斯研究之际要准备的三种资料，又称“三种神器”。它们分别是：杰克·特蕾西的《福尔摩斯百科辞典》、罗纳德·伯特·迪瓦的书店《福尔摩斯与华生博士世界参考书目》，以及W. S. Baring-Gould的《注释版 夏洛克·福尔摩斯全集》。但鉴于目前日本很少出版福尔摩斯的研究资料，原著的信息也很贫乏，如果现在加以选择的话，可能会选出另外三种（说起来压缩到三种确实很难）。

三明治

在《绿玉皇冠案》中，福尔摩斯从餐柜切了片烤牛肉，夹在两片面包中间，往口袋里一揣就出去查案了。也许读者要问，为什么直接把三明治揣进口袋里。只要想想此时福尔摩斯假扮的是一个“捞不到活儿干的流浪汉”，这种做法也是假扮的需要，就能理解了。

《三个大学生》

载于《斯特兰德杂志》1904年6月刊（《柯林斯周刊》1904年9月24日刊），收录于《归来》。这是一个作弊案，发生在1895年。在圣路加学院，福蒂斯丘奖学金资格考试的希腊语试卷被几个人偷看过了，考官之一希尔顿·索姆斯为此前来委托福尔摩斯查案。与这位考官同住一栋楼的三个大学生，成为作案嫌疑人。福尔摩斯从考官宿舍的每一个蛛丝马迹中，找到了破案的线索，最后破获此案。受委托时，福尔摩斯正与华生共同租住在“英国著名的大学城”，研究“英国早期的宪章”。这是一个有点特别的案件。日译版的书名已约定俗成，但面向儿童的译本也有命名为“作弊”的。

《三个同姓人》

载于《斯特兰德杂志》1925年1月刊（《柯林斯周刊》1925年10月25日刊），收录于《探案》，是一个发生在1902年6月底的案件。一位名为内森·加里德布的人写信给福尔摩斯，叙述他了的诉求：“加里德布”是一个独特的姓氏，只有三个姓加里德布的人凑齐了，才能得到在美国逝世的亚历山大·汉密尔顿·加里德布的遗产。最后，在福尔摩斯的调查之下，他弄清了事实的真相。由于与原著中另一个案件所用的诡计类似，有读者认为这个故事“换汤不换药”。但在故事高潮处，福尔摩斯担心华生受伤而喊出的那句话，为这个作品赋予了其他的意义，也使它广为人知。（→参照“华生，没受伤吧？”）

《三角墙山庄》

载于《斯特兰德杂志》1926年10月刊（《自由》1926年9月18日刊），收录于《探案》。玛丽·马伯利夫人住在米德尔塞克斯郡的三角墙山庄中，某天有人通过中介来买她的房子。她仔细阅读合同之后发现，如果

按照合同的规定，她必须连同房子里所有的物品一并出售。她对此感觉蹊跷，便委托福尔摩斯调查此事。日译书名《三破风馆》的“破风”在日语中意为“山形墙上用于装饰的板子”，三面破风的建筑即“三破风馆”。与《绿山墙的安妮》(*Green Gables*)的“山墙”采用了相同的命名。

三阳贝克街

这是日本大型服装公司三阳商会旗下的品牌，主营绅士风服装，其商品图案为福尔摩斯的剪影。在这一品牌的系列中，又有子品牌“Sherlockian’s Club”(福迷俱乐部)，笔者曾经穿过。为了促销，品牌在各种商品上印着福尔摩斯的剪影，但因是非卖品而成为福尔摩斯迷们争相竞逐的目标。三阳贝克街版文库本与新潮文库本福尔摩斯使用同一出版社特制封面，但因属于非卖品，只知这一文库本有多个种类，却不知确切的数量，这令福尔摩斯书籍藏家们很是苦恼。

詹姆斯·M.多德

《皮肤变白的军人》的委托人，思罗格莫顿街的股票经纪人，波尔战争爆发时加入了义勇军骑兵队米德尔塞克斯兵团，出征南非战场。在军中，他与同一骑兵队的戈弗雷·埃姆斯沃思成为最好的朋友。回国后二人却失去联系，当他前往埃姆斯沃思家庄园寻找好友时，遭遇了一件奇怪的事情，他为此前来委托福尔摩斯调查。

杰贝兹·威尔逊

《红发会》的委托人，经营着一家当铺，长着一头赤焰般火红的头发。他在店员文森特·斯波尔丁的劝说下，应聘一个名为“红发会”的组织的空缺岗，并且一举入选。在红发会的办公室中，他只需完成简单的工作，便可获得高额的报酬。但他也因此而卷入了一宗诡异的案件，故而前来委托福尔摩斯破案。福尔摩斯凭借敏锐的鉴别力和推理能力，断定他干过手工活、吸鼻烟、是共济会成员、曾经去过中国、最近写了不少字。

詹姆斯·马修·巴利

詹姆斯·马修·巴利爵士（1860—1937年），英国作家、剧作家，最著名的作品莫过于《彼得·潘》。作家与柯南·道尔是至交好友，后者曾为他的舞台剧《简·安妮》出力，然而公演却以失败告终。在此基础上，巴利写了福尔摩斯短篇戏仿故事《两位合作者的冒险》，柯南·道尔特意将此文收录在他的自传《我的回忆与冒险》中。此外，最早的福尔摩斯戏作《与福尔摩斯的一夜》以佚名发表，在很长时间里，作者的身份一直是个谜。而随着《柯南·道尔书信集》的出版，巴利是该戏作作者的事实终于浮出水面。这令福尔摩斯戏作研究者们惊叹不已。

詹姆斯·巴克利上校

《驼背人》中的被害者，曾是爱尔兰步兵团的一员，效力于皇家芒斯特步兵团，在克里米亚战争与印度兵变中屡建奇功。他与同部队的原军旗护卫兵德沃伊的女儿南希结婚，一起生活了30年。巴克利大多数时候开朗潇洒，偶尔会表现出暴力倾向。他居住在营房附近的拉辛别墅，某一天被人用钝器击打头部，被发现时已经死亡。

詹姆斯·麦卡锡

《博斯科姆比溪谷秘案》的嫌疑人，其父名为查尔斯·麦卡锡。与艾丽斯·特纳相爱结合。在博斯库姆池塘边与其岳父发生争执之后不久，有人发现后者被杀害。詹姆斯被当作嫌疑人逮捕。检察官审讯的供述中有若干可疑之处，因此更加令人怀疑。（→参照“查尔斯·麦卡锡”）

詹姆斯·莫里亚蒂教授

福尔摩斯的宿敌。表面上是一名数学教师，实际上却是伦敦犯罪组织的头目。他曾在英国的大学中担任教授，后因关于他的不良传闻流传开来而不得不辞职。之后，他来到伦敦，以陆军军事教练的身份露面。他几乎从不自己亲自动手，而是充当计划制订人的角色，伦敦城内几乎一半的案子都与他有关。他身处黑社会这张大蜘蛛网的中央，人称“犯罪界的拿破仑”。但是，世人并未对他产生怀疑，洞悉真相的只有福尔摩斯这样的万事通。教授著有《小行星力学》，以及二项式定理相关的论文。他另有两个兄弟，一是詹姆斯·莫里亚蒂上校，一是莫里亚蒂站长。教授与福尔摩斯屡有冲突，最终导致了《最后一案》中的对决。而且，事情的真相在《空屋》中被讲述出来。在那之后，《诺伍德的建筑师》《失踪的中卫》《显贵的主顾》《最后致意》等案件中，福尔摩斯都提到过莫里亚蒂教授。后来又涌现出很多以莫里亚蒂为主人公的仿作小说，如约翰·加德纳的《犯罪大师莫里亚蒂的复活》，迈克尔·库兰德的《有千里眼的男人》，安东尼·霍洛维茨的《莫里亚蒂》，金·纽曼的《莫里亚蒂的秘密记录》等。教授甚至还被画进了日本原创漫画《忧国的莫里亚蒂》中，并且翻译成英语、法语供海外读者欣赏。近年来，也有人将莫里亚蒂教授的形象引入游戏角色，他的知名度在日本得以如此大的提升，真是令人欣慰。（→参照“主要人物介绍”）

杰佛瑞·迪佛

生于1950年，是美国当代著名侦探小说家。迪佛是一名畅销作家，在日本也是年终最佳排行榜的上榜常客。在其作品中，尤以《林肯·莱姆》系列最为知名。此外，作家还发表过多部福尔摩斯仿作，其中一部名为《威斯特伐利亚的戒指》（收录于《杰佛瑞·迪佛的惊奇剧场》），是从维多利亚时代陷入困境的盗窃犯的视角来创作的仿作。《微笑钓鱼师的冒险》（载于《推理杂志》2018年3月刊）虽然以现代美国为故事背景，但书写的却是男主人公在福尔摩斯原著的影响下，与警察共同追踪连环杀人犯的故事（也有提及格拉纳达电视台版的福尔摩斯）。

杰夫罗·鲁卡斯尔

《铜山毛榉案》中出场的人物。身材壮硕，肉乎乎的下巴皱了好几层，一直垂到喉咙上。鲁卡斯尔住在汉普郡的铜山毛榉庄园，有一对儿女，分别名叫爱德华和爱丽丝，同时拥有一个妻子。他通过家教中介寻找一名女家庭教师，因对瓦奥莱特·亨特十分满意而雇用了她。在亨特小姐入职之后，除了家庭教师的工作，他还给她下各种命令，令她十分疑惑。他看起来和蔼且善言谈，但似乎隐藏着什么秘密。

雪林福特·福尔摩斯

柯南·道尔早期的笔记和原稿中，将“夏洛克·福尔摩斯”（Sherlock Holmes）写作“雪林福特·福尔摩斯”（Sherrinford Holmes）。华生（Watson）博士的原名则是“奥蒙德·萨科（Ormond Sacker），并且二人住在上贝克街11B（11B Upper Baker Street）。《血字的研究》（*A Study in Scarlet*）最初的名字是*A Tangled Skein*。有趣之处在于，如果当时未将主人公的名字改成“夏洛克”（Sherlock），这部小说还会不会如此畅销呢？巴林·古尔德在他的《贝克街的福尔摩斯》中采用了一种说法，即在夏洛克和麦考夫之上还有一个名叫雪林福特的长兄。而《侦探歌剧：少女福尔摩斯》主人公夏洛克·雪莉福德的名字便是借鉴于此。

杰瑞米·布莱特

英国男演员（1933—1995年）。他在《窈窕淑女》中饰演青年贵族费雷迪，也是广为人知的角色。格拉纳达电视台版的《福尔摩斯探案集》中扮演福尔摩斯，被观众评为最接近原著形象的福尔摩斯扮演者。但是，饰演福尔摩斯这一重要角色，与爱妻病故这个重大的悲伤叠加在一起，导致他患上了狂躁抑郁症。为治疗心脏病而服用的药物，又使他身材严重发胖，早期福尔摩斯式尖尖的下巴，到了后期已经变得浑圆。他年仅61岁便与世长辞，实在令人扼腕。在保罗·乔瓦尼创作的戏剧《血的十字架》（日版名为《福尔摩斯侦探物语 血的十字架》）中，布莱特还扮演过华生，与查尔顿·赫斯顿扮演的福尔摩斯搭档。福尔摩斯和华生都扮演过的演员非常少，布莱特便是其中之一。布莱特的形象太符合福尔摩斯在人们心目中的印象了，因此在美漫或日漫中，福尔摩斯总是被画得与布莱特一模一样。（→参照《福尔摩斯探案集》格拉纳达电视台版）

西格森

这是福尔摩斯的化名之一。大空白时期，福尔摩斯扮成“挪威探险家西格森”前往西藏旅行，并以这个名字写下了探险记。“西格森”（Sigerson）还隐藏着“西格的儿子”之意，因此有人提出夏洛克·福尔摩斯的父亲名为“西格”（Siger）的说法。吉恩·怀尔德导演并主演的电影《新福尔摩斯探案集》，主人公的名字“西格森·福尔摩斯”也来源于此。

《放学后推理研究会！》

这是安田刚助于2016—2020年创作的漫画，集推理与喜剧于一身。故事发生在广岛的高中，推理迷白银百合子学姐是推理研究同好会的会长，漫画故事讲述了她与同好会的伙伴们快乐的日常生活。在第一话中，除了百合子学姐正在阅读《血字的研究》的情节，还出现了许多以福尔摩斯原著为主题元素的情节。包括“红发诡计！”“这是很基础的事，我亲爱的华生！”“白银百合子的研究！”“临终的侦探！”等。从“收藏家！”中可以知道，百合子学姐至少拥有新潮文库版、筑摩文库版、河出文库版、光文社文库版的原著。

“后天七点半”

这是福尔摩斯的一句台词，出自《王冠宝石案》。哈德森夫人问：“你想什么时候吃饭，福尔摩斯先生？”他回答：“后天七点半。”也就是说，他当时并不想吃饭。这就是福尔摩斯忙于查案时的状态，与其说是忘记吃饭，莫如说他认为进食时大脑会变得迟钝。他曾说，“因为饥饿能提升一个人的智力”。哈德森夫人和华生因此而担心他也是理所当然的了。

“四个人打败过我”

这是福尔摩斯的金句之一，出自《五个橘核》。案件委托人约翰·奥彭肖上门时曾说“你什么问题都能解决，没人能打败你”。福尔摩斯的回答是“四个人打败过我”，而且是“三男一女”。这“一女”无疑就是“那位女士”了。而福尔摩斯意识到要约束自己的言行，拜托华生在耳边提醒自己“诺伯里”的《黄面人》，是后来发生的事。因此至少要在那“四次”之后再加一次。

自行车

前后车轮大小一样，靠链条驱动后轮的安全型自行车，以及打气轮胎在19世纪80年代便已问世，因此在原著中多次出场。在《孤身骑车人》中，瓦奥莱特·史密斯小姐以及尾随她的神秘男人，所用的交通工具都是自行车。“骑自行车的女性”也是当时新女性的象征。在《修道院公学》中，自行车及其车轮印成了案情的关键。福尔摩斯对于车轮印所进行的推理是否合理，这也成为研究的课题。

汽车

福尔摩斯所处的时代，人们的交通工具以马车为主。然而，在以第一次世界大战开展前夕为背景的《最后致意》中，我们看到了汽车的出场。德国大使馆的冯·赫林男爵搭乘奔驰车，华生则开福特车载着福尔摩斯。格拉纳达电视台版《福尔摩斯探案集》的《雷神桥之谜》中，委托人开着汽车赶到贝克街。汽车可以说是从福尔摩斯的时代跨越到新时代的象征。在动画片《名侦探福尔摩斯》中，福尔摩斯乘坐的是早期款的汽车奔驰维多利亚（Benz Viktoria）。这款车是1892年（19世纪90年代以后）上市的，因此福尔摩斯能够乘坐也一点不奇怪。

在《致意》中，小型福特汽车登场！

西德尼·佩吉特

英国插画家（1860—1908年），曾为《斯特兰德杂志》《海滨杂志》等供稿。他在《斯特兰德杂志》负责为福尔摩斯的连载故事绘制插画。可以说，他绘制的福尔摩斯，成为后世福尔摩斯像的基础。他的画作使柯南·道尔在作品中的描述变得更加丰满，是他让福尔摩斯戴上了猎鹿帽，穿上了因弗内斯大衣。《斯特兰德杂志》的编辑原本打算让他的弟弟，同为画家的沃尔特·佩吉特来负责福尔摩斯的插画，却阴差阳错联系到了西德尼·佩吉特。如果没有这个差错的话，或许夏洛克·福尔摩斯的形象，以及后世名侦探的形象将完全不同。西德尼于1908年去世，此后改由H. K. 埃尔科克、弗兰克·怀尔德等多名插画家共同绘制福尔摩斯。最早的候选人沃尔特·佩吉特，则绘制了《临终的侦探》的插画。西德尼还负责为福尔摩斯故事的竞争作品“马丁·休伊特”系列（亚瑟·莫里森著）绘制插画，但由于为主人公设定的身材较胖，西德尼便将其画得酷似麦考夫·福尔摩斯。佩吉特绘制的福尔摩斯原画，是福迷们垂涎的目标，如果拿出来拍卖，定会拍出天价。

柴田炼三郎

日本小说家（1917—1978年）。他曾写过侦探小说、儿童小说，但主要还是以撰写历史小说而知名。其代表作为《眠狂四郎》系列。在其侦探小说集《幽灵绅士 异常物语》中，收录了福尔摩斯短篇仿作《名侦探诞生》。作家也为偕成社撰写儿童向原著复述版，其中也收录了仿作《红色怪盗》，当时据说也是柯南·道尔原作的作品，然而实际上，其原作是以东京为背景，以名侦探东京绅士为主人公的自创作品《红色恶魔》，只是将背景和侦探做了改写而已。此外，作家在少女杂志上发表的《幽灵馆之谜》，改写自柯南·道尔的《神秘的克虏伯》。儿童向的作品有可能是其他作家代笔完成的，求证非常困难。

岛田庄司

日本推理小说作家，生于1948年。以江户川乱步奖入围作品《占星术杀人事件》（1981年）出道，被尊为“新本格派小说的开山鼻祖”。1984年，作家发表了长篇福尔摩斯仿作《被诅咒的木乃伊》。2014年，作家以电影的众筹优惠形式，发表了论考《福尔摩斯新论》。2015年，以详解该论考的形式，作家出版了时隔31年的长篇仿作《新十五只油炸老鼠 约翰·H. 华生的冒险》。作家是为日本福尔摩斯仿作做出贡献的杰出人物之一，他笔下的福尔摩斯外表很凶，实则内心特别善良。(→参照《被诅咒的木乃伊》)

《被通缉的男人》

柯南·道尔去世之后，这部手稿才被发现。1948年作为“柯南·道尔创作的第61个福尔摩斯作品”被发表，是一个短篇。后来证明，这是阿瑟·惠特克主动提出要与柯南·道尔合作，而赠予后者的作品。最后这部作品虽然被定性为仿作，但其质量几可乱真。在日本，月曜书房版全集，以及小学馆的儿童向全集中，都收录其为柯南·道尔的第61个作品（月曜书房版的作品名为“寻找的男人”，小学馆版为《被盯上的男人》）。此外，它还被作为仿作，收录于《福尔摩斯赝作展览会》。

指纹

指纹就是手指上的纹路，是每个人特有的，跟随一生，不会改变。使用最先进的科学方法的福尔摩斯，也将指纹作为犯罪证据加以利用。苏格兰场采用指纹来识别身份，开始于1901年，而指纹在破案中起到重要作用的《诺伍德的建筑师》则发表于1903年，这说明柯南·道尔从相当早就开始关注指纹了。年代学上将该案发生年份设定在19世纪90年代，因此福尔摩斯的动作比警察更快。此外，在《红圈会》《三角墙山庄》《三个大学生》等作品中，也都有提及指纹。《诺伍德的建筑师》在美国发表时所配的插图，原本应在墙上画指纹的位置，被画上了手掌印。

杰克逊医生

一名伦敦医生。在《驼背人》中，开诊所的华生受福尔摩斯之邀，欲与之同行。临走前说“没问题，杰克逊能替我看病”。在《博斯库姆溪谷秘案》中，华生则托安斯特拉瑟医生替自己看病。由于推测两个案件发生在情况类似的时期，这两位替华生看病的医生很有可能是同一个人，名叫“杰克逊·安斯特拉瑟”。

杰克·伍德利

《孤身骑车人》中的出场人物。长着一把红胡子，举止粗鲁，脸肿胖。最近刚从南非回来探亲，是瓦奥莱特·史密斯小姐的叔叔的朋友。他喜欢搭讪史密斯小姐，态度下流。

杰克·斯特普尔顿

《巴斯克维尔的猎犬》中出场的人物，是一名博物学家，住在巴斯克维尔庄园附近的梅里皮特庄园，与他的妹妹贝丽尔同住。他看上去三四十岁，身材瘦小，表情严肃，亚麻色头发，下巴瘦长。他是一名鳞翅目昆虫收集者，当时正拿着捕虫网追赶蝴蝶。他与巴斯克维尔庄园新主人亨利爵士是好友。

《歇雅克·福尔摩斯》

这是永井豪创作的搞笑漫画，发表于1975—1979年。在漫画中，永井豪用自己的自画形象充当主人公搞笑侦探的形象，搭档不是助手华生，而是“女华生”。被夏洛克·福尔摩斯扔进垃圾箱的案子，被他从垃圾箱里翻找出来。那些委托人便也以为，案件都委托给了夏洛克·福尔摩斯。漫画中以“人猿泰山”为素材的《密林杀狗事件》，以《尼罗河上的惨案》为素材的《波罗杀人事件》等，与其他各种小说互为交叉。作为一部福尔摩斯戏作漫画，早就归入了古典的分类。漫画（单行本）由讲谈社与朝日sonorama出版过2次。在全12话中，有4话未收录单行本。笔者期待能够收录所有故事的完整版。

雪莉·福尔摩斯

后藤寿庵创作的成人漫画，1994年出版。故事的设定是，在保留于贝克街221B

的福尔摩斯的房间里，福尔摩斯的孙女雪莉·福尔摩斯开着一家侦探所。华生和莫里亚蒂也都是孙辈的设定。亚森·罗宾的孙女阿伯丁·罗宾也有出场。只有雷斯垂德警探已经相当老迈，想必仍是原作中那一位。全作分7话，分别是《雷孔基斯塔之犬》《美少年组合》《罗宾智斗福尔摩斯》《蓝宝石》《三个胖子》《空牢房案》《可疑的乘客》。与其说这是一部情色漫画，莫如说是带有情色意味的喜剧漫画。富士美出版社的《富士美漫画》，在成人漫画的标签之下，竟有些角色和案件名称都是用原著改编的，这一点令笔者大为吃惊。至少在“以单行本出版的情色漫画”中，这部福尔摩斯戏作大概是创了日本之先吧。

福尔摩斯迷（福迷）

指热爱福尔摩斯的人群，与其用“福尔摩斯研究者”来为这个人群定义，莫如说他们更是“喜欢福尔摩斯的人”或“福尔摩斯的粉丝”。有一点容易被误解，所谓“福迷”，并不一定非要深入研究福尔摩斯，或必须对原著倒背如流（引用或背诵原著的内容）。那些借助原著阅读福尔摩斯研究读物的人，收集福尔摩斯周边的人，喜欢福尔摩斯但只读原著的人，都是福迷。现在正在阅读此书的读者，你们也是。

《福尔摩斯迷！》

池田邦彦于2010—2013年创作的漫画。故事中，女大学生原田爱里原本是个普通的福尔摩斯的粉丝，在大学教授兼福尔摩斯铁粉车路久（Syaroku）的影响下，成长为一名出色的福迷，并破解了许多日常生活之谜（而且二人的距离也拉近了）。二人的名字分别是艾琳和福尔摩斯的谐音。书中有各种福迷梗，比如华生受伤的部位、巴流术等，关于柴田炼三郎的《红色怪盗》这部狂热作品的章节让笔者十分吃惊。作为一个资深福迷，笔者没想到有朝一日，“福尔摩斯迷”这个词竟会用来作为漫画书的名字。第4卷之后并未发表新作，也未出现“完结”字样，因此笔者一直在暗暗地期待着续集。

池田邦彦著《福尔摩斯迷！》（双叶社）

Sherlock（夏洛克）

这是搭载在为苹果公司电脑Macintosh所开发的操作系统（8.5及9）上的搜索功能，其名称无疑来自福尔摩斯，图标是猎鹿帽和放大镜的组合图案。在发布该系统的活动上，苹果公司的社长装扮成福尔摩斯的样子登台，一时间成为热议的话题。而讲解该搜索软件的说明书则命名为《夏洛克之书》（*Sherlock Book*），并以福尔摩斯的形象做封面，据说有福迷不假思索便购买了此系统。

神探夏洛克

《SHERLOCK/神探夏洛克》

英国广播公司（BBC）自2010年出品的电视系列剧，剧中将福尔摩斯设定为现代人，由热爱福尔摩斯的史蒂文·莫法特、马克·加蒂斯主创。扮演夏洛克的是本尼迪克特·康伯巴奇，扮演华生的是马丁·弗瑞曼。出租车取代了在街头揽客的马车，尼古丁贴片取代了烟斗，靠电脑收集信息。华生是一名从阿富汗战场上退役的原军医，则与百多年前的设定巧妙地重合了。剧中穿插了各种来自原著的元素，这些对福迷们都很有说服力。再配合精彩的剧情，时尚的影像，这部剧一时风靡了全世界。它与盖·里奇导演的电影《大侦探福尔摩斯》，无疑开了21世纪版的福尔摩斯热的先河。此剧不似美剧那样实行量产，每一季只有3集，但每一集时长一个半小时，无论是长度还是品质，都堪比一部迷你电影。两位主演借此剧之光，成为国际大明星。本尼迪克特·康伯巴奇首次赴日时，大批粉丝拥塞在成田机场。至2017年，此剧已经制作、播放了四季，特别篇《可恶的新娘》也在剧场公映。故事在第四季中已大致收束，但并未宣布终结，这为粉丝们留下了一个念想，今后仍有可能制作新的剧集。

《SHERLOCK/神探夏洛克 可恶的新娘》

这是BBC出品的《神探夏洛克》的特别篇。以“现代版”为卖点的此剧，将故事背景设在维多利亚时代，因此而引发了热议。播出前，观众就开始议论夏洛克和约翰会如何回到维多利亚时代。甚至有传闻说该集剧情与《神秘博士》有交叉，但实际上它是第3、4季之间的过渡，可以将其当作3.5季。故事基于原著中的未刊案件《跛足的里科里特和他可恶的妻子的案件》。大概是维多利亚时代背景的缘故，有许多评论的声音称，有很多部分能让人感受到格拉纳达版福尔摩斯的运镜和音乐的影子。2016年元旦，此剧在英、美两国播出之后，又在世界各国剧场公映。日本也先于电视，从2月19日开始上映。此外，在日本继此剧之后，还上映了《福尔摩斯先生 名侦探最后一案》，因此造就了“福尔摩斯电影连续上映”的奇迹，仅在2016年3月18日当天可以连续观看。

《夏洛克》(富士电视台)

这是从2019年10月开始,富士电视台在周一晚9点播放的电视连续剧,脚本由井上由美子撰写。故事背景从维多利亚时代的伦敦,搬到了令和时代的东京。虽然同属于现代版,却不等同于BBC电视剧《神探夏洛克》的日译版。故事完全基于柯南·道尔的原著。剧中的誉狮子雄(夏洛克)由国际明星藤冈靛扮演,若宫润一(华生)由EXILE的岩田刚典扮演。佐佐木藏之介扮演的江藤礼二,则相当于雷斯垂德警探。在人物设定上,誉狮是一名自由职业的犯罪调查顾问,若宫是精神科医生。此剧着眼的福尔摩斯元素既有推理,还有兄弟情,这一点是剧情的加分项。还有一个重点是,打造此剧的基础不是原著,而是“未刊案件”。当福迷们获知,此剧将于2019年10月与动画《歌舞伎町夏洛克》同时播放时,简直欣喜若狂。

夏洛克·福尔摩斯

柯南·道尔笔下的英国名侦探,住在伦敦贝克街221B,那里也是他的侦探事务所,其搭档是华生博士。华生住进贝克街之前,曾借宿在大英博物馆东侧的蒙塔古街。福尔摩斯身材瘦长,黑发、灰眼珠。无论对委托人的外貌、动作,还是对华生博士脑中正在思考的事情,都能敏锐推理,准确推断。福尔摩斯头脑聪明,还精通搏击和日本的格斗术,是头脑、四肢都发达的人物。他吸烟,尤嗜烟斗,总是根据自己的心情选择不同的烟斗。除了烟斗,他也抽卷烟。没有委托人上门的时候,他就注射百分之七的可卡因溶液(当时是合法的),后来在华生的劝说下戒除了。他喝葡萄酒或威士忌兑苏打水。当他埋头于查案时,会短暂断食。他爱好化学实验,目的不仅是破案,也是为了享受乐趣。他精通专业知识,但对没有兴趣的事情,以及无益于犯罪调查的事情,他连记都懒得记。在《血字的研究》中,华生博士对他精通的知识列了一张表。他出版过各种书,也发表过各种论文,包括《各种烟灰之鉴别》《人生之书》等。他的祖母是法国画家韦尔内的妹妹。只知他有一个哥哥名为麦考夫,其他家庭成员不明。他退休后隐居到苏塞克斯丘陵区,一边养蜂一边撰写侦探技巧的相关文字。其他事项,请参照本书其他章节。

《夏洛克 福尔摩斯》

这是一部木偶剧,由三谷幸喜负责脚本创作。木偶设计&木偶美术监修由井上文太担任。2014年至2015年之间,在NHK的ETV(无线综合知识频道)首播,之后在日本各个地方电视台播出。故事的设定是,华生(剧中的“生”)从澳洲转学来到比顿学校(Beeton School),在贝克街的宿舍中与福尔摩斯同住,二者成为侦探搭档,破获了一系列发生在校内(偶尔也会出校门)的案件。故事描述福尔摩斯的少年时代,在寄宿学校中遇见华生,这样的设定与电影《少年福尔摩斯》(*Young Sherlock Holmes*)有着异曲同工之妙。每一集都以原著为原作,分别做了改编。然而又不拘泥于改编,此剧以《斑点带子案》为主要情节创作的《爬行人》,把人吓得魂飞魄散。声优方面,福尔摩斯由山寺宏一,华生由高木涉担任。妻夫木聪、武田真治、宫泽理惠也都有参演,豪华的声优阵容一时将话题炒热。山寺宏一还为麦考夫,小狗托比以及贝克宿舍小分队等角色配音,每一个都配得活灵活现,的确是“有七种音色的男子”。此剧名在“夏洛克”和“福尔摩斯”之间没有以“·”隔开,而是留一个半角的空格,这是一大特点。

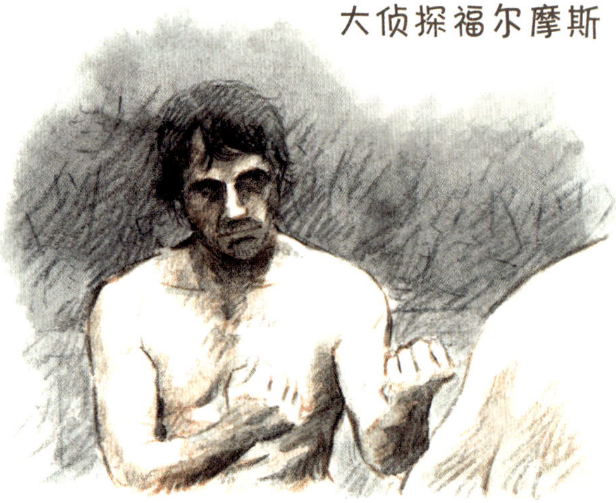

《大侦探福尔摩斯》（盖·里奇导演）

2009年（日本为2010年）公映的电影。原著中的福尔摩斯精通搏击、击剑以及日本武术。此剧正是着眼于这一特点，划时代地刻画了一位“头脑聪明，且擅长格斗的福尔摩斯”形象。将动作和悬念融为一体，是完成度非常高的一部娱乐之作。扮演福尔摩斯的是小罗伯特·唐尼，扮演华生的是裘德·洛。而艾琳·艾德勒、玛丽·莫斯坦的出场，不是原著，而是自创的故事情节（即仿作）。在剧中，福尔摩斯向亨利·布莱克伍德爵士制造的神秘案件发起了挑战。时隔很长时间，日本也上映了大批福尔摩斯电影，为福迷们带来了莫大的惊喜。2011年，其续集《大侦探福尔摩斯：诡影游戏》也上映了（日本为2012年）。该系列与2010年开播的BBC版电视剧《神探夏洛克》（*SHERLOCK*，日本自2011年开播）都获得了巨大的人气，无疑是掀起21世纪福尔摩斯大热潮的主导因素。

《福尔摩斯在22世纪》（*Sherlock Holmes in the 22d Century*）

英国苏格兰电视台等于1999—2001年制作的科幻系列动画片，共26集。讲述在22世纪的未来社会，莫里亚蒂在克隆技术的帮助下重生，由于福尔摩斯的肉体被特殊技术保存下来，苏格兰场的雷斯垂德警探借助科学家的力量，让年轻的福尔摩斯复活。如此，未来世界的福尔摩斯开始大显身手……华生是个机器人。此外，在新贝克街侦探小分队中，威金斯是一名足球运动员。剧中案件《巴斯克维尔的猎犬》《五个橘核》等，也是基于原著而创作的。此剧在日本既未上映也未发行，笔者希望能够在卫星电视或有线电视等的动画频道播出。

《福尔摩斯在纽约》

1976年制作的电视电影。虽然并未在剧场上映，但演员阵容超级豪华：扮演福尔摩斯的是007的扮演者罗杰·摩尔，扮演的艾琳·艾德勒的是著名的美女演员夏洛特·兰普林。故事讲述遭到福尔摩斯破坏的犯罪组织头目莫里亚蒂，发誓要向福尔摩斯复仇。随后策划了“世纪犯罪”，将在纽约公演的艾琳·艾德勒也卷入其中。福尔摩斯与华生渡海前往美国，在纽约开始了冒险……艾琳的儿子斯科特由罗杰·摩尔的儿子杰弗里·摩尔扮演，实现了父子合作。

福尔摩斯在纽约

《福尔摩斯大战妖怪（DVD）》
（ALBATROS CO,.LTD.）

《福尔摩斯大战妖怪》

2010年美国产的非戏院首映电影。在日本发行了DVD，也在电视台播放。说白了这就是部怪诞之作：满载女王财宝的轮船神秘沉没，雷斯垂德警探前来委托福尔摩斯调查。而另一边，在伦敦东区的贫民窟，有人被怪物（看似恐龙，然而并没有那么庞大）袭击。福尔摩斯他们与怪物狭路相逢，当人们以为故事将要以福尔摩斯×“失去的世界”的形式发展下去时，结局却朝着意料之外的方向发展，迎来了意料之外的高潮。福尔摩斯从沾在鞋子上的泥土展开推理，华生果断来找照顾患者的女性约会这类事情，可以说很符合二人的人设。但华生在悬崖上上下下，情节冗长，火车头的形状，道路的铺设方式都明显与故事所在的时代格格不入，本来在伦敦散步的福尔摩斯和华生，却随意闯入了森林深处（在那里被怪物追赶）……让人挠头不解的镜头层出不穷。最让人无法释怀的是，福尔摩斯（本·塞德）的个子不高（比华生矮），而且是长发。这明显是制作经费太低的结果。如果按照A级、B级来评定的话，这部作品大概只能评到P级。DVD的封面很帅，但作品本身并没有出现如此扣人心弦的场景。这是一部虽然异想天开，但令人印象深刻的作品。

《最后致意》

1917年出版发行的第四个短篇集，收录《威斯特里亚寓所》《布鲁斯-帕廷顿计划》《魔鬼之足》《红圈会》《弗朗西丝·卡法克斯女士的失踪案》《临终的侦探》《最后致意》7个短篇作品。原本《回忆》中的《硬纸盒子》也曾收录在此，一共8篇（→参照《硬纸盒子》）。此前的3册短篇集集结了一年内连载的故事，但这一本结集成册（其间穿插了长篇故事《恐怖谷》）却用了9年。再说原题，其他短篇集一定会缀上“夏洛克·福尔摩斯”之名，而此书仅“His Last Bow”（最后致意）。因作品较少，此书较薄，其厚度只有收录13篇故事的《归来》的一半。

《夏洛克·福尔摩斯 最后一案》

这是由查尔斯·马洛威兹撰写脚本，于1984年在美、英上演的戏剧。1987年在美国公演时，福尔摩斯的扮演者是弗兰克·兰格拉。日版也在1988年通过Office Nine株式会社公演。发誓要向福尔摩斯复仇的莫里亚蒂的儿子西蒙，想要阻止他复仇的双胞胎妹妹丽莎，生活在福尔摩斯阴影之下自有谋划的华生……整个戏剧架构错综复杂。故事的最后，华生倒了大霉。日版中扮演福尔摩斯的，是野田秀树“梦游社”的招牌演员上杉祥三。此后，他在大河剧和连续剧小说中也经常露脸。戏剧宣传单上印着其简介文的金子修介，现在是著名的怪兽电影导演。扮演华生的山口良一出自阿钦家族（日本综艺节目）。丽莎·莫里亚蒂一角由影视双栖演员余贵美子扮演。此剧日后在英美重演，2018年在波士顿上演，在日本更是频频上演。

《大侦探福尔摩斯：诡影游戏》

盖·里奇导演的电影，2011年上映，是《大侦探福尔摩斯》（2009年）的续集。这两部电影都充满着动作元素。第1部中，福尔摩斯的对手亨利·布莱克伍德爵士是原著中没有的角色，而这一部福尔摩斯的对手则是以原著为依据的詹姆斯·莫里亚蒂教授（杰瑞德·哈里斯饰）。其副官塞巴斯蒂安·莫兰上校也在剧中出场。而福尔摩斯这一方出场的，是他的哥哥麦考夫（史蒂芬·弗莱饰），那个场景的姿态相当有冲击力。故事讲述福尔摩斯和华生共同阻止莫里亚蒂教授的罪恶企图，基本上都是原创的情节，只有对手莫里亚蒂是来自原著的元素。该剧在2014年日本电视台“周五路演”中通过地上波播放时，不仅做了大幅的删节，还用反射式字幕，将后面的剧情打在屏幕上，比如“莫里亚蒂的目的是××”。这一做法引发了观众激烈的批判。小罗伯特·唐尼和裘·德洛都是档期极满的演员（尤其前者还是《钢铁侠》的主角），当人们以为下一部续集遥遥无期之时，2020年却有消息说，该系列的第3部有望问世（后延期）。福尔摩斯和华生都是原班扮演者，但导演未定（截至2019年）。但无论情形如何，都值得期待。

《福尔摩斯十大怪案》

这是一部由加里·格雷迪、苏珊·戈德伯格、雷蒙德·爱德华联合创作，调查游戏形式的仿作。原作于1981年出版，日译本于1985年出版。作品构建了一个体系，让阅读此书的读者，化身贝克街小分队的一员，从读到的报纸、地图、住址中加以推理，从而破获案件。这是一个完成度非常高，让人切实体验福尔摩斯的世界的游戏。以丹尼斯·威特利的《迈阿密海上杀人案》为开端的《调查档案 推理系列》，和久峻三的《雨月庄杀人事件》，石森章太郎的《佐武与市捕物控 死亡还是生存》等，附带资料和证物的“调查档案”型的推理游戏，曾在20世纪80年代的日本掀起过热潮，而此书便是在热潮正盛时出版发行的。并获得了游戏·杂志奖，最佳游戏奖，日本夏洛克·福尔摩斯大奖等各种大奖。趁着人气又引进翻译了续集《福尔摩斯 被诅咒之馆》《福尔摩斯 死者的来信》。此外，《福尔摩斯 开膛手杰克事件》这一日本原创作品也问世了（但这是资料与棋牌游戏合璧之作）。近年来，欧美也有旨趣相同的福尔摩斯读物出版发行，笔者也希望能够早日看到日译本。

《福尔摩斯侦探物语 血的十字架》

这是保罗·乔瓦尼创作的戏剧（1978年），在1980—1981年的洛杉矶公演中，主演阵容可谓豪华，查尔顿·赫斯顿扮演福尔摩斯，杰瑞米·布莱特扮演华生（后改扮演福尔摩斯）。在1987年的日版中，剧团四季的日下武史扮演福尔摩斯，文学座的盐岛昭彦扮演华生，歌手出身的藤真利子扮演女主角，其他的演员还有不破万作、筧利夫等。并且戏剧的导演是执导过《鬼龙院花子的生涯》《吉原炎上》的五社英雄。戏剧情节来自《四签名》，但融合了《歪唇男人》《波西米亚丑闻》等的元素，是一部仿作。如果赫斯顿&布莱特版的影像尚有留存的话，笔者真希望能制作成碟片……

《福尔摩斯与华生博士》

这是1975年12月至翌年1月，在NHK《大家的歌》栏目中播放的歌曲。由谷启演唱，柴田阳平作词，比吕公一作曲，影像动画福岛治。歌曲很欢乐，介绍福尔摩斯和华生。福尔摩斯台词的部分会让人联想到《红发会》，略有剧透的嫌疑。

《福尔摩斯与华生博士》

由兰影公司制作的电视电影系列（1979—1986年），由伊戈尔·马斯连尼科夫导演，共5部。因是东西方冷战时代的作品，所以剧中没有任何西方各国甚至日本的相关信息，直到苏联解体后，该剧才逐渐为人所知。扮演福尔摩斯的演员瓦西里·波列诺夫，因为小鳄鱼盖拿配音而知名，浑厚是其声音的特点。华生的扮演者是维塔利·索罗明（黑泽明电影《德苏·乌札拉》中扮演探险家的尤里·索罗明之弟）。虽然情节有重新排序和组合，但相对而言还是较为忠实于原著。一想到这是与格拉纳达版电视剧时代相近的作品，就觉得很有意思。主题曲气势雄壮，多次观看会上瘾。遗憾的是，这部剧在日本只有1—3部出了碟片，而在有线电视AXN推理频道则播放了全部作品。在那之后也时有播放，有兴趣的朋友请一定不要错过。而且，笔者还是希望全部作品都能够发行碟片。

福尔摩斯与华生博士

《对福尔摩斯充满爱》

这是集结了日本作家福尔摩斯戏作&仿作的文集，2010年出版，推理文学资料馆编（编委：新保博久）。续作为《再次对福尔摩斯充满爱》，是对1990年的《日版福尔摩斯赝作展览会》上下卷修订、增补而成。从《……展览会》中省略了福尔摩斯元素薄弱的部分，之后撰写的作品（梦枕貘、田中启文、北原尚彦等）也收录其中，因此强化了福尔摩斯元素。

推理文学资料馆编的《再次对福尔摩斯充满爱》（光文社文库）

《福尔摩斯的宇宙战争》

这是曼利·W. 威尔曼&韦德·威尔曼父子联合创作的仿作，原书出版于1975年，故事讲述夏洛克·福尔摩斯在H. G. 威尔斯的《宇宙战争》中，如何与火星人战斗。威尔斯的短篇“水晶之卵”也成为该作的元素。虽然从主题上来讲，它属于迎合时尚的东西，但确是一部认真写就的好品质仿作。因其是科幻作品，作品中福尔摩斯与柯南·道尔的科幻角色钱德勒教授共同战斗的情节设计也很令人惊艳。根据故事的设定，前半部是来自钱德勒教授系列的记者马龙的记述，后半部则来自华生的记述。令福迷莞尔的元素，在作品中随处可见。此外，从将哈德森夫人塑造成与福尔摩斯同龄，充满魅力的女性这个侧面来看，可与动画片《名侦探福尔摩斯》媲美。日译本于1980年由创元推理文库SF MARK出版，在2016年通过复刊展销会由创元SF文库重新出版，封面图案也随之更换。一开始有着幽默笔触的金森达插画也不错，但有被误解为轻喜剧内容之嫌。铃木康士将封面改成帅气风格，这一点使笔者深觉欣慰。

曼利·W. 威尔曼、韦德·威尔曼著/深町真理子译《福尔摩斯的宇宙战争》（创元SF文库）

《福尔摩斯的荣耀》

这是2007年由北原尚彦编撰的，福尔摩斯戏作&仿作翻译文集。为了避免与先行出版的《福尔摩斯的灾难》《福尔摩斯赝作展览会》重复，该文集从未译作品和单行

罗纳德·A. 诺克斯、安东尼·伯克莱等著/北原尚彦编、译《福尔摩斯的荣耀》（创元推理文库）

本未收录作品中挑选。全书共收录24篇，由“王道篇”“模仿篇”“未刊案件篇”“对决篇”“异色篇”5个部分组成。既有出自笔名A.A.米尔恩、安东尼·伯克莱的作品，也有作者不详的作品。由论创社出版发行，2017年由东京创元社发行文库版（同时追加了1篇）。

《福尔摩斯的睿智》

这是原创短篇集，仅发行日本新潮文库版（延原谦译）。新潮文库从各个短篇集中分别挑选出几篇，在此基础上，制作了新的短篇集《睿智》。新潮文库所出为全译本，因此原著存于世的不是9本而是10本。以前比较容易弄到手的个人全译本，是新潮社的延原先生译本，但是对于《睿智》的存在是褒还是贬，则因人而异。

《回忆录》

第二部短篇集，于1893年出版发行。全书共收录《“银色火焰”赛马》《硬纸盒子》《黄面人》《证券经纪人的秘书》《格洛里亚·斯科特号三桅帆船》《马斯格雷夫礼典》《赖盖特之谜》《驼背人》《住院的病人》《希腊译员》《海军协定》《最后一案》12篇。与“回忆录”相呼应的，这部短篇集中包含了两个福尔摩斯回忆在遇见华生之前发生的案件。近年来一般会将《硬纸盒子》收录于《最后致意》，如此这里便剩余11篇（参照《硬纸盒子》）。此外，如果是初次阅读，请先读完《福尔摩斯归来记》之后，再来阅读此部短篇集。

《福尔摩斯的功绩》

福尔摩斯仿作集，原著于1954年出版发行，是柯南·道尔的儿子雅德里安，与密室推理大家约翰·迪克森·卡尔合作的作品。全书收录12篇，前6篇为二者合作，后6篇则出自雅德里安一人之手。该作品集取材自未刊案件，风格酷似原著，是福尔摩斯仿作中的典范，在日本由早川书房的袖珍推理出版发行。

雅德里安·柯南·道尔、约翰·迪克森·卡尔著/《福尔摩斯的功绩》(早川书房)

《福尔摩斯的计算机入门》

由亨利·莱德加德、E. 帕特里克·麦高汉、安德鲁·辛格联合创作，是一本仿作入门书，原著发行于1983年。19世纪查尔斯·巴贝奇设计出了计算机的鼻祖——分析机，本书以其为主题元素，讲述福尔摩斯破获“算盘杀人案”“模型列车案”的故事。除了这些戏仿部分，还穿插有科学解释的部分，读者从书中还能学到输出、输入、演算、记忆、编程等计算机基础知识。笔者实际上是通过此书了解了计算机的（首次知道巴贝奇其人正是通过此书）。日译本于1984年由自然社出版，三名译者联合翻译，其中一名是理科出身，后来以福尔摩斯译者而驰名的日暮雅通，这一点令人信服。另有其姊妹篇《福尔摩斯的基础课程》。

《福尔摩斯的灾难》

这是埃勒里·奎因于1944年编撰的，历史上第一部福尔摩斯戏作&仿作文集。其中收录了罗伯特·巴尔的《伟大的佩格拉姆之谜》、布雷特·哈特的《被盗的雪茄烟盒》等当时主流的戏作，囊括了从古典的滑稽戏到本格的仿作等各种形式的内容。然而，将“Adventure”（冒险）与“Misadventure”（灾难）挂钩的书名，却招致了柯南·道尔遗属的不满，使此书陷入绝版的困境。在日本以文库上下卷的形式，于1984、1985年由早川书房出版发行日译本。无论此书在其原著国是否绝版，因翻译版权已到期，在日本出版便已成为可能。后来，本书的序文中提及但未收录的作品，也被集中在由朱莉·麦库拉斯等人编的《福尔摩斯失去的灾难》（日译本由原书房出版）中出版。

埃勒里·奎因编/中川裕朗、乾信一郎译《福尔摩斯的灾难（上）（下）》（早川推理文库）

《新探案》

1927年出版，第五部短篇集。这是最后的短篇集，也是最后的单行本，收录了《王冠宝石案》《雷神桥之谜》《爬行人》《皮肤变白的军人》《狮鬃毛》《退休的颜料商》《戴面纱的房客》《肖斯科姆别墅》等12个短篇。因其中有风格另类的作品，以及对此前诡计加以改写的作品，日本福迷对其风评不佳。但也有人喜欢它的不拘一格（如笔者）。在日本，由于协议的关系，仅此书尚有翻译权，并且限定了在该翻译权过期之前有权出版的出版社。因此，翻译福尔摩斯作品历史悠久的创元推理文库，也不得不等到1991年才出版此书。现在河出文库、光文社文库也在出版。

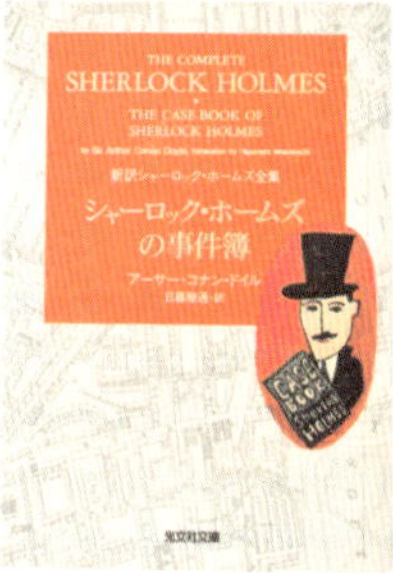

阿瑟·柯南·道尔著/日暮雅通译《夏洛克·福尔摩斯案件簿》（光文社文库）

《福尔摩斯的新冒险》

1987年为了庆祝福尔摩斯“诞生”100周年，而出版发行原著，是一部由M. H. 格林伯格、C. R. 沃尔所编的，福尔摩斯戏作&仿作文集。《福尔摩斯的灾难》等此前的文集大多是从过去的作品中挑选出来的，而本书则基本上是重新写作的。它也成为之后不断发行的新创文集的先驱。日译本于1989年由早川推理文库发行上下卷。此书创作者阵容豪华，包括了斯蒂芬·金、E. D. 霍克、彼得·洛弗西、约翰·L. 布林、斯图亚特·M. 卡明斯基等人。或许是为了避免重蹈《福尔摩斯的灾难》因招致柯南·道尔遗属不满而绝版的覆辙，此书是在获得了柯南·道尔的女儿简·柯南·道尔女爵士的许可后，才编辑出版的。

《百分之七的溶液》

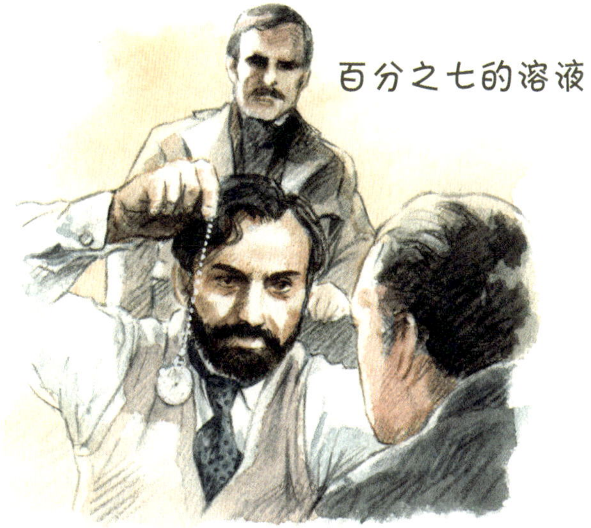

这是一部由赫伯特·罗斯导演的美、英电影（1976年）。电影改编自尼古拉斯·迈耶的原著《百分之七的溶液》，作者本人还负责撰写该电影的脚本。小说、电影名同为“The SevenPer-Cent Solution”，但日译本《福尔摩斯的完美挑战》却与之相差千里，实在难以将二者联系在一起。故事讲述福尔摩斯有着很强的可卡因毒瘾，莫里亚蒂教授是犯罪大师也只不过是他的幻想而已。华生与麦考夫联手筹划，为了让福尔摩斯接受弗洛伊德博士的治疗而将其带到大陆，不料却卷入了一个案子。这是一个无论原著还是电影都堪称杰出的实例。福尔摩斯由尼科尔·威廉森扮演，华生由罗伯特·杜瓦尔扮演，莫里亚蒂教授由劳伦斯·奥利弗扮演，阵容豪华。当时扮演麦考夫的查尔斯·格雷，后来又在格拉纳达版电视剧《夏洛克·福尔摩斯的冒险》中扮演麦考夫。

《归来记》

1905年出版的第三部短篇集。日译本有《福尔摩斯的归来》《福尔摩斯的复活》等译名。此书共收录《空屋》《诺伍德的建筑师》《跳舞小人儿》《孤身骑车人》《修道院公学》《黑彼得》《米尔沃顿》《六座拿破仑半身像》《三个大学生》《金边儿夹鼻眼镜》《失踪的中卫》《格兰奇庄园案》《第二块血迹》13个故事。从《福尔摩斯回忆录》最后一篇《最后一案》开始，福尔摩斯正式“归来”了。因此，请初次阅读的朋友先读完《回忆录》，再来读《归来记》。当时出版社承诺了高额的稿费，请柯南·道尔让福尔摩斯复活归来。这才使今天的我们，有幸读到福尔摩斯故事的后半部分。可以说，当时的编辑老师真的很牛！

阿瑟·柯南·道尔著/日暮雅通译《归来记》（光文社文库）

《福尔摩斯的秘密文件》

这是琼·汤姆森创作的短篇仿作集。原书于1990年，日译本（创元推理文库）于1991年出版发行。此书的设定是，记录基于各种原因被封印而无法发布的案件，都是以“未刊案件”为题材。后来又出现了《福尔摩斯编年史》《福尔摩斯期刊》《福尔摩斯的文件》等。原著书名都冠以“Secret”，因此也可称作“秘密系列”。原书后来又出版了《福尔摩斯的秘密笔记》(*The Secret Notebooks of Sherlock Holmes*),《福尔摩斯的秘密档案》(*The Secret Archives of Sherlock Holmes*)，遗憾的是未译成日语。(→参照“琼·汤姆森”)

琼·汤姆森著／押田由纪译《福尔摩斯的秘密文件》（创元推理文库）

《冒险史》

阿瑟·柯南·道尔著／日暮雅通译《冒险史》(光文社文库)

1892年出版发行的第一部短篇集。收录其中的作品，自开始连载便使夏洛克·福尔摩斯这个角色获得了惊人的人气。书中收录《波西米亚丑闻》《红发会》《身份案》《博斯库姆溪谷秘案》《五个橘核》《歪唇男人》《蓝宝石案》《斑点带子案》《工程师大拇指案》《贵族单身汉案》《绿玉皇冠案》《铜山毛榉案》共12篇故事。此书被列入名著行列，因此在被问及“如果要试读一本福尔摩斯的书，应该选择哪一本？”时，笔者建议选择这一本。

英国格拉纳达版《福尔摩斯探案集》

这是英国格拉纳达电视台制作的电视系列剧（1984—1994年），由杰瑞米·布莱特扮演福尔摩斯。该剧被称为“最贴近原著人物形象的电视剧”。或许日本曾在NHK播放的缘故，经常被与BBC混为一谈。此剧由格拉纳达电视台制作，在英国是通过ITV电视网播出的。有两名演员扮演华生：前半部（至第13集《最后一案》为止）由大卫·伯克扮演，后半部（自第14集《空屋》始）由爱德华·哈德威克扮演。全剧共41集，由普通剧集36集+长篇剧集5集构成。虽然原著中几乎从未提及，但剧中未刻意对福尔摩斯形象标配物的猎鹿帽搭配因弗内斯大衣，而是用高顶礼帽搭配双排扣长礼服，这种迎合当时伦敦城市居民服装样式的做法实在英明。前半部分大体与原作一致，后半部分的故事基本都是以仿作形式改的长篇，比如《吸血鬼》，麦考夫担任华生一角的《金边儿夹鼻眼镜》，麦考夫代替福尔摩斯上阵的《马萨林的钻石》等。在《肖斯科姆别墅》中，甚至还可以看到后来在盖·里奇导演的电影《大侦探福尔摩斯》中扮演华生博士的裘·德洛年轻时的身姿。布莱特塑造的福尔摩斯，身材瘦削颀长，清朗俊秀。然而遗憾的是，到了后

福尔摩斯探案集

期布莱特因健康恶化而体型大变。在日本播出时，为福尔摩斯配音的露口茂，也获得了很高的评价。笔者个人认为，下次再以“还原原著”来制作电视剧时，必定会被拿来与格拉纳达版的剧集做比较，大概会让主创倍感压力吧。

《福尔摩斯秘史》(比利·怀尔德导演)

这是20世纪福克斯电影公司制作的电影（1970年），日语译名为“福尔摩斯的冒险”，是个很容易混淆的名字。它并非来自原著，而是纯粹的原创故事，原剧名为“The Private Life of Sherlock Holmes”。导演比利·怀尔德曾执导过著名的《桃色公寓》。福尔摩斯由罗伯特·斯蒂芬斯扮演，麦考夫由克里斯托弗·李扮演。从保管在考克斯银行的华生博士的东西中，发现了从未发表过的记录……单是这样一个开场，就足以让福迷们泪目。故事讲述失忆的美女被送到福尔摩斯与华生身边，受其委托（与麦考夫的中止要求无关）开始调查。但其间谜团迭出，他们终于来到了尼斯湖……剧中有不少看点，比如华生与俄罗斯的舞者共舞，维多利亚女王的出场，判明了尼斯湖水怪的真面目等。拍摄的长度是成片的一倍，后根据发行公司的要求改成了现在的状态。但被剪下来的部分中，有一些后来被重新发现并收录在特别版DVD中。真希望有那么一天，完整版能够被全部发掘，以飨福迷。而根据电影改编的小说由迈克尔·哈德威克执笔，名为《福尔摩斯的优雅生活》，非常值得一读。

福尔摩斯秘史

《福尔摩斯的腰痛研究》

这是一部漫画，讲述与处理腰痛相关的医学知识，以福尔摩斯仿作的形式出现。1994年出版。小林昭著作、监修，中山利惠子、铃木佳代子绘制，他们都是日本福尔摩斯俱乐部的会员。小林昭是俱乐部主理人小林司的弟弟。在莱辛巴赫瀑布与莫里亚蒂教授展开对决之后，福尔摩斯和华生被埋在岩石裂缝的积雪中，昏迷不醒。然而冰消雪融之后，福尔摩斯却在现代社会中复活了。他开始与圣巴多罗买医院实习生埃里克共同生活，学习腰痛方面的知识。这实际上是一出“福尔摩斯复活”的戏码。无论是原著中的人物，还是他们的子孙都悉数登场。维多利亚时代的故事与现代的故事在剧中交织，且漫画由两位画师负责，根据情节绘制的画面也各不相同。有不少取自原著的梗，也有不少只有福迷才会见之莞尔的场面。漫画本来要传达的内容也很有价值，笔者通过这本书学习和实践了如何扛被褥才不伤腰。

福尔摩斯的对手们

福尔摩斯从1891年开始在《斯特兰德杂志》连载，并获得巨大成功。欧美的杂志上，刊登了许多以名侦探为主人公的短篇推理小说。这些与福尔摩斯同时期的侦探，统称为“福尔摩斯的对手们”，他们包括科学侦探桑代克博士（奥斯汀·弗里曼创作），在咖啡厅角落里进行推理的角落老人（奥特西男爵夫人创作），绰号思想机器的凡杜森教授（杰克·福翠尔创作），盲侦探马克思·卡拉多斯（欧内斯特·布拉玛创作）等不一而足。著名的人物还包括莫里斯·勒布朗的怪盗罗宾，G. K. 切斯特顿的布朗神父。他们在侦探小说领域中群雄割据，迎来了长篇主体的黄金时代。

《福尔摩斯伯爵千金诱拐事件》

这是Towa Chiki于1986年制作的一款红白机游戏软件。内容是福尔摩斯单脚踹翻英国街头行人（拿到枪后开始射击），然后

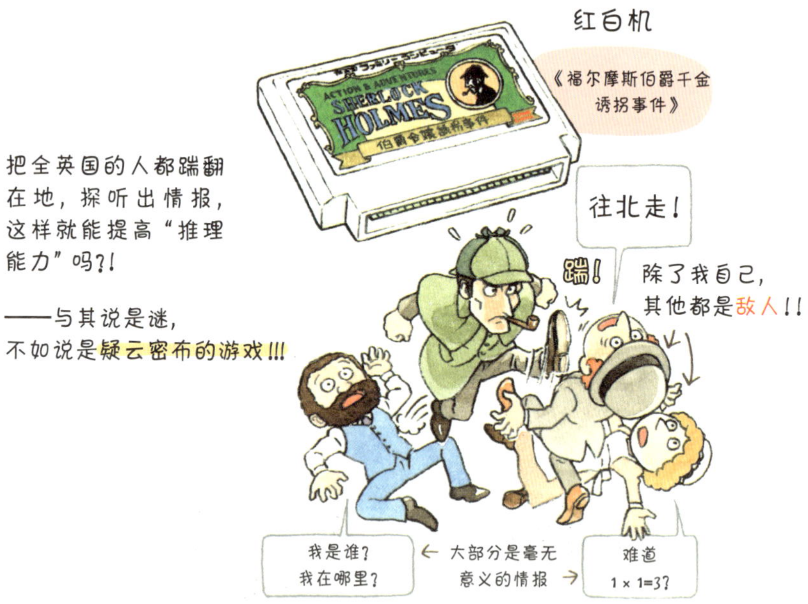

卷款逃走。市民全部被设定为乔装的罪犯。这款著名的游戏难度超高，被游戏迷们称为“如粪土般的游戏”。该公司后来又制作了《名侦探福尔摩斯 雾都伦敦杀人事件》《名侦探福尔摩斯 来自M的挑战书》，都是普通的推理游戏。不愧是他们检讨之前那款游戏不足之后改良的成果。

福尔摩斯博物馆

博物馆位于伦敦的贝克街，开设于1990年，是一座以福尔摩斯为主题的私人博物馆。开馆之初，曾被有些福迷揶揄道“就因为馆里摆了古董家具，才卖那么贵的门票”。后来，在馆中能够对原著中的案件进行重现，展览内容逐渐丰满，而且2010年代的电影和电视剧又带起了一股福尔摩斯热潮，吸引着世界各地的游客来访，使此馆成为人气景点。在馆内还可以拍照留念。一楼的博物馆商店无需门票。博物馆前，有人装扮成维多利亚时代的警察招徕游客。准确来说，博物馆的位置应为贝克街237—241号，但由于馆方宣称“这里是贝克街221B”，而之前包含贝克街221号在内的银行也已经不在了，因此现在寄给贝克街221B的信会被送到这里。

福尔摩斯酒店

这是位于伦敦贝克街，以福尔摩斯为主题的旅馆，正式名称为“伦敦福尔摩斯公园广场酒店”。它地处贝克街，且紧邻地铁站，只要是福迷，无不想要入住体验一番。走廊、厕所等处，装饰着与福尔摩斯相关的绘画，很有感觉。但酒店建筑古旧，缺乏无障碍设施。此外，在举行福尔摩斯雕像揭幕仪式当天入住的客人中，有人反映房间内因排水系统崩溃而淹水。当然，这属于小概率的意外事件，但不住宿而去酒吧或餐厅也是一个办法。

《抓住福尔摩斯》

这是来自日本流行乐队“维纳斯”（代表曲《看见吻》）的歌曲，1979年发售。由伊吹圭一郎作词，迈克尔·K.中村作曲。歌词大意是，一名痴迷于亚森·罗宾的女性，委托福尔摩斯抓住罗宾，福尔摩斯回答“请随时来与我详谈”。以为想要抓住的是罗宾，但理解成为详谈而要抓住福尔摩斯，也未尝不可。单曲B面是《斗牛士桑丘》

维纳斯乐队《抓住福尔摩斯》（波旁唱片）

夏洛特·兰普林

英国女演员，生于1946年。模特出身，因出演《午夜守门人》（*The Night Porter*）而引起轰动。在大岛渚导演的法国电影《马克斯，我的爱》（1986）中，她扮演一名爱上大猩猩的女性。1976年，她在电视电影《福尔摩斯在纽约》中，扮演艾琳·艾德勒，一名有孩子的女性，也是福尔摩斯的前女友。她将该角色演绎得非常完美。

17级

从贝克街221B的门厅通往房间的楼梯，一共有17级台阶。在《波西米亚丑闻》中，华生被福尔摩斯问到台阶数，见他答不上来，福尔摩斯便说："你只是在看，没有在观察"。"17" 与 "221" 一样，对福迷们来说都是重要的数字。

朱利安·西蒙斯

英国推理作家、评论家（1912—1994年）。以长篇小说《谋杀的颜色》《犯罪升级》，研究书籍《血腥的谋杀——从侦探小说向犯罪小说发展的历史》而知名。《三支烟斗的难题》中的男主角是饰演福尔摩斯的电视演员谢里丹·海恩斯，因入戏过深而仿照名探的办案手法来破获当时的悬案。续篇《肯特郡庄园谋杀案》(*The Kentish Manor Murders*）未译成日语。《大侦探：七种查案的原型》则是一部描写埃勒里·奎因、赫尔克里·波洛等大侦探鲜为人知的事实的仿作文集，其中收录了《福尔摩斯的隐居生活是如何受到干扰的？》。此外，在短篇还发表了《福尔摩斯智斗波洛》。作家的其他作品还有传记《柯南·道尔：一位艺术家的画像》，这是传记类书籍中行文紧凑的一部，有助于快速查找资料。

施洛克·福摩斯（Schlock Homes）

这是罗伯特·L. 菲什创造的侦探，是模仿夏洛克·福尔摩斯创造的人物中的典范。本书以1960年发生的《阿斯科特式领带案》为开篇，共计32篇。侦探住在贝格街(Bagel Street）221B，搭档是华特博士。案件与出场人物都极力模仿原著，但绝非轻视原著。相反，若非对原著充满了热爱之情，是万万写不出这样的作品的。书中除了对白之外的文字，以及标题都是对原著的模仿，因此，读者掌握的福尔摩斯知识越多，越能享受其中的乐趣。书中的侦探虽然模仿夏洛克·福尔摩斯的方法进行推理，却总是南辕北辙，可结果又总是莫名其妙而巧妙地破获了案件。美国将全部作品集结为一卷出版，在日本则可以读到《施洛克·福摩斯的冒险》《施洛克·福摩斯回忆录》《施洛克·福摩斯的迷推理》（由于作者去世，创作作品不足以整合成三部，因此《迷推理》中也收录了非本系列的作品）。

罗伯特·L. 菲什著/深町真理子等译《施洛克·福摩斯冒险记》（早川·推理文库）

琼·汤姆森

英国推理小说女作家，生于1930年，以杰克·芬奇警官系列《纪念迷迭香》《时间的战利品》等作品而知名。作家是一名热心的福迷，她从《福尔摩斯的秘密文件》开始，创作了短篇仿作集系列6部（其中2部未译成日语）。此外，作家还创作了研究福尔摩斯与华生之间关系的传记风格作品《福尔摩斯与华生——友谊的研究》（1995年），长篇仿作《福尔摩斯与黑衣女郎》(*Sherlock Holmes and the Lady in Black*, 2015年）。日本国内对作家作品停止了翻译，但笔者还是充满期待。

《蒸汽之王神话传说 华生女士》

这是一部由山咲梅太郎创作的成人漫画，1996年出版发行。作品以蒸汽技术（科学）与炼金术相结合的历史，即蒸汽朋克般的设定为背景。（恐怕）19世纪末，福尔摩斯与华生都是女性的设定，画面也很可爱，却是程度比后藤寿庵的《雪莉·福尔摩斯》更甚的情色漫画。章节名称除了最初的《罗宾智斗福尔摩斯》，还有《跳舞小人儿》《斑点带子案》《绿玉皇冠案》《三个同姓人》等直接取自原著的名称。雷斯垂德警探、罗宾、（后半部分）莫里亚蒂也都在作品中出场。麦考夫也有出现，但与福尔摩斯一样都是女性（是福尔摩斯的姐姐）。甚至连“排除了一切的不可能，剩下的不管多么难以置信，一定就是真相”这句原著中的经典对白都被该作引用了。该漫画比《雪莉·福尔摩斯》晚两年出版，令爱好奇异戏作的笔者拊掌大乐。

肖像画

在贝克街221B，福尔摩斯他们居住的房间墙上，挂着英国的戈登将军，以及美国牧师亨利·沃德·比奇的肖像画（《硬纸盒子》）。当时，后者的肖像画还未装入相框。

福尔摩斯将肖像画作为证据，推理出华生的思维。此外，在《巴斯克维尔的猎犬》中，从装饰在巴斯克维尔庄园的雨果·巴斯克维尔的肖像画中，福尔摩斯也注意到了重大的真相。对于福尔摩斯来说，肖像画是推理的重要材料。

圣武天皇

日本第45代天皇（701—756年）。这是原著中唯一一个出现姓名的日本人。《显贵的主顾》中，华生被格鲁纳男爵问道，圣武天皇是谁，与奈良的正仓院有何关联，华生答不上来。

乔塞亚·安伯利

《退休的颜料商》的委托人，住在刘易舍姆的“避风港”。他是布里克福尔-安伯利公司的合伙人，艺术用品制造商。他在61岁时退休，娶了一位比自己小20岁的年轻姑娘。然而妻子与其他男人交好并与之私奔了。他先是向苏格兰场报警，后又被转至福尔摩斯处。

《肖斯科姆别墅》

载于《斯特兰德杂志》1927年4月刊（《自由》1927年3月5日刊），收录于《探案》。按照柯南·道尔发表作品的顺序，这是最后一部作品。虽然未注明年代，但可以推断这是发生在5月的案件。住在肖斯科姆别墅中的罗伯特·诺伯顿爵士，是一名驯马场的场主。总驯马师约翰·梅森来到福尔摩斯处，指控罗伯特爵士行为怪异。这个故事与《“银色火焰”赛马》一样，都与赛马相关。故事中还透露华生也喜欢赌博和赛马。

约瑟夫·贝尔博士

苏格兰医生（1837—1911年）。柯南·道尔就读于爱丁堡大学医学院时，他曾担任讲师。他可以从患者的服装、脸色等各个方面，看出患者的职业和疾病。据说柯南·道尔对福尔摩斯的描写，是基于贝尔博士的观察和推理手法。换句话说，博士是“福尔摩斯的原型”。而站在柯南·道尔遗属的立场，他们却认为“福尔摩斯的原型，是柯南·道尔本人”。关于贝尔博士，柯南·道尔本人在自传《回忆与冒险》中如此写道：“研究过这样一个人的特性，我在日后写作科学侦探故事时，将其加以强化运用也并不奇怪。”而且在《福尔摩斯探案全集》中，他还向贝尔博士致辞。还有一部名为《柯南·道尔案件簿》（BBC）的推理电视剧，并出版了几部改编小说，日译本只有《患者的眼睛》（大卫·皮里）。

肖斯科姆王子

《肖斯科姆别墅》中出场的赛马。同为赛马题材的《“银色火焰”赛马》似乎更有名气，因为那是地区性赛马。而作为赛马而言，在德比马赛中出场的肖斯科姆王子等级更高。

乔纳斯·奥尔德克

《诺伍德的建筑师》中的出场人物，他住在下诺伍德的深谷别墅，是一位建筑师。他眉毛全白，小个子，长得鼠头鼠脑，委托年轻的律师麦克法兰为自己立遗嘱。后来，他的别墅后面发生火灾，人们从废墟中找到了他的尸体。在他的房间里，有凶残打斗的痕迹，能看见轻微血迹，保险柜也敞开着。这一切都表明这是一场谋杀，麦克法兰因此而被逮捕。

“这是很基本的事，我亲爱的华生”

“Elementary, my dear Watson”，这句福尔摩斯的台词广为人知。但在原著中，福尔摩斯并未说过这样的话。在《驼背人》中，他只说过“这很基本”。“这是很基本（Elementary）的事，我亲爱的华生”是舞台剧演员威廉·吉勒特首次在福尔摩斯舞台剧中使用，后因电影演员雷斯伯恩多次在福尔摩斯电影中使用，而被固定下来。美国电视剧《福尔摩斯：基本演绎法》（*Elementary*）的片名，也正来源于此。

肖尔托兄弟

这是《四签名》中出场的双胞胎兄弟，名为撒迪厄斯·肖尔托以及巴塞洛缪·肖尔托，他们是约翰·肖尔托少校的儿子。二人面貌酷肖，个矮，油光发亮的秃顶只剩下一圈又短又硬的红发。弟弟撒迪厄斯·肖尔托联系玛丽·莫斯坦小姐，福尔摩斯便出手查案。后来，撒迪厄斯与巴塞洛缪各自遭遇了厄运。

约翰·H. 华生

英国伦敦的医生，夏洛克·福尔摩斯的搭档，并负责记录案件。华生原是一名军医，在第二次阿富汗战争中入伍，负伤后回国。经由小斯坦福介绍，他与福尔摩斯结识，并开始在贝克街221B共同生活。结婚后，他曾离开过贝克街一段时间。他也是一名运动爱好者，曾从事过橄榄球运动。他并不是一些福尔摩斯电影或电视剧中被塑造成的“糊里糊涂的陪衬”，而是起到将福尔摩斯的智慧“打磨”得更加锋利的“磨刀石”的作用。仅仅是因为福尔摩斯的头脑过于敏锐，相形之下，华生才显得略为逊色。在为孩子发行的版本中，有的将其翻译为“助手”，对福尔摩斯也使用敬语。但说到底，他们二人是平等的伙伴关系，福尔摩斯对华生也有着极大的信赖。虽然他有亲哥哥，但至少在《四签名》发生时已经去世了。华生与在《四签名》中认识的玛丽·莫斯坦订婚，后来便过起了婚姻生活。但如果按照时间顺序对案件进行排序的话，有记录表明他在娶玛丽之前就已经结婚了。因此有人认为他结过不止一次婚。福尔摩斯与华生的关系非常有名，以至于在推理小说和推理电视剧中，把侦探的搭档统称为“华生”。(→参照“主要人物介绍”)

约翰·斯科特·埃克尔斯

《威斯特里亚寓所》的委托人。又高又壮，灰色的络腮胡，气势威严。他爱社交，却仍然单身。他结识了一位名叫加西亚的年轻人，后者邀请他到家里小住，却感到对方的款待十分奇怪。次日清晨，更是发现房子人去楼空。最后，他竟还被当成了凶杀案的嫌疑人。

约翰·奥彭肖

《五个橘核》的委托人，他住在苏塞克斯郡霍舍姆附近。其伯父伊莱亚斯（南北战争时待在美国，后回国）对他很好，可无论是伯父还是父亲，在收到装着五个橘核的信封后，很快就死了。这一次，他因为也收到了同样的信封而来向福尔摩斯求助。

约翰·斯特雷克

《“银色火焰”赛马》中的出场人物，是一名具有7年工作经验的驯马师。在罗斯上校的驯马场金帕兰担任罗斯上校的骑手5年，后因体重而退役。后来他的尸体被人在荒僻的乡野发现，头部遭钝重凶器猛击碎裂。

约翰·道格拉斯

《恐怖谷》的受害者，苏塞克斯郡伯尔斯通庄园的主人。因其头部被猎枪击中身亡，马克唐纳警探希望福尔摩斯能助其查案。他50岁上下，下巴宽大，面容粗犷，胡须花白，有着灰色的眼睛、结实的身板，似乎曾在美国生活过，但不愿与身边人多谈。

约翰·特纳

《博斯库姆溪谷秘案》中的出场人物。在澳大利亚发家致富，几年前回家乡定居。他曾在澳大利亚金矿劳动，发家致富后回到英国定居。他是赫里福德郡最大的农场主，拥有数个农场。妻子已经去世，只留下一个女儿艾丽斯。他患糖尿病多年，身体状况相当差。布满皱纹的脸轮廓分明，四肢出奇的粗壮。

约翰·迪克森·卡尔

美国侦探小说作家（1906—1977年），人称“密室推理之王”。笔名有卡特·狄克森等。他是柯南·道尔研究专家，曾撰写过评传《柯南·道尔》，还与柯南·道尔的儿子雅德里安合作创作仿作文集《福尔摩斯的功绩》。作家的作品还包括《帕拉多尔密室历险记》，以及戏剧《斑点带子案》等。

约翰·巴里摩尔

《巴斯克维尔的猎犬》中的出场人物，巴斯克维尔庄园的管家，从其父那一代开始便为这个庄园服务，到他已是第四代管家。妻子伊莉莎也在庄园内当女仆。约翰是个高个子，五官精致，相貌英俊，脸色比较白。已故的查尔斯·巴斯克维尔爵士很大方，为他留下了足够的本钱，他计划在辞去庄园的工作后做点生意。

约翰·巴里摩尔

美国演员（1882—1942年），出身于舞台世家，是德鲁·巴里摩尔的祖父。1922年在无声电影《夏洛克·福尔摩斯》中扮演福尔摩斯，又在1932年的电影《亚森·罗宾》中扮演罗宾，是少有的同时扮演过福尔摩斯和罗宾的演员。与《巴斯克维尔的猎犬》中的管家同名，实属偶然。

约翰·赫克托·麦克法兰

《诺伍德的建筑师》的委托人，一名律师，格雷厄姆-麦克法兰律师事务所的合伙人。他还是一名共济会成员，有哮喘病（福尔摩斯观察出来的）。他受建筑师乔纳斯·奥尔德克之托为其立遗嘱，却成为杀害后者的嫌疑人。自称“全伦敦此刻最不幸的人”。

约翰·伯纳特·肖

美国的福尔摩斯研究家（1913—1994年）。这是一位代表世界的福迷，BSI会员。尤以福尔摩斯收藏家的身份而知名，仅他所收集的福尔摩斯相关书籍就以万计。集合了世界各国的原著插画的《福尔摩斯原画大全》，便是以肖的收藏为基础的（联合编辑为小林司、东山茜）。在肖过世之后，他的藏书由明尼苏达大学接管，并成为全球屈指可数的福尔摩斯&柯南·道尔相关收藏馆。肖的故交米契·库林将《福尔摩斯先生 名侦探的最后一案》一书，献给其母与肖。

约翰·列侬

英国出身的音乐人（1940—1980年），披头士乐队的主要成员之一。在披头士乐队中，他不仅是主唱吉他手，也负责作词作曲，还有著作留世，其中包括短篇的福尔摩斯仿作。因这是一部充满了英语冷笑话的作品，翻译的辛苦也变得可以忍受了。日译本包括《安·杜菲尔德小姐的鬼妙冒险》（池泽夏树译/北山修等《约翰·列侬——All that John Lennon，1940～1980年》中央公论社），以及《安·杜菲尔德小姐的伟大历程》（佐藤良明译/《约翰·列侬谬言集》筑摩书房）。遗憾的是，《披头士辞典》（诚文堂新光社）中没有与之相关的词条。

西里尔·奥弗顿

《失踪的中卫》的委托人。剑桥大学橄榄球队长。是一个宽肩膀，身材魁梧的年轻人。因球队的顶梁柱戈弗雷·斯汤顿突然失踪，他先向苏格兰场报案，后经过介绍又来向福尔摩斯求助。

《"银色火焰"赛马》

《"银色火焰"赛马》中出场的赛马，是名贵马埃索纳米（1875—1891年）的后代，马龄5年。它但凡参赛必获奖金，有着辉煌的战绩，是"威塞克斯杯"的夺冠热门。罗斯上校在金帕兰驯马场驯养的四匹马之一，便是这匹"银色火焰"赛马。然而，它却失踪了，而驯马师也遭人谋杀，这才引得福尔摩斯出马查案。也译作"银星号"。

欣韦尔·约翰逊

《显贵的主顾》中的出场人物，他在20世纪初（福尔摩斯探案生涯的后期）成为福尔摩斯的得力助手，当起他的特工，打入伦敦的犯罪界，获取了不少情报。他曾经是非常危险的犯罪分子，坐过两次牢。他可以随意出入城里任何一家夜店、旅馆和赌场，手眼通天。也可能是受时期所限，他仅在《显贵的主顾》中出现。

《星际迷航：下一代》

这是1987年开播的美国科幻影视系列，《星际迷航》的续集。其中有一集《很基本的事，亲爱的数据》，讲述安卓数据与总工程师拉弗吉在全息甲板这个空间里，扮演福尔摩斯和华生，出生在全息甲板的莫里亚蒂教授，企图夺取企业号航空母舰的故事。该系列中还有《复活的莫里亚蒂教授》这一续集故事，莫里亚蒂重新出场。这个剧集获得了很高的人气，还有用福尔摩斯风格的数据装饰杂志封面，市面上还有数据·福尔摩斯和拉弗吉·华生的手办出售。

“生活的乱麻平淡苍白，谋杀案就像鲜亮的红线隐藏其中”

这是福尔摩斯的金句之一。在《血字的研究》中，福尔摩斯因被杀人案激发了兴趣而发表了此番言论。并且他进一步说“我们的任务就是拆解、抽离，让它的每一寸都显露出来”。柯南·道尔在定下《血字的研究》这个作品名之前，曾想过使用《缠绕的线桄》，无疑是来源于这一段。

《人生之书》

这是福尔摩斯写的论文，曾发表于某杂志（杂志名不明）。此论文曾在《血字的研究》中被提到过。论文所阐述的观点是，通过敏锐的观察，即使是从细微的现象中也能够推理出很多事实。可以说是福尔摩斯的“推理分析学”的基础。该论文中所列出的，应该对人类加以观察的所有部位——指甲、上衣的下摆、裤子的膝盖处……都是福尔摩斯关注的要点。从一滴水可以推理出大西洋和尼亚加拉大瀑布的存在，等等，福尔摩斯著名的言论也都出现在该论文中。论文发表在杂志上，华生并不知道作者就是福尔摩斯，还用批判的口吻加以评价。吃过亏的华生，此后每当要贬低谋篇报道或论文前，恐怕都先要“观察”一番作者是谁吧。通过讨论该论文，华生首次从福尔摩斯口中得知，后者是一名顾问侦探。

报纸

福尔摩斯经常读报，但只读犯罪报道和私事广告栏（《单身贵族案》）。他会将可用的报道做成简报或归档加以保存。福尔摩斯自己也在私事广告栏中登过几次广告。另一方面，他还掌握了区分报纸活字的技术（《巴斯克维尔的猎犬》）。对福尔摩斯而言，报纸是侦探职业不可缺少的“工具”。

苏格兰场

伦敦警察厅（Scotland Yard、The Yard）。有时特指CID（刑事调查局）。也指建筑物，第一代地址称为大苏格兰场（Great Scotland Yard），第二代地址（1890年之后）称为新苏格兰场（New Scotland Yard）。与福尔摩斯合作破案的雷斯垂德警探、格雷格森警探等，都是隶属于苏格兰场的警察。福尔摩斯虽然会批评苏格兰场错误的调查，却不可因此而看轻他们，也有像斯坦利·霍普金斯警探那样值得信任的警察。另一方面，

伦敦中心地区是独立的自治区域，因此也存在隶属于其他组织的“城市警察”。

苏珊·库欣

《硬纸盒子》中出场的人物，住在克罗伊登区十字街，50多岁，未婚。她面容平静，大眼睛透着温和，花白的卷发垂在额头两边。她收到一个硬纸盒子，里面装满粗盐，埋着两只人耳。她有两个妹妹，分别是萨拉和玛丽。

《星际迷航》

1966年开始播放的美国科幻题材电视剧。第一个系列在日本播放时，名为《宇宙大作战》。扮演企业号宇宙飞船的柯克船长的威廉·夏特纳，在1972年ABC电视剧版《巴斯克维尔的猎犬》也有出镜（扮演斯特普尔顿）。副船长史波克先生及其扮演者，请参照词条“伦纳德·尼莫伊”。续集《星际迷航：下一代》请参照同名词条。《星际迷航》后来又被拍成了电影，以及制作出了新的续集。在21世纪重启的电影版第二部《星际迷航2：暗黑无界》（2013年）中，与主人公们战斗的重要敌人，由BBC电视剧《神探夏洛克》中的本尼迪克特·康伯巴奇扮演，这对福迷们而言是个重大话题。

小斯坦福

这是将福尔摩斯和华生“撮合”到一起的人物（《血字的研究》），曾在圣巴赛罗的医院当过华生的手术助手，他也认识出入同一医院的福尔摩斯。他了解福尔摩斯怪异的做派，在华生决定与其同租之前对其如实相告。他的名字不明，但在BBC电视剧《神探夏洛克》中，却被称为“麦克·斯坦福”。要不是有这位小斯坦福，就没有福尔摩斯&华生搭档，福迷们都要感谢他。

斯坦利·霍普金斯警探

苏格兰场的年轻警探。在苏格兰场的一众警探中，是福尔摩斯寄予较大信任的一位。霍普金斯本人也对福尔摩斯的科学手段抱着尊敬之情。他负责的案件包括《黑彼得》《金边儿夹鼻眼镜》等。在《失踪的中卫》中，西

里尔·奥弗顿到苏格兰场报案，霍普金斯认为福尔摩斯比警察更靠谱，因此推荐其转而求助福尔摩斯。在《格兰奇庄园》中，福尔摩斯说“霍普金斯七次找我帮忙”，由此可以判断，这至少是他们第八次共同行动了。

史蒂夫·迪克西

《三角墙山庄》中的出场人物，是个大块头的黑人拳击手。他来到福尔摩斯面前，警告后者不要插手哈罗的（三角墙山庄）案。他与斯宾塞·约翰一伙儿，在巴尼的手下工作，与一个名叫珀金斯的年轻人的死有瓜葛。

史蒂芬·金

美国畅销书作家，生于1947年。主要擅长恐怖小说创作，著名作品包括《魔女嘉莉》《闪灵》等。就是这样一个作家，当他写出福尔摩斯仿作时，虽然是短篇，却让人为之惊艳。《华生探案记》(收录于《福尔摩斯的新冒险》)并没有精心设计的超自然元素，这么说也许有点失礼，但它确是很“正经”的仿作。或许只要身为作家，都想写一写福尔摩斯吧。

斯特拉迪瓦里

名贵小提琴，是驰名世界的高级乐器。在17—18世纪意大利的克雷莫纳，由安东尼·斯特拉迪瓦里乌斯及其子弗朗西斯科、奥莫博诺所制造的弦乐器，统称为斯特拉迪瓦里。福尔摩斯会拉小提琴是出了名的，而且他还拥有斯特拉迪瓦里。《血字的研究》《四签名》中，都只提到了斯特拉迪瓦里的名字，而在《硬纸盒子》中，他提到，自己那把斯特拉迪瓦里是在犹太人的旧货店里淘来的。福尔摩斯一向不擅长整理内务，真让人担心他对这名贵的乐器莫不也是粗疏简慢。

《斯特兰德杂志》

杂志创刊于1891年1月，是由乔治·纽因斯杂志社发行的月刊。福尔摩斯正篇共60篇，除了最初的《血字的研究》与《四签名》，其余58篇都发表在这本杂志上。《冒险》的第一篇《波西米亚丑闻》发表于1891年7月刊。长篇连载的作品，每一期都不可错过。而以“系列短篇”这种即便错过某一期也无妨的形式连载福尔摩斯作品，在读者中赢得了很高的人气。此刊中的西德尼·佩吉特插画作品，也奠定了福尔摩斯的形象。在福尔摩斯的人气巅峰时期，为了第一时间读到新作，在杂志开售日当天，出版社门口都会排起等待抢购的长龙。发表在该杂志上的还有历史小说、魔幻和纪实作品等。侦探小说除了福尔摩斯，也有同一时期被称为“福尔摩斯的对手们”的作品，也发表阿加莎·克里斯蒂、G.K.切斯特顿等人的作品。在科幻和侦探小说的历史中，该杂志都发挥了重要的作用。杂志每半年（6期）会发行一部大部头的合刊，但不收录杂志开头的广告。该杂志长期发行，在第二次世界大战中因纸张短缺而将杂志篇幅缩减了数页。自那之后，杂志缩小了开本，又因财政困难等诸多原因，于1950年停刊。数年之后，以《新斯特兰德》重新命名的杂志又开始发行。近年来，冠以《斯特兰德》之名的推理杂志也有发行。

史努比（SNOOPY）

美国漫画《花生漫画》（查尔斯·M. 舒尔茨创作）中的角色，是一条非常有名的狗。在动画中有一集《史努比是名侦探》（1974年），史努比扮成福尔摩斯，调查小鸟伍德斯托克的鸟巢被盗一案。这一集还被改编成绘本，日译本名为《名侦探史努比》。除此之外，还有各种用史努比的形象做成的玩偶或钥匙圈等，对福尔摩斯周边收藏家们来说，要集齐还颇费功夫呢。

《失踪的中卫》

载于《斯特兰德杂志》1904年8月刊（《柯林斯周刊》1904年11月26日刊），收录于《归来》。讲述剑桥大学橄榄球队的顶梁柱戈弗雷·斯汤顿神秘失踪的案件。“中卫”（three-quarter）指橄榄球队员在场上的位置。因临近与牛津大学打比赛的日子，队长西里尔·奥弗顿特来报案。华生曾经是橄榄球运动员，福尔摩斯不熟悉体育，自然不会知道著名运动员的名字。福尔摩斯在此案中，为了追踪还使用了一条名叫庞培的小狗。（→参照“庞培”）

《世纪末侦探俱乐部》

这是由四谷西蒙妮创作的耽美（即近年来所说的“BL”）漫画，1994年出版发行。故事描写福尔摩斯与华生之间的感情。第一集以巴黎为背景，虽有罗宾登场，但并非改编自《罗宾智斗福尔摩斯》。第二集改编自《三个同姓人》，第三集改编自《波西米亚丑闻》。在作品的主题上，《三个同姓人》被选中或许是必然的。2011年发行了影像集CD。四谷西蒙妮也在同人志上，画福尔摩斯和华生的耽美漫画。

原著

指柯南·道尔创作的，收录在5部福尔摩斯短篇集中的56篇作品，4篇福尔摩斯长篇作品，共计60篇作品。在读者心目中的意义如同《圣经》一般，因此在日本也被译作“圣典”。如果将这60篇作品定义为“柯南·道尔创作的福尔摩斯作品”，那么除此之外还有几部应被称为番外篇的“外典”。

《驼背人》

载于《斯特兰德杂志》1893年7月刊，收录于《回忆》。奥尔德肖特的巴克利上校在与妻子发生口角之后，头部遭钝器击打致死。福尔摩斯经过调查，证明这个案子与一名驼背的男人有关，并最终破获此案。故事末尾有一段福尔摩斯对华生说的话，如果没有《圣经》知识恐怕难以领会其意，因此许多版本中都有附加的注释。不光这部小说，在阅读欧美的其他小说时，如果对《圣经》或莎士比亚作品有最基本的了解，也许更能体会其中的乐趣。有的日译本将此作译为“畸形人”，随着用语的变迁，日译本的书名也随之改变。格拉纳达版《福尔摩斯探案集》播出时恰逢用语转换的过程之中，因此取了“弯曲的人”这样一个不知所云的名称。

塞巴斯蒂安·莫兰上校

《空屋》中出场的人物。原属班加罗尔第一工兵团，是一名神射手。与华生一样，也曾应征参加过阿富汗战役。其父奥古斯塔斯·莫兰爵士原为英国驻波斯公使，是莫里亚蒂教授的头号部下，参谋长。用福尔摩斯的话说，是“伦敦第二危险人物”。他是著名的神射手，著有《喜马拉雅山西部大型猎物》等书。还是纸牌高手，在多个俱乐部赌过牌。根据福尔摩斯的证词，他与莫里亚蒂教授在莱辛巴赫瀑布决战时，上校守在附近狙击他。决战之后，福尔摩斯隐匿了起来，因为至少有三个人为了复仇而要夺取他的性命。但莫兰上校知道福尔摩斯尚在人世，因此如果他是这三人之一的话，有必要想想为什么他没有与其他两个人共享这个信息。

塞尔登

在《巴斯克维尔的猎犬》中出场的人物，人称“诺丁山杀人犯”。曾被关押在王子镇监狱，越狱后躲藏在达特穆尔。后来证实了他是某个人物的弟弟。

007

英国间谍詹姆斯·邦德的代号。007诞生于伊恩·弗莱明的小说中，改编电影至今仍新作频出。他与福尔摩斯所处的时代迥然不同，因此全无交集——本应如此，但在唐纳德·斯坦利创作的《福尔摩斯对战007》(收录于《福尔摩斯的荣耀》)中，二人却在贝克街221B展开对决。该作的另一个设定，第欧根尼俱乐部才是007背后的组织，麦考夫才是007的第一代上司“M”。这个设定，被数部仿作和戏作借用过。竹内良辅与三好辉联合创作的《忧国的莫里亚蒂》，也在中间导入了007的元素。曾经饰演过邦德的罗杰·摩尔，在《福尔摩斯在纽约》中还扮演了福尔摩斯。(→参照《忧国的莫里亚蒂》)

圣巴塞洛缪医院

位于伦敦史密斯菲尔德的医院，通常称为“巴茨医院”，创建于1123年，据说是欧洲最古老的医院。福尔摩斯与华生初见便是在

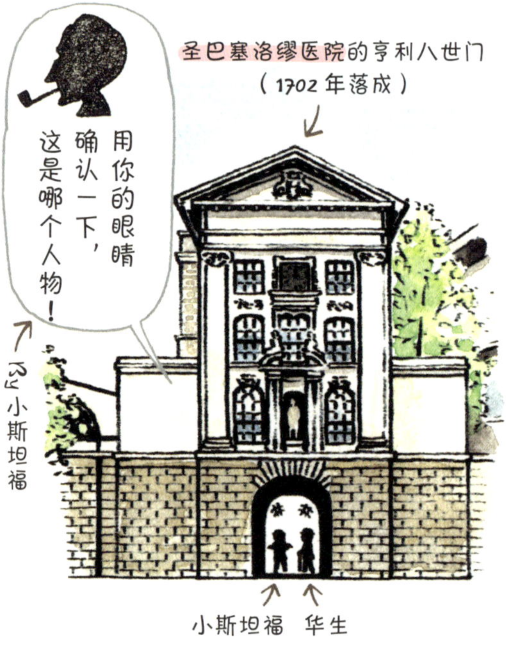

此。当时，福尔摩斯曾说出著名的一句“看得出来，您刚从阿富汗回来”。曾经在该医院担任华生手术助手的小斯坦福，介绍其与福尔摩斯认识。福尔摩斯并非医学专业出身，他只是在同一医院的化学实验室里做各种研究，与华生初见面时，他正好在开发检验血液的药物。此外，据小斯坦福说，福尔摩斯有一次在解剖室里用棍子抽打尸体，目的是看看尸体会留下多少伤痕。BBC版电视剧《神探夏洛克》中也出现了该医院的镜头，更是将此地推上了“圣地”的宝座。

“去圣莫妮卡教堂。20分钟内赶到，赏你半几尼”

这是《波西米亚丑闻》中，福尔摩斯化装跟踪艾琳·艾德勒之后，为了追赶而直接跳上出租马车时说的台词。就在那之前，艾琳这句同样的台词被译成日语时，变成了女性化的语言，因此看起来有着微妙的差别，但实际上意思是一样的。哥德弗雷·诺顿的语言，在意思上也是相同的。虽说是名台词，却也是柯南·道尔刻意准备的“重复的噱头”。

《雷神桥之谜》

载于《斯特兰德杂志》1922年2月刊、3月刊，收录于《探案》。英国黄金大王J. 尼尔·吉布森的妻子的尸体被人在其别墅附近发现，头部被子弹射穿。家庭教师邓巴小姐因此而成为嫌疑人。作品使用的诡计，对横沟正史的某部作品，以及后世的推理小说都产生了莫大的影响，被世人命名为“雷神桥诡计”。“Thor”指北欧神话中的雷神，也称索尔。因此，中译本也将其译为“雷神桥”或“索尔桥”。

《被诅咒的木乃伊》

这是岛田庄司创作的长篇福尔摩斯仿作，发表于1984年，讲述留学伦敦的夏目漱石与夏洛克·福尔摩斯邂逅的故事。同一主题的作品，先于岛田而创作的，是山田风太郎的《黄色租客》，但长篇作品的创作却是由岛田庄司开的先河。20世纪80年代初，基本没有日本人创作的福尔摩斯长篇仿作。1983年加纳一朗创作的《霍克的异乡冒险》，迎来了转折点。这也是以“明治时期留英的日本人邂逅福尔摩斯”为模式创作的仿作中，具有代表性的一部。作品以漱石的备忘录与华生的笔记互为交叉的方式展开。华生的部分，福尔摩斯是和以往一样的名侦探。而漱石的部分，福尔摩斯被描写成一个怪人。这种反差很是欢乐。虽然该作品入围了吉川英治文学新人奖、直木奖、日本推理家协会奖，却都没有获奖。(→参照“岛田庄司”)

桑尼克罗夫特·赫克斯特布尔博士

《修道院公学》的委托人，哈勒姆郡私立预科学校修道院公学的校长，也是创办人，著有《贺拉斯述评》一书。他的学校的学生索尔泰尔勋爵（霍尔德尼斯公爵的继承人）失踪，他特来委托福尔摩斯查案。没想到，他刚进入福尔摩斯在贝克街的住所，便一个趔趄摔倒在地，不省人事。这真是一次充满悬念的亮相。当他喝了牛奶，吃了饼干之后才得以恢复。

索拉·庞斯

怪奇作家奥古斯特·德雷斯（1909—1971年）创造的名侦探。从时代上来说，他出现在福尔摩斯退休之后。作家写作非常认真，连角色的名字都找不出模仿的痕迹，世人却认为将其作品定义为优质的仿作。索拉·庞斯的办公室设在普莱德街7B，搭档林顿·派克医生就是华生的角色。庞斯的哥哥班克罗夫特与麦考夫一样，在外交部工作。单行本由顶点图书（PINNACLE BOOKS）出版了7部以上的简装本，在日本除了被译成杂志和文集，单行本只有优秀作品选《索拉·庞斯案件簿》(创元推理文库)，颇让人遗憾。索拉·庞斯作品原作为福尔摩斯“续集”而创作，在德雷斯之后由巴吉尔·科珀接着续写。

索尔泰尔勋爵

《修道院公学》中的出场人物，是霍尔德尼斯公爵的独子及继承人，案件发生时年仅10岁。他是哈勒姆郡私立预科学校修道院公学的一名学生，从宿舍房间神奇失踪。在校长赫克斯特布尔博士心目中，他是个“可爱的孩子”。

北原尚彦个人收藏

各国版本的福尔摩斯书籍 ①

夏洛克·福尔摩斯探案集，在全世界拥有无数狂热的书迷，
被翻译成了各种国家和地区的语言。我们从中挑选出翻译家、古籍研究专家，
也是本书作者北原尚彦珍贵的个人收藏，向您逐一介绍。
首先，按照出版年代顺序介绍《巴斯克维尔的猎犬》!

《巴斯克维尔的猎犬》各种版本之一

拉脱维亚语版
（1957年）

荷兰语版
（1969年）

捷克语版
（1974年，与《恐怖谷》合并收录）

法语版
（1976年）

匈牙利语版
（1980年）

荷兰语版
（1980年）

西班牙语版
（1987年）

繁体中文版
（1987年，与《恐怖谷》合并收录）

泰语版
（1992年）

《大英百科全书》

1768年初版发行的，英国的百科全书《大不列颠百科全书》。在《红发会》中，杰贝兹·威尔逊得到的工作就是抄写《大英百科全书》。从年代上来讲，他抄写的是1875年至1889年出版发行的第9版（全24卷）。也许有福迷会特意寻找和购买这个版本的《大英百科全书》，但抄写嘛……笔者觉得不可能的。

《大逆转裁判-成步堂龙之介的冒险-》

这是《逆转裁判》系列之一，以法庭上的交手为主题的电脑游戏，2015年发售。故事以《逆转裁判》的主人公的祖先为主角，将背景设定在19世纪末的伦敦，福尔摩斯在其中是第二主角。搭档是个年仅10岁便已获得医学博士学位的少女爱丽丝·华生。在第2集《好友与斑点带子的冒险》中，有对原著《斑点带子案》的剧透，介意者请绕道。在第4集《吾辈与雾之夜的冒险》中，留学伦敦的夏目漱石也出场了，成为一篇福尔摩斯&漱石仿作。2017年开始发售续集《大逆转裁判2-成步堂龙之介的觉悟-》。还举办了与现实逃脱游戏相结合的活动。与FGO齐名，在现代游戏界为普及福尔摩斯做出了很大的贡献。制作人巧舟非常喜欢福尔摩斯，所以才创造出了这样一个作品。

大空白时期

也称“大失踪时期”。这是指人们以为福尔摩斯在《最后一案》中死亡，至福尔摩斯在《空屋》中回归之间的时期。《最后一案》发生在1891年，《空屋》发生在1894年，因此这个时期大约持续了3年。据福尔摩斯自己所说，他在莱辛巴赫瀑布与莫里亚蒂教授决战之后，先是跑到了佛罗伦萨，又跑到西藏待了两年，经过波斯，游览麦加圣地，到喀土穆拜访哈里发，再回到法国，去了南部城市蒙彼利埃，在实验室待了几个月，最后决定回国。除此之外，没有提供更多的信息。有仿作描写过西藏时期的福尔摩斯。因为福尔摩斯并没有说“没去过”其他地方，所以有的仿作还写过他远渡亚洲时也来了日本。这个时期激发了福迷们非凡的想象力。

《第二块血迹》

载于《斯特兰德杂志》1904年12月刊（《哈泼斯》1905年1月28日刊），收录于《归来》。因为这是一个关乎国际问题的案件，华生隐去了发生的年份。欧洲事务部部长特里劳尼·霍普因弄丢了寄自某国国王的信件，特请两度担任首相的贝林杰勋爵一同前来，委托福尔摩斯查找。这个案子有国际间谍在幕后操纵，事态朝着预料之外的方向发展。在这个故事的开头，夏洛克·福尔摩斯已经退隐江湖，专心在苏塞克斯丘陵区研究侦探学和养蜂技术。或许因为这是作为《归来》系列最后一集的缘故吧。

打字机

这是用手指敲击键盘，在纸张上打出文字，编辑文章的机器。19世纪后半叶投入生产，在福尔摩斯时期的英国，被人们普遍使用。福尔摩斯非常注意观察打字机的特点，他曾说打算在《身份案》中，撰写打字机与犯罪之间关系的小论文。实际上，福尔摩斯曾利用打字机的特点破过案。在当时那个年代，“打字员”是女性所能从事的最高端的职业。福尔摩斯观察过《身份案》的委托人玛丽·萨瑟兰小姐之后，推断出她是一名打字员。在《巴斯克维尔的猎犬》中，也有一位打字员劳拉·莱恩斯夫人出场。从华生给人的印象来看，他记录案件没有使用打字机，而是手写，但在《最后致意》阶段，他或许已经掌握了打字的技术。

道拉特·拉斯

《三个大学生》中的出场人物。在圣路加学院举办的福蒂斯丘奖学金考试中，希腊语考卷被人动过了。道拉特是三名嫌疑人之一。他是一个印度学生，与教师希尔顿·索姆斯先生住在同一栋楼，寡言少语，气质神秘。

高殿圆

日本女作家，生于1976年，代表作《特别国税征收官》已被改编为电视剧（2012年）。《雪莉·福尔摩斯与绯色忧郁》(2014年）是一部仿作（与《雪莉·福尔摩斯与第欧根尼俱乐部》合并收录），作品将福尔摩斯和华生设定为女性，以现代伦敦为故事背景。《雪莉·福尔摩斯与巴斯克维尔的猎犬》是该作的续集。

返始乐队

由久保田广子与榊原政敏组成的乐队，1973年出道，歌曲《你说要结婚是真的吗？》曾经风靡一时。他们为电影《飞向地球……》献唱，还演唱过动漫主题歌。在电视动画片《名侦探福尔摩斯》中，演唱主题歌《空中洒落的故事》以及片尾曲《泰晤士河的舞蹈》。这些都是很好地表达世界观的名曲，是福迷们在卡拉OK厅必点的曲目。

宝田明

日本演员，生于1934年。因出演电影《哥斯拉》及《哥斯拉》系列而知名，还曾在舞台剧《窈窕淑女》中扮演希金斯。在1990年的舞台剧《音乐家夏洛克·福尔摩斯的冒险》（主舞台）中，扮演夏洛克·福尔摩斯。迪士尼动画《妙妙探》中，为犯罪大王拉蒂根一角配音。（→参照《老鼠侦探社》）

宝冢歌剧团

本部位于兵库县宝冢市，团员全部为未婚的女性。所演出的剧目，都是由漫画或小说改变而成的歌剧。到目前为止，还没有改编福尔摩斯题材的歌剧，在以亚森·罗宾为主题的《A/L-怪盗罗宾的青春-》（2007年）中，福尔摩斯与华生作为主持人出场。虽说原作是《怪盗绅士》，但基本上都是原创的故事。虽然幸运的是福尔摩斯的出场次数很多，但这是个兴致高昂的侦探，或许是服过可卡因的缘故。根据莫里斯·勒布朗的原著《亚森·罗宾的最后之恋》改编并公演的《罗宾-ARSÈNE LUPIN-》（2013年）的派生剧《THE KINGDOM》（王国）（2014年）中，福尔摩斯也有出场。笔者衷心希望有一天，能欣赏到由福尔摩斯担任主角的歌剧。

达特穆尔

位于英格兰西南部，属于德文郡南部的一片荒野，分布着沼泽地。此地曾经发生过《巴斯克维尔的猎犬》，因此而成为福迷们的圣地之一。作品中提及的王子镇监狱，确实建于此地。《"银色火焰"赛马》的发生地，也是达特穆尔的金帕兰驯马场。

特纳太太

所有人都知道贝克街221B的女房东是哈德森太太，但只有在《波西米亚丑闻》中出现了一位特纳太太。有人认为，只有这一次哈德森太太不在，因此由特纳太太代行房东之责。这一段的描写是"'等特纳太太把吃的端上来再细说'。房东太太拿了些简单的食物，福尔摩斯大口大口吃起来"。读到这里，也可以解释为女房东不等于特纳太太。在这种情况下，或许特纳太太就只是来帮佣的女仆。总之，这在原著中就是一个大谜团。而这个谜，已经由BBC版电视剧《神探夏洛克》为我们解开了。贝克街221B的邻居就是名为特纳的人物。

竹内结子

日本女演员（1980—2020年）。除电影《白色荣光》、电视剧《草莓之夜》，还出演过多部影视作品。在悬疑网络剧《女神探夏洛克/Miss Sherlock》中，她主演夏洛克。笔者作为监修前往拍摄现场时，见过其本人。她给笔者留下的印象是美丽且思维敏捷。（→参照"女神探夏洛克/Miss Sherlock"）

丹尼尔·斯塔肖尔

美国作家，生于1960年。作家同时也是一位记者，以及福尔摩斯研究专家，BSI会员。作家创作的传记《传奇的叙述：阿瑟·柯南·道尔的一生》，获得MWA大师奖（埃德加奖）之后，又与乔恩·埃伦贝里、查尔斯·福雷共同编辑《柯南·道尔书简集》，并再次获奖。由此可见，作家无疑是现代美国典型的、活跃的福迷之一。与他人共同编辑的文集还有多部，包括《贝克街谋杀案》等。作家自己也创作戏作或仿作，著有长篇《外质人的冒险》（*The Adventure of the Ectoplasmic Man*），讲述福尔摩斯与魔术师胡迪尼同台的故事。此外还有短篇《第二朵紫罗兰的冒险》《不安的女演员案》等多部。除福尔摩斯，还有与埃德加·爱伦·坡相关的纪实文学，将胡迪尼化身侦探角色的推理小说《哈利·胡迪尼推理》系列等。

塔摩利[*1]

本名森田一义，生于1945年。日本著名的搞笑艺人，节目主持人。1976年借着日版《蒙提·派森的飞行马戏团》出道，1978年在赤冢不二夫《赤冢不二夫的恶搞游击队》（《文艺春秋deluxe》1978年5月刊“笑话&恶搞”刊载）中，扮演戴单边眼罩的夏洛克·福尔摩斯。1987年，在作为《小学馆推理 磁带本》发行的《塔摩利的夏洛克·福尔摩斯 斑点带子案》中，他一人扮演包括福尔摩斯在内的所有角色。封面上是他戴着标志性的墨镜的福尔摩斯形象。

*1：将本名森田（MORITA）倒过来念作“TAMORI”（塔摩利），是同行对他的爱称。

邓肯·罗斯

《红发会》中出场的人物，是红发会的一员，担任管理职务、负责招募新成员，当杰贝斯·威尔逊等一众应征者蜂拥而至时，他负责对接。他还负责开、关办公室。然而突然有一天，办公室人去楼空，杰贝斯·威尔逊感觉事有蹊跷，故而来找福尔摩斯。

地铁

在福尔摩斯生活的时代，伦敦已经有地铁通行了。1863年世界上第一条地铁开通，但当时还未实现电气化，所以采用的都是蒸汽机车。福尔摩斯和华生在伦敦市内基本都靠步行或搭乘马车，但在《红发会》中，当他们前往杰贝斯·威尔逊的当铺时，乘坐了地铁（在奥尔德斯门下车）。在《布鲁斯-帕廷顿计划》中，地铁刚从隧道出来，受害者卡多根·韦斯特就从车厢掉下摔死在铁轨旁。福尔摩斯为此而调查了地铁线路。在《绿玉皇冠案》中，委托人也是搭乘地铁来到福尔摩斯的住所的。

留声机

这是用来记录、播放声音或音乐的机器。福尔摩斯总是将最先进的科学和技术手段应用于破案，与他所处的时代略不相符的留声机，也在《王冠宝石案》中起到了关键性的作用。“留声机”储存声音的部位不是圆筒形，而是圆盘形。

《染血的墙壁》

这是最早进入日本的《血字的研究》的译名（改写）。本作于明治三十二年（1899年）4月16日至7月16日，在《每日新闻》连载。这是继《乞食道乐》之后的第二部福尔摩斯翻译作品，也是第一部福尔摩斯长篇翻译作品。福尔摩斯被冠以“小室泰六”，华生被冠以“和田进一”的日本名。故事发生的背景从伦敦被移到了东京，如此改写，是为便于当时的读者更好地理解。原著中写在墙上的“Rache”在德语中是“复仇”的意思，警察却将其误解为“一个女人的名字：瑞秋（Rachel）”。这是原著中的描写，改写之后，墙上的字变成了“ふく”*1，警察据此推断这是一个名叫“阿福”的女人的名字。然而，小室却一针见血地指出，这是“复仇”之意。这些都可以看出译者的用心。原著的第二部，故事发生在犹他州，但在本作中换成了北海道。而且，全文末尾的《身份案》的故事情节可谓经历了脱胎换骨式的改写（全84集中最后的3集）。整个作品的改写完成度非常高。本作于2001年再次被收录进《明治时期夏洛克·福尔摩斯翻译集 第一卷》（IRD企划）。在《名侦探柯南》中出场的人物“和田进一”，同样也是来源于这部《染血的墙壁》。

*1：“ふく”是日语汉字“福”的读音，也是“复仇”的“复”的读音。

查尔斯·奥古斯塔斯·米尔沃顿

《米尔沃顿》中出场的恶人。上流社会的人们一旦被其抓住了弱点，就会被其敲诈。如果被害者无力支付敲诈金，他就会无情地放出其秘密，令其身败名裂。用福尔摩斯的话说，他就是“伦敦最恶毒的人”。伊娃·布莱克韦尔小姐受其敲诈，委托福尔摩斯出面破案。即便在原著中出现的恶棍中，米尔沃顿也是非常出名的。在佩吉特所画的插图中，他是个大个子，然而华生对他的描述则是“一个矮壮的男人”。

查尔斯·卓别林

英国演员、电影导演（1889—1977年），“世界三大喜剧之王”之一。在其少年时期，为舞台剧《夏洛克·福尔摩斯》（柯南·道尔 & 威廉·吉勒特）扮演比利-佩吉一角（1903—1906年）。西班牙作家拉斐尔·马林创作了一部仿作，名为《Elemental, querdo Chaplin》（这是很基本的事，卓别林），故事设定就是少年时期的卓别林担任贝克街小分队一员。

查尔斯·巴斯克维尔

查尔斯·巴斯克维尔爵士，《巴斯克维尔的猎犬》中的出场人物，巴斯克维尔家的户主，是继承人亨利爵士的伯父。他在南非投资发财后，回国打算对走向没落的庄园进行大规模的翻修、扩建。他乐善好施，也曾慷慨捐助附近郡县的开发和慈善事业，下届选举很可能成为中德文选区的自由党候选人。然而，他却在巴斯克维尔庄园附近以一种奇怪的状态死亡。可以说，《巴斯克维尔的猎犬》始于他的死亡。

查尔斯·麦卡锡

《博斯库姆溪谷秘案》的受害者，在澳大利亚发家致富，在那个时期，他认识了约翰·特纳。当他回乡定居后，从特纳手上租了哈瑟利农场生活。妻子去世，留下一个儿子名叫詹姆斯。在博斯库姆溪谷附近，父子二人发生争执后，父亲的尸体被发现，死因为钝器反复击打头部。

注射器

福尔摩斯经常使用可卡因（百分之七的溶液），但当时用的还是皮下注射的方法。注射器被装在精致的摩洛哥羊皮盒中（《四签名》）。在《临终的侦探》中，壁炉台上乱七八糟地放着烟斗、烟袋、注射器，不知这是否常态。格拉纳达版电视剧《福尔摩斯探案集》在NHK播放时，注射器的镜头被剪掉了。

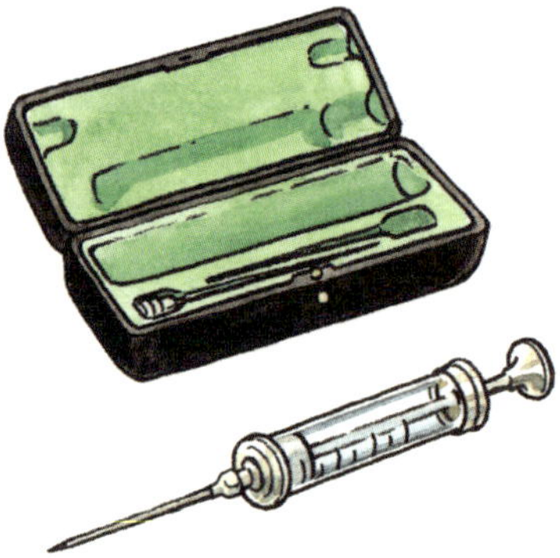

“不管方不方便，请速来一趟”

在《爬行人》中，福尔摩斯发了一封电报给华生，“不管方不方便，请速来一趟。S.H”，将后者叫来了贝克街。这是充分表明二人关系的一章。而这句话也变成了福尔摩斯的名言之一。

出租马车

这是现代出租车的鼻祖，随叫随停的马车，对于福尔摩斯所处的维多利亚时期的伦敦人而言，这是重要的交通工具。直到今天，英国仍将出租车称为“cab”。当时的出租马车可分为两类，一是车夫驾驶台在后的双轮马车（hansom），一是箱型的四轮马车（Four Wheelers），相当于现代的小型出租车和大型出租车之

分。伦敦市民随身携带哨子，吹一声代表招四轮马车，吹两声代表招双轮马车。《血字的研究》中的弗逊·侯波就是一名出租马车夫。《巴斯克维尔的猎犬》中，福尔摩斯查清了神秘人物搭乘出租马车跟踪亨利·巴斯克维尔爵士。福尔摩斯自己在《波西米亚丑闻》中，也多次搭乘出租马车跟踪调查。

露口茂

日本演员，生于1932年，因在电视剧《向太阳怒吼》中扮演“山村精一”而知名。同时他也是一名声优，在格拉纳达版《神探福尔摩斯》中为福尔摩斯配音。担任配音之前，山村刑警在他身上的代入感太强，而随着配音渐入佳境，竟有观众因“露口的配音”而成为电视剧的粉丝。现已淡出演艺圈。

猎鹿帽

福尔摩斯佩戴的帽子。顾名思义，最早是人们在猎鹿时所戴的帽子。左、右两侧的护耳在头顶被一根绑带系住，解开绑带可垂至下颚，以此达到防寒的效果。但在原著中，却一次也没有写到福尔摩斯戴过猎鹿帽。在《“银色火焰”赛马》及《博斯库姆溪谷秘案》中曾有记述，福尔摩斯戴着“带护耳的旅行帽”。插画家将其画成了猎鹿帽，从此福尔摩斯佩戴的帽子便被等同于猎鹿帽了。而在今天，它也成为福尔摩斯的标志性特征，以及侦探的标配。在“酷似福尔摩斯”的插画中，总是会画一顶与猎鹿帽相似的帽子，或者将其误称为“猎鸟帽”，令福迷们无比腻味。

《Dear 福尔摩斯》

本直子创作的漫画，2006年出版发行，共2卷。莱辛巴赫瀑布决战过后一年半，福尔摩斯的灵魂寄居在只有实物的1/12大小的模型屋中，回到了贝克街。在如此状态之下，他与华生共同生活，破获案件。这是一个脑洞大开、风格奇特的故事。在第8集中，《德古拉》的作者亚伯拉罕·布兰姆·斯托克也有出场。本直子正在将原著《黄面人》改编成漫画。此外，她的作品中还有许多发生在英国的漫画故事。

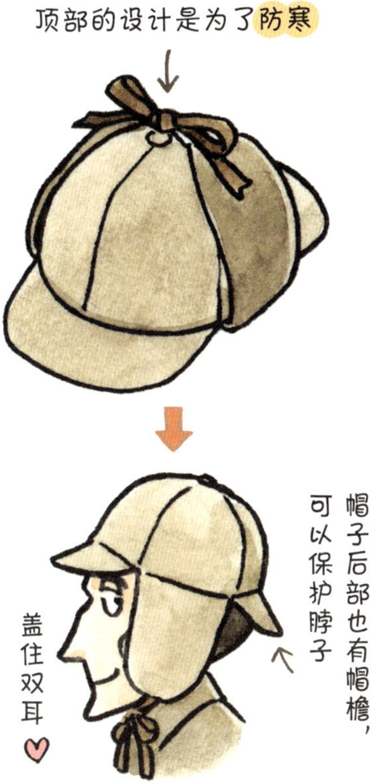

出场。手冢漫画的代表性人物之一“洛克”最初以侦探身份出场，就是模仿夏洛克·福尔摩斯。此外，《三眼神童》中的主角“写乐保介”也是模仿福尔摩斯，其搭档和登则是模仿华生。在《铁臂阿童木》的故事中，有一个名为“夏洛克·福摩斯宾”的人物，可见手冢老师是多么热爱福尔摩斯。由手冢治虫编辑的《连环画悬疑》，是一部学术研究类的漫画丛书，其中一本《地域的魔术》是《巴斯克维尔的猎犬》改编的漫画，手冢的学生小室孝太郎负责作画，其画风与手冢漫画很接近。在卷末，手冢老师写下“传说基础上的怪奇推理”作为编辑寄语，提到了福尔摩斯原著及柯南·道尔。

第欧根尼俱乐部

这是伦敦的一家俱乐部（虚构），位于俱乐部扎堆的蓓尔美尔街。福尔摩斯的哥哥麦考尔就是这里的会员，并且是创立俱乐部的发起人之一。用福尔摩斯的话说，这是“伦敦最奇怪的俱乐部”。俱乐部原本是社交场所，但聚集至此的却都是些不擅交际的人。在包间之外禁止说话，违反3次会被除名。福尔摩斯和华生为了见麦考夫而来到这个俱乐部。麦考夫就住在俱乐部对面，除了俱乐部、住所、工作单位，他绝少踏足其他场所。麦考夫实际上是为政府工作，因此在许多仿作中，都将第欧根尼俱乐部设定为英国的间谍机构。有些仿作还将此地设定为007詹姆斯·邦德所属组织的老巢。

手冢治虫

日本具有代表性的漫画家（1928—1989年），创作了《铁壁阿童木》《缎带骑士》《火之鸟》等大量作品。1951年，其创作初期的作品《化石岛》中，有福尔摩斯和罗宾

《死侍屠杀文学名著》

这是2013年发行的美漫。漫威旗下的反英雄死侍，原本就意识到自己是创作中的人物。在本作中，对《白鲸》《德古拉》等古典文学发起了殊死决战，但主要的敌人还是夏洛克·福尔摩斯。日译本是名为《死侍干掉死侍》的合集，2015年由villagebooks（乡村书店）出版发行。原书的漫画版其中一部，死侍用放大镜对准福尔摩斯的后脑，利用太阳光的热量将其点燃。这一构图真不愧是正宗的死侍风。

大卫·伯克

英国演员，生于1934年，在格拉纳达版《福尔摩斯探案集》中，扮演了第一个华生博

士（至第13集《最后一案》止）。引进日本后，担任其配音的是长门裕之。先于伯克扮演华生的演员（特别是奈杰尔·布鲁斯），多将其当作一个“陪衬”角色来演绎，而伯克则扮演了一个如原著中的华生一般，有智慧的搭档华生。抬高了华生在世人眼中的形象，伯克功不可没。但出演该电视剧过于繁忙，因此他决定以分段作品方式退出拍摄。如果他在《四签名》中继续扮演华生的话，笔者就会幻想，华生与玛丽·莫斯坦的罗曼史会不会也按照原著那样书写下去呢。但是此后，伯克于1995年在《传记》这部电视传记系列中扮演华生博士，2007年又在一档介绍柯南·道尔与福尔摩斯的电视节目中担任主持人。在出演格拉纳达版电视剧之前，他在道格拉斯·威尔默主演的电视剧《神探夏洛克》的《绿玉皇冠案》中也有出演。伯克辞演华生后进入皇家莎士比亚剧团，在《哈姆雷特》中扮演哈姆雷特的父亲。他的儿子汤姆·伯克也是演员，在电视剧《三个火枪手》中扮演阿多斯。

泰晤士河

这是英格兰南部一条东西流向的河流，横贯伦敦，面朝国会议院和伦敦塔。伦敦桥和塔桥都横跨泰晤士河之上，经常容易混淆。风格朴素的是伦敦桥，而塔桥则是一座上开悬索桥。泰晤士河在《歪唇男人》等多个作品中都有出场。在《四签名》中，福尔摩斯搭乘小蒸汽船，在泰晤士河上对犯人搭乘的小蒸汽船展开了大追捕。盖·里奇导演的电影《大侦探福尔摩斯》，以及动画片《名侦探福尔摩斯》中，也都出现过泰晤士河。福尔摩斯故事与泰晤士河真是有着不解之缘啊。

电报

这是福尔摩斯主要的通信手段，如果不写信就发电报。在《爬行人》中，他向华生发过一个著名的电报“不管方不方便，请速来一趟”。福尔摩斯还向华生发电报，问起是否要发表《魔鬼之足》。当时华生还说，能发电报的话，福尔摩斯从来不写信。

电话

福尔摩斯的通讯手段，一般是写信和发电报。但在《三个同姓人》《显贵的主顾》《退休的颜料商》中，他都使用了电话，在房间中也准备了电话簿。看来在福尔摩斯侦探生涯的后期，贝克街221B已经通了电话。

电话的发明者。

东京巴流术分部

这是1948年作为贝克小分队的分部而创立的，日本第一个福尔摩斯团体。参加首次聚会的，包括江户川乱步、吉田健一、理查德·休斯（星期日泰晤士报的远东特派员）。吉田健一在聚会中，朗读了其祖父牧野伸显所写的论文《巴流术的起源》。

托考伊

匈牙利托卡伊地区的著名葡萄酒，是世界上三大贵腐酒产地之一。糖分含量高，因此口感黏稠而甘甜。同一地区也出产辣味葡萄酒。《四签名》的撒迪厄斯·肖尔托家中备有基安蒂和托卡伊两种酒，他还劝玛丽·莫斯坦小姐也喝一点。此外，在《最后致意》的案件破获之后，福尔摩斯说着“它出自弗朗茨·约瑟夫在美泉宫的私藏酒窖”，与华生一起举起了盛装托卡伊的酒杯以示庆祝。为此，福迷们每当要为特别的活动举杯时，一般都使用托卡伊。

《贵族单身汉案》

载于《斯特兰德杂志》1892年4月刊，收录于《冒险》。公爵的次子罗伯特·圣西蒙勋爵与美国裔的哈蒂·多兰小姐举办了婚礼，却在婚宴上离奇失踪，后来在海德公园的塞彭坦湖中捞出了婚纱、花冠和面纱。与新郎曾经交往过的芭蕾舞演员弗洛拉·米勒小姐因此成为案件嫌疑人。本作也被翻译成《新娘失踪案》，而《身份案》被翻译成《新郎失踪案》，各种版本都有。

托拜厄斯·格雷格森警探

苏格兰场的警探。他的出场次数不多，不像雷斯垂德那样与福尔摩斯有多次合作的经历。福尔摩斯与华生初次搭档调查《血字的研究》时，格雷格森已经认识福尔摩斯了，这一点与雷斯垂德一样。他在《四签名》《希腊译员》《威斯特里亚寓所》《红圈会》中都有出场。他长着亚麻色头发，皮肤白，身材高。似乎与雷斯垂德存在竞争关系。（→参照第010页“主要人物介绍”）

托比

这是一条狗，史宾格犬与勒车犬混血的后代。在《四签名》中，福尔摩斯为了追踪犯人的气味而使用此狗。用福尔摩斯的话说，“一只托比，能顶得上全伦敦的警察”。托比是福尔摩斯从朗伯斯区的宾奇路3号，一位名叫谢尔曼的老人那里借来的。虽然它也偶有失手，但仍很受宠。“托比”是对“托拜厄斯”的爱称。欧美国家许多人会给狗取名为“托比”，木偶戏《潘趣与朱迪》中也使用了这个名字，它就相当于日本的“波奇”。（→参照第010页“主要人物介绍”）

《猫和老鼠》

美国的搞笑动画片。猫咪汤姆总是在追逐老鼠杰瑞，又总是以倒霉收场。此片自1940年开播，到今天仍有新作问世。基本都是时长很短的打闹剧情，却有很多在原作基础上创作的长篇动画，比如《猫和老鼠：海盗寻宝》《猫和老鼠：胡桃夹子的传奇》等。还有一部《汤姆与杰瑞遇见福尔摩斯》（2010年）。在这个世界上，汤姆和杰瑞都是维多利亚时代生活在伦敦的居民，汤姆拥有贝克街221B号的房子，杰瑞则租住在房子里。使用奇妙装置的猫们，不断地偷窃宝石，其背后黑手竟然是莫里亚蒂教授。汤姆和杰瑞与福尔摩斯、华生组成了破案联盟。美国版为莫里亚蒂配音的，是出演《发条橙》的著名演员马尔科姆·麦克道威尔。此作在日本被写成了原创小说（伊豆平成著）。

《哆啦A梦》

藤子·F. 不二雄创作的漫画，以及由漫画改编成的动画片。哆啦A梦是来自未来世界的猫型机器人，从它的“四维口袋”中可以拿出各种秘密道具。其中一集名为《福尔摩斯道具组》，同名的秘密道具（帽子、拐杖、烟斗、放大镜套装）都出现在剧集中。主人公大雄借助这些道具，破获了福尔摩斯书本遗失案。这套道具组在其他剧集中也有出现。此外，推理叙事的剧场版长篇动画《大雄的秘密道具博物馆》中，大雄也使用同一套道具组，变成了“夏洛克大雄”。同一部电影中，有几处是对原著的模仿。

杜立德医生

一位听得懂动物语言的医生，是英国作家休·洛夫廷（1888—1947年）创作的儿童文学《杜立德医生》系列的主人公。作为同一系列的番外篇，《Gub-Gub’s Book, An Encyclopaedia of Food》（古布古布的食物百科全书）于1933年发表，其中《第四夜》《第五夜》是福尔摩斯仿作。“冰箱侦探夏尔贝·司康丝”出场，调查食物失窃案。此书在2002年之前都未出现日译本，但夏尔贝·司康丝侦探的部分却被改写成《食物小偷与名侦探》（光文社/1957年）出版发行。但此书印数有限，令许多儿童文学爱好者、推理爱好者为之垂涎。

特里劳尼·霍普

《第二块血迹》中的出场人物，英国的欧洲事务部部长。案件发生时，他已是英国最有前途的年轻政治家。他肤色偏黑，五官轮廓分明，是一位举止优雅的绅士。他将一份足以影响国际形势的重要文件带回家，文件却从卧室的公文箱中被盗走了。为此，他偕同贝林杰首相一起，前来委托福尔摩斯调查。

老特雷弗

《格洛里亚·斯科特号三桅帆船》中的出场人物，福尔摩斯上大学时的朋友维克托·特雷弗的父亲。受维克托之邀，福尔摩斯到老特雷弗家中做客，其间遭遇了《格洛里亚·斯科特号三桅帆船》。老特雷弗对福尔摩斯的推理能力大加赞赏，并断言他可以以此为生。可以说，老人是开启福尔摩斯职业生涯的重要人物。根据福尔摩斯可知，他曾经到过日本。

睡袍

闲暇时在房间里穿着的衣物。福尔摩斯偶尔会在221B的房间里穿着，并且至少拥有蓝色（《歪唇男人》）、紫色（《蓝宝石案》）、灰褐色（《空屋》《布鲁斯-帕廷顿计划》）三种颜色的睡袍。可是据有的福迷说，“睡袍的颜色之所以看起来不同，是因为华生酒精中毒”或“是同一件睡袍，只不过是褪色罢了”。原著中从未提及猎鹿帽和因弗内斯大衣这两个词，相比之下，睡袍是名正言顺地出场了。不过是只限在室内穿着。

长沼弘毅

大藏省官员，经济学者（1906—1977年），是一位著名的福迷，曾出版过《福尔摩斯的智慧》《福尔摩斯大学》等，共计9部福尔摩斯研究书籍。他是BSI会员中的第1位日本人。日本创建福尔摩斯俱乐部之前，就已在日本进行福尔摩斯研究了，是日本福迷的先驱。除了福尔摩斯研究，还著有《推理集》《推理小说讨论会》等，并翻译了阿加莎·克里斯蒂的著作《东方列车谋杀案》《蓝色列车之谜》（创元推理文库）等。（→参照“长沼本”）

长沼本

长沼弘毅著有福尔摩斯研究书籍共9部，分别为《福尔摩斯的智慧》《福尔摩斯的世界》《福尔摩斯的紫烟》《福尔摩斯的对决》《福尔摩斯秘闻》《福尔摩斯健在之姿》《福尔摩斯的恩人》《福尔摩斯的大学》。福迷们将其统称为“长沼本”。在日本国内的福尔摩斯研究书籍尚不多见的年代，集齐长沼本是最低限度的要求。在日本福尔摩斯俱乐部大会举办的拍卖会上，曾经被炒到数万日元。现在古籍贬值，有时仅可卖出数百日元。但《智慧》函装书仍然稀缺。（→参照“长沼弘毅”）

长沼弘毅著《福尔摩斯的智慧》（朝日新闻社）

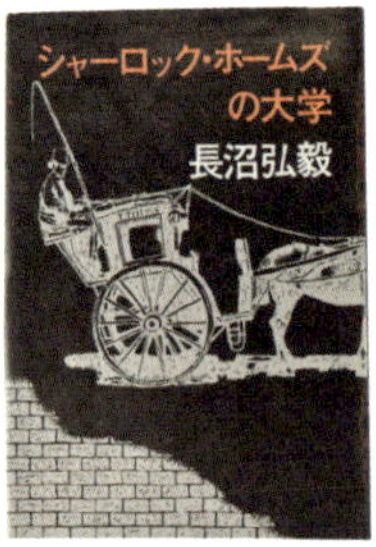

长沼弘毅著《福尔摩斯的大学》（实业之日本社）

夏目漱石

日本小说家（1867—1916年），本名夏目金之助，《我是猫》《哥儿》等作品世人皆知。1900年至1902年赴伦敦留学，在当地师从莎士比亚学者威廉·克雷格，二人的住所都在贝克街附近，因此有不少仿作都有“夏目漱石可能遇见过福尔摩斯”的设定。若论这类仿作中的先驱，短篇当属山田风太郎，长篇则是岛田庄司的《被诅咒的木乃伊》。柳广司的《我是夏洛克·福尔摩斯》，是讲述在英留学的漱石将自己幻想成福尔摩斯的作品。奥泉光所著《〈我是猫〉杀人事件》，也是将夏目漱石的世界与福尔摩斯的世界相融合的作品。动画片《名侦探福尔摩斯》中，第19集为《漱石伦敦风筝大会战！》。游戏软件《大逆转裁判-成步堂龙之介的冒险-》中，也有福尔摩斯与夏目漱石的共同出场。

《七生症候群（名侦探泰晤士）》

这是速星七生创作的漫画，共分2卷，创作于1982—1984年。名侦探夏洛克·泰晤士在20世纪80年代的贝克街开设事务所，从电话簿中查出以华生之名执业的医生，强行将其收作自己的搭档。然而实际上，这位泰晤士先生不知哪里少根筋，实际破获案件的是华生。书中大量引用了英国的风俗习惯，却又有着E. D. 霍克式的推理风格，完成度非常之高。遗憾的是，速星七生鲜有著作，仅本作以及另一部推理漫画《不是什么大问题》。

南希·巴克利太太

《驼背人》中的出场人物。皇家芒斯特军旗护卫上士德沃伊的女儿，是个大美人。与詹姆斯·巴克利上校结婚30多年，样貌依然高贵出众。二人的生活一直十分美满，但有一天夫妻口角之后，巴克利上校就被杀害了。

尼古拉斯·迈耶

美国作家、脚本作家、电影导演，生于1945年。曾导演过电影《星际迷航2：可汗怒吼》《后天》等。1974年发表的长篇仿作《福尔摩斯的绝妙冒险》创下了畅销佳绩，后由其亲自撰写脚本拍成了电影，为福尔摩斯仿作、戏作创下划时代之举。此后，福尔摩斯仿作、戏作被世人所知，并大量出版发行。此外，"华生未发表的原稿被发现"这一设定，也经常为人所用。1976年，作家又发表了第2部仿作《西区恐怖》，但反响不及上一部。他对福尔摩斯的热爱铭心刻骨，在其亲自担任导演，负责脚本创作的《一次又一次》（H. G. 威尔斯利用时光机，追捕逃到现代的开膛手杰克的故事）中，格雷格森警探也出场亮相了。在其星际迷航系列电影中，福尔摩斯元素屡屡被挪用在斯波克的言行举止中。1993年，作家发表了长篇小说《金丝雀驯兽师》（*The Canary Trainer*），该作情节与卡斯顿·勒胡原作，后被改编成著名歌剧的《歌剧魅影》互有交叉。遗憾的是并未翻译成日语。时隔很久之后方才创作的新作品《特殊协议的冒险》（*The Adventure of Peculiar Protocols*）在2019年出版发行。

日本福尔摩斯俱乐部

这是日本境内的福迷组织，1977年由小林司、东山茜夫妇共同设立。日暮雅通、实吉达郎、北原尚彦等都是该俱乐部会员。已故推理作家松村喜雄也是曾经的会员。俱乐部要开月例会，每年开两次大会，发行月刊和年刊杂志等。该俱乐部类似介于学术团体与粉丝俱乐部之间的联谊团体，既有热心的研究者会员，也有只是读读会报的会员。会员之间会进行信息共享，交换各种书籍等活动。因此，只要喜欢福尔摩斯，入会成为会员一定会有所收获，而且一点儿也不可怕。

《日版福尔摩斯的灾难》

这是一本文集，集结了日本作家创作的福尔摩斯戏作、仿作。2007年由论创社出版发行，北原尚彦任编辑。为了避免与《日版福尔摩斯赝作展览会》重复，书中还收录了本书遗漏的作品，以及之后所写的作品，共计21篇。书名自然是模仿了埃勒里·奎因编的《福尔摩斯的灾难》。作者中既有北杜夫、柴田炼三郎等大作家，也有到目前尚不知名的作家。横田须弥、喜国雅彦的作品是新创作的（后者是漫画）。《日版福尔摩斯赝作展览会》被修订、增补为《对福尔摩斯充满爱》时，反而是考虑到了避免与该作品重复。

柴田炼三郎等著 / 北原尚彦编《日版福尔摩斯的灾难》（论创社）

《日版福尔摩斯赝作展览会》

这是第一部集结了日本作家创作的福尔摩斯戏作、仿作的文集。1989年河出文库重新发行《福尔摩斯赝作展览会》，趁着这股东风，1990年该文库发行了上下卷。收录上卷10篇+下卷9篇，共计19篇。虽未注明编者姓名，但实际上负责说明和执笔的是新保博久。山田风太郎《黄面人》、星新一《夏洛克·福尔摩斯的内幕》等，当时日本原产的福尔摩斯短篇仿作基本都被收录其中。但其中一些作品不由地让人怀疑，这种程度竟也能算福尔摩斯仿作？为此而对本书进行了修订和增补，便有了《对福尔摩斯充满爱》的出版发行。对于出版，新保博久解释道“实际上河出文库版要分两册出版，作品数量略有不足，便拉来了几篇类似福尔摩斯外传这种牵强附会的作品（以下略）”。经过这番解释，笔者总算明白了。（→参照《对福尔摩斯充满爱》）

《住院的病人》

载于《斯特兰德杂志》1893年8月刊，收录于《回忆》。珀西·特里维廉医生受到布莱辛顿先生的资助开设诊所，条件是布莱辛顿先生也住进了诊所。接下来，便发生了不可思议的事情。在本作最早的插图中，福尔摩斯和华生互挽着对方的胳膊，有些人不免要感到奇怪，殊不知，维多利亚时期男士之间挽着手臂散步是寻常之事罢了。根据华生的记述，此案发生在其与福尔摩斯同住之后一年左右的十月。年月日不明确的原因，是部分案件记录遗失了。华生责备福尔摩斯不整理房间，但珍贵的记录遗失这种事，一般是不足以对外人道的。

尼尔·吉布森

《雷神桥之谜》的委托人，准确地说应该是“J. 尼尔·吉布森”，世界第一金矿大亨，也是美国西部某个州的参议员。他在汉普郡买下大片土地并移居于此，不料5年后太太惨死。他为寻求真相而来到福尔摩斯处。他瘦高个儿，干瘪的身子透着贪婪和欲望。见到福尔摩斯时，他粗鲁地放言道：“这案子我不怕花钱，只要能为你照亮通向真相的路，烧钱当火把也没问题。”

“人类的大脑原本像一间小小的空阁楼”

这是福尔摩斯的金句，它代表着福尔摩斯对人类的记忆力这种东西的认识。也就是说，人类的记忆容量是有限的，要记住那些“精挑细选的知识”，并且“只记住有用的知识（抛弃无意义的记忆）”。这段话出现在《血字的研究》的开头，后来在《五个橘核》等故事中也出现过。BBC版电视剧《神探夏洛克》中提出的“Mind Palace”（思维殿堂）这一概念，也许是对“大脑空阁楼”的引申吧。

内森·加里德布

《三个同姓人》的委托人，秃头，60多岁光景，住在伦敦西区赖德街136号。他是一名博物学收藏家，房间里塞满了地质学、解剖学标本。除了参加拍卖，其他时间绝少外出。他听说三个姓加里德布的人必须同时到场，方可继承遗产，因此来找福尔摩斯。

内维尔·圣克莱尔

《歪唇男人》中的出场人物，住在伦敦近郊的李镇的雪松别墅。他没有固定职业，但投资了好几家公司，每天早上去伦敦，傍晚再搭火车回家。然而有一天，他的妻子竟在一家怪异的鸦片烟馆三楼窗户上看到了他的脸，从那之后他便失踪了。福尔摩斯受这位妻子的委托开始查案。

《老鼠侦探社》

伊芙·泰特斯著作，保罗·加尔顿绘制的儿童系列图书。是动物角色的福尔摩斯仿作中具有代表性的一部。此书将人物都替换成了动物，而且是一群建在贝克街的地下室（为了避免被人类发现）的老鼠国中生活的老鼠。了不起的老鼠侦探巴兹尔（打扮得与福尔摩斯一样），悄悄溜进221B的房间里，躲在福尔摩斯的脚边，偷偷地记录和学习他与华生破案的过程。“巴兹尔”这个名字来源于福尔摩斯的扮演者巴兹尔·拉斯伯恩，抑或福尔摩斯的化名“巴兹尔船长”。他的搭档是道森医生。房东是贾德森太太，犯罪王是拉蒂根教授，其爪牙是多兰上校。故事中有一名为莱尔达的歌剧演员，她的原型并非艾琳·艾德勒，而是福尔摩斯曾聆听过其表演的小提琴演奏家诺曼·聂鲁达。作家、冒险家提拉里·奎因，文森佐·斯特莱蒂，朱利安·沃尔夫医学博士，阿德里安大臣等老鼠悉数出场，他们的原型分别是推理作家埃勒里·奎因、福迷文森特·斯塔瑞特、朱利安·沃尔夫、柯南·道尔的儿子雅德里安·柯南·道尔。这是一场了不起的游戏，让人无

尼格雷托·西尔维厄斯

《王冠宝石案》中的出场人物。他是一位著名的射猎手、冒险家、社交家，身材高大，皮肤黝黑，浓黑的八字胡令人生畏，长鼻子好似鹰嘴。他身为贵族，却是一个杀手。因被福尔摩斯打搅，而欲杀死对方。

法与儿童读物联系在一起，成年人也能从中获得极大的满足。保罗·加尔顿所绘制的插图也特别可爱，并被迪士尼改编成了动画片《妙妙探》。风格虽然转变成了迪士尼风，情节也重新创作过了，这令原著粉十分失望，但整体呈现出来的效果也不错。该系列中有四部已经翻译成了日语，分别是《巴兹尔与双胞胎诱拐事件》《巴兹尔与失去的世界》《巴兹尔与犯罪王》《巴兹尔的墨西哥冒险之旅》。遗憾的是，第五部《Basil in the Wild West》（巴兹尔在西大荒）没有引进日本。绝版已久，古籍价格居高不下。仅第一部在2015年《老鼠侦探社》（童话馆出版）被翻译成了新译本，现在作者和画家均已去世，最近由凯西·哈普卡执笔续写。

“没有黏土，你叫我怎么做砖块?”

这是福尔摩斯的金句之一，出自《铜山毛榉案》。前半句是“证据！证据！证据！”，意为“没有证据这种材料，就无法组织起推理”。接待过瓦奥莱特·亨特小姐之后，尚未进一步获悉她的消息，每当华生提起这事，福尔摩斯便这么回答他。福尔摩斯认为，在情报不全时投入思考，不仅是浪费时间，还会干扰破获真相。实际上，福尔摩斯自己在某个案子中，当证据未收齐时就加以推测，结果得到了错误的答案。

《诺伍德的建筑师》

载于《斯特兰德杂志》1903年11月刊（《柯林斯周刊》1903年10月31日刊），收录于《归来》。约翰·赫克托·麦克法兰被指控杀害了建筑师乔纳斯·奥尔德克，故而前来请福尔摩斯为其找出真凶。根据华生的记录，这是福尔摩斯返回伦敦几个月后发生的案子。发表此故事也是在《空屋》发表之后，福尔摩斯感叹“自从莫里亚蒂教授不幸离世，伦敦就变成了一座毫无乐趣的城市”。而且华生还叙述他卖掉诊所，回来与福尔摩斯重新一起生活的经过。本作中所用的诡计，即使在维多利亚时期，也不太能被警察轻易识破。在格拉纳达版的《福尔摩斯探案集》中，这部分到底还是被改过了。

“别看乡村风光明媚，发生罪案的惊悚程度远超伦敦最低贱的小巷子”

在《铜山毛榉案》中，当福尔摩斯二人驱车前往犯罪现场时，他边透过车窗眺望乡村的景致，边如此说道。他认为这里与世隔绝，为逃罪提供了有利场所。根据福尔摩斯年代学（之一）来判断，此前半年左右发生了《巴斯克维尔的猎犬》。福尔摩斯或许正是想起了那个案子，才发此感叹的吧。

延原谦

翻译家、小说家（1892—1977年），获得了个人翻译夏洛克·福尔摩斯探案集全60篇的辉煌成就。在经过月曜书房版、新潮社版出版的全集之后，被收入了新潮文库。作家也翻译了新潮文库的《道尔杰作集》全8卷，以及柯南·道尔的自传《我的回忆与冒险》。除了福尔摩斯题材，作家翻译的作品还有阿加莎·克里斯蒂的《蓝色列车谋杀案》（早川书房）、范·达因的《格林家命案》等。作家生活在轻井泽的追分，当地还有一尊福尔摩斯的铜像。扮演过福尔摩斯的岸田森，是延原谦的亲戚（延原夫人的侄子）。换言之，岸田国士、岸田衿子、岸田今日子都是亲戚。新潮文库出版的延原译本福尔摩斯，由其后代延原展修订，至今仍很受读者的欢迎。

诺伯里

这是发生《黄面人》的萨里郡的一个村子，福尔摩斯对此案自觉需要重大反省，他因此交代华生，以后只要他觉得自己过于自信，或在案子上花的心思不够，就在他耳边悄悄说声“诺伯里”。从某种意义上说，这其实也算福尔摩斯的“金句”。有些福迷模仿这个句式，在失败时就说“在我耳边悄悄地说声XX”。

北原尚彦个人收藏

各国版本的福尔摩斯书籍 ②

继P101之后，本节再为您奉上《巴斯克维尔的猎犬》在世界各国发行的版本精选。
虽然内容相同，主题也很相似，但给读者的印象却大不相同。
从作品的阅读方式，以及对猎犬这种动物的印象等方面，
甚至能够感受到文化的差异，这一点着实妙不可言。

《巴斯克维尔的猎犬》各种版本之二

阿拉伯语版
（1992年）

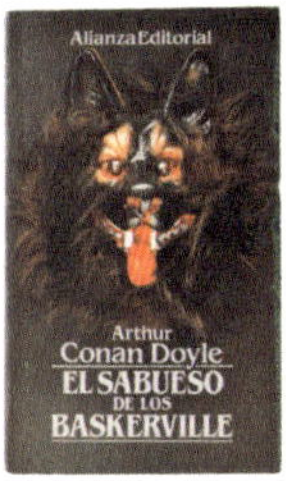

西班牙语版
（1995年）

世界语版
（1998年）

土耳其语版
（2001年）

简体中文版连环画
（2006年）

波兰英语教学用
《巴斯克维尔的猎犬》
（2012年）

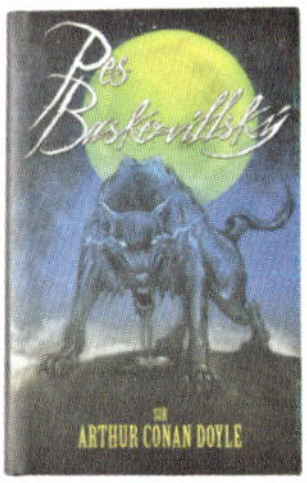

捷克语版
（2014年）

意大利语版
（2015年）

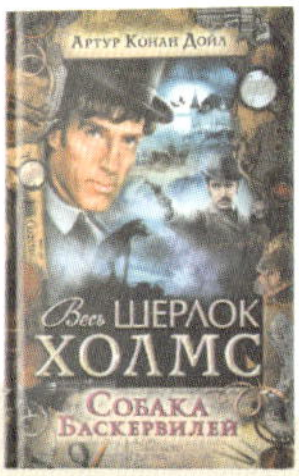

俄语版
（2016年）

英语版
（2017年、与《第二块血迹》
合并收录）

烟斗

福尔摩斯爱抽烟斗，因此叼着烟斗的形象便成了福尔摩斯的标志性形象。今天更是推而广之，成为“侦探”的标志。福尔摩斯喜欢用陶土、樱桃木和欧石南制成的烟斗，当他发呆时会用陶土烟斗，与人辩论时会用樱桃木烟斗。但无论什么材质，烟斗的形状都是直的。自从福尔摩斯的演员为了方便表演，而使用葫芦斗之后，福尔摩斯叼的烟斗就被固定成了弯斗的形状。然而事实是，在福尔摩斯侦探生涯活跃的时代，一般没有葫芦斗。彼得森公司用福尔摩斯来冠名其生产的烟斗，以及烟斗烟丝。也有将点烟嘴做成福尔摩斯头部的形状，不过看着袅袅青烟从福尔摩斯头顶冒出来，那情景该有多么奇妙……

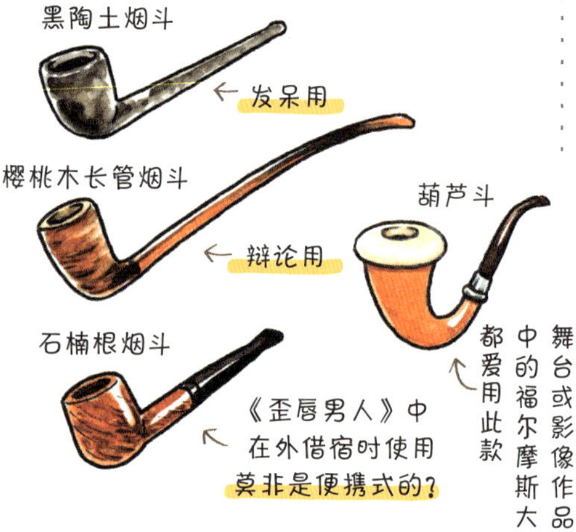

《爬行人》

载于《斯特兰德杂志》1923年3月刊，收录于《探案》。这是一起发生在1903年9月的案件。剑津大学城的普雷斯伯里教授，与其同事兼教授的女儿订婚之后，做出了一些诡异的行为。匪夷所思的真相，无论对当时的读者，还是现在初读的读者都很震撼。与《魔鬼之足》一样，此作中也出现了利用科学无法解释的物质，因此艾萨克·阿西莫夫将此作归类为科幻小说。此作中福尔摩斯发给华生的电报内容也非常有名。（→参照“不管方不方便，请速来一趟”）

保罗·克莱蒂德

《希腊译员》中的出场人物，希腊人，不会说英语。哈罗德·拉蒂默为了与之交流而雇来梅拉斯做翻译。梅拉斯第一次看见保罗时，后者穿着睡袍，瘦骨嶙峋，脸色像死人一样灰白，脸上横七竖八贴满了胶布。保罗的妹妹名叫苏菲·克莱蒂德。

《皮肤变白的军人》

载于《斯特兰德杂志》1926年11月刊(《自由》1926年10月16日刊)，收录于《探案》。案件发生在1903年1月。记录案件的不是华生，而是福尔摩斯，这是极其罕有的情况。他记录中，甚至还有“华生结了婚，弃我而去”这种类似抱怨的表述。应征前往南非的詹姆斯·M.多德，为了探寻战友戈弗雷·埃姆斯沃思的下落，来到埃姆斯沃思家中造访，受到其父粗暴的对待，并且经历了一些奇怪的事情，他为解开疑团而来向福尔摩斯求助。若以现代的眼光来审视，会发现这里面有一些医学方面的重大错误，但毕竟时代的局限性是无可奈何的。福尔摩斯经常批评华生记录案件流于表面，于是华生便让他自己试一试。但福尔摩斯亲自写下的案件真的能吸引读者吗……好像也很难说。果然还是“案件记录作家华生”厉害。

《秃头会》

三津木春影(1881—1915年)创作，将《红发会》移植到大正时期的改写故事。背景和人物被置换到日本，当时的日本人基本都是黑发，因不适合红发设定而被置换成了“秃头”。福尔摩斯成了上泉博士，华生成了中尾医生。杂志出版之初为“年轻秃头会”，侦探也是吴田博士，但被收入单行本《密封的铁函》时改成了《秃头会》。将《红发会》的“红发”置换成“秃头”并加以改写的，还有南阳外史翻译的《秃头俱乐部》，以及竹田靖治的《侦探小说 秃头的秘密》。

珀西·特里维廉博士

《住院的病人》的委托人，一个在伦敦的布鲁克街开设诊所的医生。致力于强制性昏厥研究，出版过一本《关于原因不明的神经损伤》的专著，荣获布鲁斯·平克顿奖金和奖章，华生还拜读过此书。后来他得到一笔来自布莱辛顿的投资，得以开设诊所。这个奇怪的案件，正是在布莱辛顿也入住其诊所后发生的。为此，特里维廉博士才来到福尔摩斯处求助。

珀西·菲尔普斯

《海军协定》的委托人，是华生学生时期的朋友，当时的绰号是“小蝌蚪菲尔普斯”。从剑桥大学毕业之后，他便进入外交部谋职。他舅舅是霍尔德赫斯特勋爵，英国著名的保守派政治家。某天，他得到一个任务，抄写一份非常重要的三国同盟协定并加以保管。然而不幸的是，他只离开办公室片刻，文件原件便不翼而飞。于是他通过华生来委托福尔摩斯为其寻找遗失的文件。笔者很好奇的是，他的绰号为什么叫作“小蝌蚪”。

巴兹尔船长

这是《黑彼得》中，福尔摩斯使用过的化名。福尔摩斯通过假扮巴兹尔船长，招募船员破获了此案。扮演福尔摩斯的著名演员名叫巴兹尔·雷斯伯恩，这纯属巧合。伊芙·泰特斯创作的《老鼠侦探社》中，那个名叫“巴兹尔”的侦探，就是来源于这二者之一。

《巴斯克维尔的猎犬》

这是原著的第三个长篇，载于《斯特兰德杂志》1901年8月刊—1902年4月刊。此案发生在德文郡的达特穆尔。受到猎犬诅咒纠缠的查尔斯·巴斯克维尔爵士死亡，继其之后，亨利爵士也受到了袭击。这个作品在福尔摩斯系列于1893年12月发表的《最后一案》中迎来了终结，8年之后故事又重启，但内容仍沿袭在《最后一案》之前的设定，因此真正的《归来记》必须在《空屋》之后阅读。

《巴斯克维尔的猎犬》(汉默版)

这是拍摄于1959年的英国电影，也是福尔摩斯电影中的首部彩色作品。扮演福尔摩斯的演员是彼得·库欣，亨利·巴斯克维尔爵士由克里斯托弗·李扮演。此片由擅长拍摄怪奇电影的汉默电影公司制作，导演泰伦斯·费希执导过《来自地狱的弗兰肯斯坦与怪物》及《吸血鬼：黑暗王子》，因此也以恐怖的手法拍摄这部电影。片中毒蜘蛛袭击亨利爵士的场景在原著中并不存在，是导演另外追加的。影片的格调并没有被拉低，整体的完成度非常之高。《巴斯克维尔的猎犬》曾数度拍成影视作品，其中当然也有可圈可点之作。在日本并未上映此片，只有提供租借的录像带，笔者个人强烈希望能够推出日版的光碟。

巴斯特·基顿

美国喜剧演员（1895—1966年），电影导演，“世界三大喜剧之王”之一。基顿1924年自导自演的《基顿的侦探学入门》(别名《忍术基顿》)原名《Sherlock, Jr.》，讲述电影技师（基顿）以名侦探夏洛克二世的身份，在梦中进入电影破案的故事。这是一部冠以“夏洛克”之名，福尔摩斯元素却很薄弱的古典电影。由本作改编的小说“忍术基顿”，被收入仲木贞一的《教育映画物语》(1927年)，这是日本儿童向福尔摩斯戏作的开山鼻祖。

仿作/戏作

模仿原著作品（这里特指福尔摩斯）进行创作的作品称为仿作（pastiche），而以恶搞形式加以改造，致敬原著的作品则称为戏作（parody）。前者如雅德里安·柯南·道尔&J. D. 卡尔的《福尔摩斯的功绩》，后者如R. L. 菲什的《施洛克·福摩斯的冒险》。以福尔摩斯题材来说，能够称为仿作的，大多是“尽可能贴近柯南·道尔笔致的作品”。近年来“仿作”一词逐渐普及，涵盖范围有所拓宽。以严肃的笔致创作，同时也导入了其他要素的作品（如《福尔摩斯的世界大战》)，就很难被归类。如果将二者统称为现代风格，就是所谓的“二次创作”。被划归仿作或戏作的标准究竟为何，比如，有一只名叫福尔摩斯的三色猫出场的作品算不算仿作或戏作？这是因人而异的。最早的戏作在《斯特兰德杂志》连载开始于1891年7月，仅仅4个月之后，同年11月便有佚名作者发表“与福尔摩斯的一夜”(后证实出自詹姆斯·马修·巴利之手)。自那之后，从世界各国的各种媒介中不断涌现新作品，乃至不可计数。如果拥有一本仿作/戏作指南书，如森濑缭/Chronoscape（企划制作公司）编的《福尔摩斯非正式～未刊案件目录～》，可便于了解相关信息。读遍原著中的60篇作品之后，再去追读仿作/戏作的话，会让人感觉福尔摩斯的故事永远不会完结。这也正是笔者爱读仿作/戏作的原因。

蝙蝠侠

这是美国漫画中的英雄人物。他的身上继承了古往今来各路英雄的特质，但如果论科学层面的话，福尔摩斯还是其鼻祖。刊载蝙蝠侠的杂志《Detective Comics》于1937年创刊，1987年是该杂志创刊50周年，也是福尔摩斯“诞生”100周年。福尔摩斯因此出现在了创刊50周年纪念刊上。蝙蝠侠的宿敌小丑也在其他杂志上，与福尔摩斯展开过决斗。美漫真的是“百无禁忌”。

哈蒂·多兰

《贵族单身汉案》中的出场人物，美国加州大富豪阿洛伊修斯·多兰的独生女。她是个在矿上跑来跑去、在树林和山里游荡的假小子。她与英国的罗伯特·圣西蒙勋爵订婚，却在婚宴上离奇失踪。后者为此委托福尔摩斯调查。

帕丁顿

位处伦敦西北部地区，是一个住宅区。这里有一个帕丁顿车站。《证券经纪人的秘书》中曾提到，华生博士结婚离开贝克街时，在帕丁顿买了一家诊所。而在《工程师大拇指案》的开头，就说到华生的诊所在帕丁顿车站的附近。因此如果让福迷们来说的话，帕丁顿车站与其说是“帕丁顿熊”的车站，不如说是距离华生诊所最近的车站。帕丁顿车站是大西部铁路的起点，因此在《巴斯克维尔的猎犬》《“银色火焰”赛马》《博斯库姆溪谷秘案》中，当福尔摩斯他们离开伦敦前往英国其他地方时，都会从帕丁顿车站出发。

哈德森太太

福尔摩斯和华生住在贝克街221B的房子里时，哈德森太太是他们的房东。她还要负责二人的三餐，为他们打扫房间等。当福尔摩斯有访客来时，还要为他们端茶倒水。但她的作用可不止于此，在《空屋》中，她还协助福尔摩斯为犯罪分子设陷阱。哈德森太太在《斑点带子案》《第二块血迹》《蓝宝石案》《四签名》都有出场。在《临终的侦探》中，福尔摩斯病得快不行了，她到华生家里求助，一进门就大呼小叫。在《血字的研究》中称其“公寓的女主人”，而在《五个橘核》中称其“女房东”，却并没有透露她的姓名。只有在《波西米亚丑闻》中，出现的不是哈德森太太，而是“特纳太太”。这于是成为原著中的一大谜团。哈德森先生从未露过面，一般人认为哈德森太太是一名寡妇，但故事中并没有提及她的丧夫。动画片《名侦探福尔摩斯》(虽然都换成了狗角色)中，她被描绘成一位年轻的美女，令观众赏心悦目，促进了兽迷*1群体的进一步扩大。有许多仿作小说还以哈德森太太为主人公。(→参照第008页“主要人物介绍”)

*1：日本的亚文化圈内，代表喜爱拟人化动物角色的人群。

《身份案》

载于《斯特兰德杂志》1891年9月刊，收录于《冒险》。故事讲述打字员玛丽·萨瑟兰小姐与在舞会上认识的霍斯默·安杰尔订婚，在婚礼当天，新郎从马车中神秘失踪。福尔摩斯在询问事情经过时已经预见了结果，他建议玛丽·萨瑟兰小姐“案子交给我考虑吧，你只需要做一件事，从记忆中彻底抹掉霍斯默·安杰尔先生，就像他从你的生活中彻底消失一样”。原著名“A Case of Identity”（直译《身份案》）可谓简单，因此要在译作名上做些文章。此作有译作《新郎失踪案》的，《贵族单身汉案》还有被译作《新娘失踪案》的，极易混淆。

福尔摩斯酒吧（大阪）

一家英国风格的酒吧，于1977年开在大阪的梅田大厦地下。第一代店主是个福迷（也是日本福尔摩斯俱乐部的会员），开设此酒吧的目的是为了推广英国文化（福尔摩斯）与体育（掷飞镖）。店里有西德尼·佩吉特绘制的福尔摩斯的插画，柯南·道尔亲笔书写的书简，国内外福尔摩斯的相关资料等。聚会菜单有“福尔摩斯菜单”“华生菜单”，是福迷们神往的地方。

福尔摩斯酒吧（东京）

位于东京都八王子的英国风格的酒吧。在这里可以喝到健力士和奇健尼等英国啤酒。当然了，菜单里一定少不了炸鱼和薯条。酒吧还提供以福尔摩斯元素为主题的鸡尾酒，包括“夏洛克·福尔摩斯”“王冠宝石案”“巴斯克维尔的猎犬”等。酒吧的装修风格自是英国酒吧风，店内的海报、陈设也都与福尔摩斯有很深的渊源。如果您是福迷，或喜欢英国，在前往八王子时，请务必到这家酒吧里转转。

福尔摩斯酒吧（早川书房）

“Cafe Christie”开在东京都千代田区的早川书房大楼一楼，自2014年起，每年都会在限定时间段内举办酒吧活动。活动得到了日暮雅通的企划助力，店内装饰着与福尔摩斯相关的海报、剧照。举办活动的第一年，BBC版《神探夏洛克》氛围浓厚，参与者大排长龙。除了来源于电视剧的量筒啤酒，还提供福尔摩斯主题菜单。此后的主题分别是“福尔摩斯酒吧归来记”（2015年）、“福尔摩斯酒吧回忆录”（2016年）、“夏洛克咖啡”（2017年）、“福尔摩斯酒吧 福尔摩斯对战罗宾”（2018年）、“福尔摩斯的咖喱屋”（2019年）。其间还在店中举办谈话活动，也收获了很高的人气。借着第一年“福尔摩斯酒吧”的人气度，早川书房还以福尔摩斯之外的其他元素为主题，举办过限定期间的活动。

福尔摩斯酒吧（伦敦）

酒吧位于伦敦的查令十字车站及特拉法尔加广场附近，准确的店名是“The Sherlock Holmes”。店内展示着与福尔摩斯相关的物品（如巴斯克维尔的猎犬头部标本），二楼餐厅辟出一角，装饰成福尔摩斯房间的样子。这些物品都是从1951年“英国艺术节”（Festival of Britain）上搬过来的。普通的旅游指南上也会标注这个俱乐部，吸引着众多普通游客前来参观。

Perfume（电音香水）

日本女子三人电音组合。她们的第17张单曲《未来的博物馆》，被作为剧场版长篇动画《哆啦A梦：大雄的秘密道具博物馆》的主题曲（插曲）。电影中的大雄利用“福尔摩斯道具组”将自己装扮成侦探的模样，因此“未来的博物馆”CD的封面上，也是Perfume福尔摩斯风的装扮（限定版CD的封面将组合成员设计成藤子·F. 不二雄风的形象）。PV（音乐促销宣传影像）也设计成三位成员福尔摩斯风的装扮，文化杂志《Switch VOL.31》（2013年2月刊）则用她们的形象做封面。

《玫瑰之名》

安伯托·艾柯发表于1980年的长篇小说。背景放在14世纪的意大利，担任侦探的修道士名为“威廉的巴斯克维尔”，而他的搭档，负责记录案件的“阿德索”名字与华生相似，威廉的推理方法与福尔摩斯的如出一辙。因此从广义上来说，此作可归类为福尔摩斯戏作。小说于1986年被拍成电影，扮演威廉的是007的扮演者，著名演员肖恩·康纳利。扮演阿德索的克里斯蒂安·斯莱特，在共3集的综合电影《妖夜传说》（1990年）中，出镜根据柯南·道尔原著《拍卖二四九号》创作的《命运249》。2019年出了新的电视系列剧。

巴流术

这是福尔摩斯掌握的日本格斗术。福尔摩斯在《空屋》中说过，与莫里亚蒂教授对决时，用的正是巴流术。关于巴流术的真面目，说是“柔道”者有之，说是“武术”者亦有之。而现在具有说服力的，是Edward William Barton-Wright（巴顿）将日本柔术和手杖术互为结合所创造的“巴顿术”。

“巴顿术”展示

哈利·胡迪尼

布达佩斯出身的魔术师（1874—1926年），本名韦斯·埃里奇，擅长从密闭空间脱逃，因此而获得“脱逃艺术家”之誉。胡迪尼虽与信奉灵性主义的柯南·道尔交好，但他却热衷于揭发灵媒的阴谋。讲述胡迪尼与柯南·道尔合作破获案件，或一起冒险的小说是沃尔特·萨特斯韦特的《Escapade》（冒险记），威廉·乔兹伯格的《永远不再》（*NEVERMORE*）等。还有将二人共同化身为侦探的电视剧《胡迪尼与道尔》（*Houdini and Doyle*）。《外质人的冒险》（*The Adventure of the Ectoplasmic Man*）是一部胡迪尼和福尔摩斯同台的仿作。还有一部名为《Sherlock Holmes vs. Harry Houdini》的美漫，目前尚无日版。

芭蕾舞

福尔摩斯被拍成各种影视剧，也被搬上过舞台，还曾被改编成芭蕾舞。《大侦探》（*The Great Detective*, 1952—1953年）曾在英国历史悠久的莎德勒·威尔斯剧院公演。剧中并不明确称呼“福尔摩斯&华生”，而是以“大侦探&医生”相称。后来成为著名芭蕾舞编舞的肯尼斯·麦克米伦，在剧中扮演大侦探。1984年在美国公演《福尔摩斯，亲爱的福尔摩斯》（*Holmes, Sweet Holmes*），剧中穿插了柴可夫斯基的音乐，作为福尔摩斯&华生出场。1992年再次公演时，仆人角色出现了“佐古佳代子”的日本名。2001年，《大侦探福尔摩斯出场》（早川惠美子·博子芭蕾舞工作室）在日本公演（原著&脚本北原尚彦），2002年上演了修订版。

伯尔斯通庄园

这是《恐怖谷》的案发现场，位于苏塞克斯郡北部边界伯尔斯通村，是一所庄园宅邸。此案中所使用的诡计，被以“伯尔斯通诡计”这个推理用语来称呼。

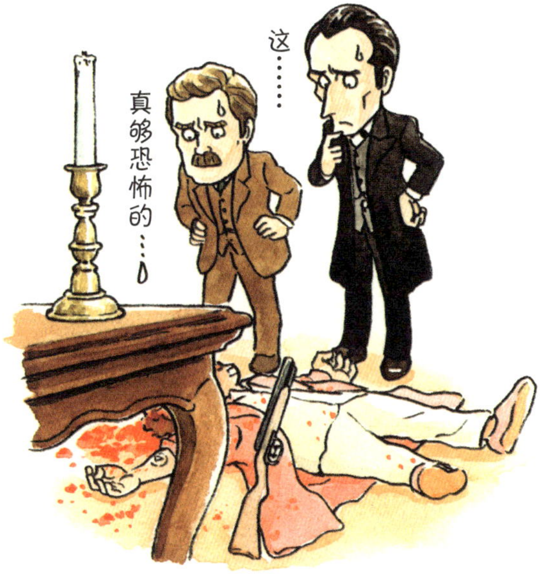

哈罗德·拉蒂默

《希腊译员》中的出场人物，被梅拉斯雇来当他的希腊语翻译。拉蒂默是个穿着十分时尚的年轻人，随身带着根灌了铅的大棒子。他在梅拉斯搭乘的马车窗上蒙一张纸，不让后者看见马车经过的地方。其举止十分怪异。

《血字的研究》

这是原著中的第一个长篇，刊载于《1887年比顿圣诞年刊》。夏洛克·福尔摩斯在本作中初次亮相，文中描述了他与华生初见面的场景。美国人伊诺克·J. 德雷伯被杀害，现场的墙壁上，用血写着“RACHE”这几个字母。福尔摩斯开始对这个离奇的案件展开调查。这个案件以美国的盐湖城为背景，讲述了一个曾经的故事，充满了西部小说般的意趣。对于原著名称*A Study in Scarlet*中的“Study”，人们展开了各种诠释和讨论，还有翻译成《血字的习作》的。或许应该认为，这个名称含有多重意义吧。

“要刮东风了，华生”

这是在《最后致意》的尾声，福尔摩斯所说的一句著名的台词。本作从年代学的意义上来看，已是最后一部作品，背景是第一次世界大战的前夜。福尔摩斯是在比喻当时的世界形势（战争即将漂洋过海而来），而华生只听出了这句话表面的意思。这是象征一个时代终结的台词，寓意深刻。BBC版《神探夏洛克》中，也很巧妙地引用了这句台词。

东山茜

摄影记者，生于1947年，是小林司的妻子，二人共同创建了日本福尔摩斯俱乐部并负责运营。小林过世之后，她独自承担起了俱乐部负责人的工作。二人合著、合译的书籍请参照小林司的词条。单独著作《漫步夏洛克·福尔摩斯》《脑卒中存活：精神科医生与妻子的病魔斗争日志》。东山茜的娘家在东京杉并区西荻洼，之前日本福尔摩斯俱乐部的例会或活动，都选择在西荻洼举办。小林司和东山茜夫妇的女儿，是作家、漫画家小林绘里香。

日暮雅通

日本翻译家，生于1954年。其译作涉及推理、科幻、计算机相关领域，主要以翻译福尔摩斯题材的作品而知名。从M. 笛布丁的《福尔摩斯大战开膛手杰克》，L. D埃斯特尔曼的《福尔摩斯大战德古拉》之类的仿作或戏作，到E. J. 瓦格纳的《阅读福尔摩斯的科学调查》，D. 斯塔豪斯等编的《柯南·道尔书简集》，D. S. 戴维斯的《福尔摩斯大图鉴》等的研究类书籍，日暮老师涉猎的范围何其之广。其中代表性的工作，是翻译光文社文库的《新译福尔摩斯全集》全9卷。这已成为今天日本可信级最高的原著译本之一。日暮老师出身青山学院大学推理小说研究会，是笔者的前辈。

彼得·奥图

爱尔兰演员（1932—2013年），知名作品包括《阿拉伯的劳伦斯》《冬之狮》《末代皇帝》等。1984年，澳大利亚的伯班克电影制作公司将原著的4部长篇制作成动画，奥图为其中的福尔摩斯配音。在日本，日语配音版是供出租的录影带，日语字幕版则发行光碟。《血字的研究》在日版中译成《红色奇案》，由小学馆发行录像带，大概是配合小学馆出版的儿童读物。笔者希望也能够发行同时收录配音版和字幕版的DVD或BD。

彼得·库欣

英国演员（1913—1994年），因出演弗兰肯斯坦系列、德古拉系列等，汉默电影公司制作的恐怖电影而知名。也多次与克里斯托弗·李共同出演。他在《星球大战》中扮演的塔金船长也很有名。汉默版电影《巴斯克维尔的猎犬》（1959年）中，他扮演福尔摩斯。是一名了不起的“福尔摩斯扮演者”。此外，在日本尚未公映的电影《死亡面具》（*The Masks of Death*, 1985年），以及BBC系列电视剧《福尔摩斯探案集》（*The Cases of Sherlock Holmes*, 1968年）中，也扮演过福尔摩斯。

彼得·凯里船长

《黑彼得》的受害者，是捕鲸船“独角兽号”的船长，人称“黑彼得”。他动辄喝得烂醉，一喝醉就变成了魔鬼。他自己亲手盖了一座木屋，他习惯叫它“船舱”。就在这个“船舱”里，他被一根钢制鱼叉直穿胸膛，深深扎进背后的木墙而死。

彼得森

《蓝宝石案》的出场人物。彼得森是一位“门警”，即招募退役军人从事配送信件、包裹，或向导、陪同等的工作。因为穿着制服，彼得森被误认为是一名警察。福尔摩斯对华生是这样说起他的：“你知道，他这个人非常正直。”而且彼得森是直接闯到福尔摩斯住所来的，可见得他与福尔摩斯此前就认识（但也许不是走得很近）。他将自己捡到的帽子和鹅都送来给福尔摩斯。哈德森的妻子杀鹅时，在鹅嗉子里发现了一块宝石。夫妻俩想必都非常震惊，彼得森没穿好衣服就又把鹅送到福尔摩斯眼前，确实如后者所言，这是个非常正直的人。

《比顿圣诞年刊》

顾名思义，这是一份在每年圣诞季发行的杂志。《血字的研究》正是刊载在1887年刊上。那是福尔摩斯的首次亮相，比顿夫人以出版《比顿夫人的家居管理手册》而知名，其丈夫塞缪尔·比顿是该杂志的创办人。《血字的研究》虽说是一部长篇故事，却因篇幅较短而一口气刊载完毕，同时还刊载了其他作品。这本1887年刊现存数量极其有限，拍卖价从数百万至一千万日元不等。柯南·道尔的签名本起拍时叫价数千万日元，但最后流拍。1987年为纪念福尔摩斯问世100周年而发行限定复刻版，如今也成了珍本。

休·布恩

《歪唇男人》的出场人物，常去街区的人对他都非常熟悉。他是一个瘸子，脸上的伤痕收缩拉扯嘴巴，造成上唇外翻。他的智商也与众乞丐不同，总能机智地回应路人的玩笑话，因此赚了不少钱。因其正好在内维尔·圣克莱尔失踪且留下血迹的现场而被捕。不久之后，他坎坷的人生遭际也被挖出。

贝利

在贝克街221B工作的跑腿小人儿，他有着超越年龄的聪明，也很机灵。在《王冠宝石案》中他将恶棍西尔维厄斯带到福尔摩斯面前。在《雷神桥之谜》中，他又将尼尔·吉布森庄园的管家马洛·贝茨带来见福尔摩斯。贝利在《恐怖谷》中也有出场。但在《王冠宝石案》中，他说发生《空屋》时自己还没来，由此推测可能是其他人。《王冠宝石案》的发生，距离《恐怖谷》大约过了15年，因此（假设是同一人）当时即便只有16岁，那时也31岁了。

希尔顿·库比特

《跳舞小人儿》的委托人，住在诺福克郡的赖丁·索普庄园。库比特家族在此地大约已经生活了500年，算是诺福克郡最有名望的家族。自从妻子埃尔西收到美国寄来的信件之后，庄园周围便发现有奇怪的跳舞小人儿的涂鸦，妻子也变得很古怪。库比特因此而来向福尔摩斯求助。

希尔顿·索姆斯

《三个大学生》的委托人，圣路加学院的辅导员兼讲师。他长着瘦高个，情绪容易紧张激动。他是福蒂斯丘奖学金资格考试的主考之一，发现有人闯入自己的房间，动过了希腊语试卷，为此而来委托福尔摩斯调查。

广川太一郎

日本演员、声优（1939—2008年），代表作是为罗杰·摩尔配音的电影，以及动画片《宇宙战舰大和号》中的古代守等，留下了“随性地来个～”等知名台词。他还在电视剧版动画片《名侦探柯南》中扮演福尔摩斯。此外，他还为《福尔摩斯兄弟历险记》中的福尔摩斯配音，是一名了不起的“福尔摩斯声优”。

平克顿侦探社

这是真实存在于美国的侦探社，由阿兰·平克顿创立，目的是阻止总统候选人时期的亚伯拉罕·林肯暗杀计划。阿尔伯特·爱德华作为该侦探社的侦探，卧底在米萨山谷，这导致了后来英国《恐怖谷》案件的发生。在《红圈会》中，平克顿侦探社的莱弗顿侦探也有出场。安东尼·霍洛维茨的仿作《莫里亚蒂》中，弗雷德里克·蔡斯是故事的讲述者。史蒂夫·霍肯史密斯《荒野的福尔摩斯》系列中，也出现过平克顿侦探社。

平克顿侦探社的标志

口号是“我们永远警惕!!”

《临终的侦探》

载于《斯特兰德杂志》1913年12月刊（《柯林斯周刊》1913年11月22号刊），收录于《致意》。案件发生在“华生婚后第二年”，哈德森太太到他家里，慌慌张张地告诉他福尔摩斯病危，请求他赶回贝克街。福尔摩斯好像是在查案时传染了东方的疾病，不仅生命垂危，还神志错乱。福尔摩斯让华生把熟悉此病的卡尔弗顿·史密斯先生请来。福尔摩斯在病中说着胡话，担心海床会不会被牡蛎铺满的桥段写得真是精彩。

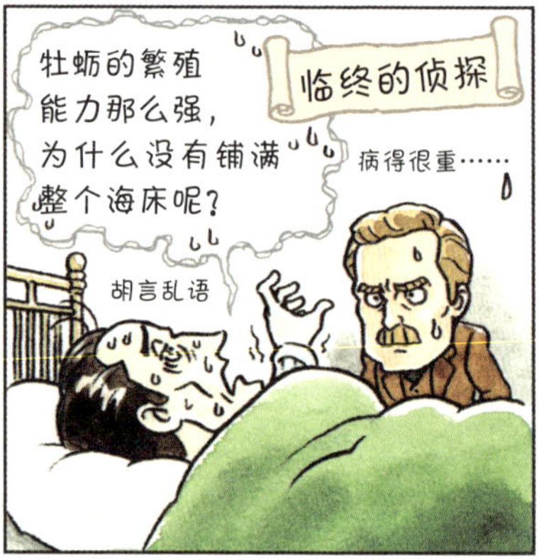

弗格森太太

《吸血鬼》中的出场人物，罗伯特·弗格森的二婚太太。她是秘鲁商人的女儿，外形

秀美，个性温柔平和。然而家里的保姆目睹其咬破婴儿的脖子，并从伤口处吸血。弗格森为此前来委托福尔摩斯调查。

炸鱼＆薯条

指炸白身鱼（主要是鳕鱼）和薯条。因深受英国工人阶层的喜爱而逐渐普及，今天已成为英国代表性料理之一。原著中并未提及，但在盖·里奇导演的电影《大侦探福尔摩斯》中，却有福尔摩斯和华生边走边吃的场景。这是酒吧菜单中的菜品，也是伦敦的福尔摩斯酒吧中的著名料理。（尤其是日本的）福迷对炸鱼＆薯条喜欢得简直过分。

菲茨罗伊·麦克弗森

《狮鬃毛》中的出场人物。福尔摩斯隐退之后搬进苏赛克斯一所海边的小别墅，在那附近有一所职业培训学校，麦克弗森就是该校的科学老师。他是一个身材颀长挺拔的好青年，患风湿留下后遗症，心脏不太好，运动神经却不错。他在海岸附近被发现时，半裸着趴伏在地上，身上只穿了一件外套，后背全是一道道血红的鞭痕。因案情诡异，原本已经隐退的福尔摩斯再次出马查案。

菲利普·何塞·法默

美国科幻小说作家（1918—2009年），著有《恋人们》《江河世界》系列等。他以福迷身份创作的代表作，是讲述福尔摩斯与人猿泰山联手战斗的《福尔摩斯美国大冒险》。后来一段时期与宝来基金产生纠纷，将人猿泰山置换成《森林王子》中的莫格利，重新发表了《三个疯子的冒险》（*The Adventure of the Three Madmen*）。法默设计了一个名为“World Newfamily”的设定，将福尔摩斯、人猿泰山、萨维奇博士等各种创作角色归为一个系统。在人员泰山的传记《Tarzan Alive》，儒勒·凡尔纳的《八十天环游地球》的仿作《斐利亚·福克的另一本日志》（*The Other Log of Phileas Fogg*）中，也使用了福尔摩斯的元素。在其他短篇戏作中（日语语境），还有会说人类语言的侦探狗拉尔夫·冯·沃·沃担任福尔摩斯一职的作品《猩红的研究》，以及来福士+《雷神桥》的《疼痛桥*1的问题及其他》等。

*1：雷神桥（Thor Bridge）与疼痛桥（Sore Bridge）谐音。

《Fate/Grand Order（命运/冠位指定）》

2015年开售的角色扮演类手机游戏，俗称FGO，命运系列之一。虽是召唤历史上的人物作为“英灵”战斗的游戏，但也加入了创作作品中的名人，其中就有夏洛克·福尔摩斯。但因为要转动所谓的“扭蛋”，所以未必能抽到福尔摩斯。网络上甚至有一种谣言，说把北原尚彦出版的福尔摩斯书籍当作触媒（放在眼前）转动扭蛋，就会抽中福尔摩斯。福尔摩斯使用巴流术，武器名为“这是基本的事，我的朋友”或“空屋”。登山装备取名为“西格森”，情人节时会送出《比顿圣诞年刊》作为礼物，等等，这些都是福迷专属的元素。此外，游戏中还有一位“新宿的弓之骑士”，其真面目一直隐而不书，不剧透固然是一种礼貌，但因其具有“小行星动力学”的技能，而被福迷们看出了破绽（后来通过官宣得知，这是莫里亚蒂的角色）。食玩《Fate/Grand Order 华夫饼干》的闪卡中，二者都有亮相。福尔摩斯与莫里亚蒂的普及度瞬间提升，这一点毋庸置疑（笔者个人不玩手游，如果因此而出现了重大错误，还请见谅）。

冯·博克

这是效忠德国皇帝的间谍，一战爆发之前在英国活动，负责收集机密。从原著的编年上看，他可算是福尔摩斯最后的对手。

深町真理子

翻译家，生于1931年，翻译过大量推理、科幻小说。她为东京创元社的创元推理文库翻译了所有的新版《夏洛克·福尔摩斯全集》，2017年完结。其他译作还包括曼利·W. 威尔曼&韦德·威尔曼父子的《福尔摩斯的宇宙战争》，罗伯特·劳埃德·菲什的《施洛克·福摩斯的冒险》《施洛克·福尔摩斯的回忆》（前者为与他人合译），朱利安·西蒙斯的《柯南·道尔：一位艺术家的画像》等。对于福迷们而言，这是一位意义非凡的翻译家。

《铜山毛榉案》

载于《斯特兰德杂志》1892年6月刊，收录于《冒险》。家庭教师瓦奥莱特·亨特小姐经历了不可思议的事情，为此来委托福尔摩斯调查。她受雇于居住在汉普郡温切斯特附近的铜山毛榉庄园的杰夫罗·鲁卡斯尔，被要求剪短头发，穿上指定的衣服，坐在指定的位置，等等。福尔摩斯曾说“如果是我

自己的妹妹的话”，因此有人猜测“福尔摩斯有一个妹妹”。包括本案在内，福尔摩斯曾接受过几个姓瓦奥莱特的女性的委托，于是有人由得出“福尔摩斯对姓瓦奥莱特的女性毫无抵抗力”的论调。

《修道院公学》

载于《斯特兰德杂志》1904年2月刊(《柯林斯周刊》1904年1月30日刊)，收录于《归来》。案件的起因是，在哈勒姆郡麦克尔顿附近的私立预科学校修道院公学，霍尔德尼斯公爵的独生子索尔泰尔勋爵离奇失踪。在调查过程中，福尔摩斯展现了其超

人的推理能力，他能从自行车轮胎残留在泥地上的印记上，判断自行车行进的方向。他说自己熟悉42种轮胎印。在这个案件中，福尔摩斯获得的报酬高达6000英镑。根据委托人的经济实力，他对报酬取之有道，这是他的原则。

《黑彼得》

载于《斯特兰德杂志》1904年3月刊(《柯林斯周刊》1904年2月27日刊)，收录于《归来》。案件发生在1895年7月。彼得·凯里是一名隐退的捕鲸船船长，他的尸体在自己地处偏僻的小屋中被发现，一根钢制鱼叉直穿胸膛，深深扎进身后的木墙。福尔摩斯为了验证此案，他试着用鱼叉刺穿了死猪，并且带着鱼叉在伦敦转悠了一趟。这个行为如果发生在现代社会，一定会被警察逮捕，而在BBC版的《神探夏洛克》中，福尔摩斯怀抱着鱼叉，还浑身是血。在此案中，摩尔摩斯化名“巴兹尔”船长。彼得船长曾以出海捕猎鲸鱼和海豹为生，而柯南·道尔年轻时曾是渔船的随船医生，这些生活体验都为他的写作带来了丰富的素材。

布拉德斯特利特督察

苏格兰场的警察，身材高大壮实（出自《歪唇男人》），隶属苏格兰场的B分局，负责过莫卡伯爵夫人的宝石被盗案（出自《蓝宝石案》），还负责过《工程师大拇指案》。

弗朗西斯·卡法克斯

《弗朗西斯·卡法克斯女士失踪案》中的出场人物。弗朗西斯·卡法克斯女士刚到中年，相貌美丽，是个让人同情的人物（福尔摩斯语），也是一位像雕像般端庄而有气质的女性（华生语）。她是拉夫顿伯爵仅剩的直系亲属，拥有女士的头衔。她只继承了少量财产，即便如此，这些钱还是足够支撑她在各国的酒店中游走的。然而，当她离开瑞士的洛桑之后就去向不明，家属们对此十分担心，故而委托福尔摩斯调查此事。

锡制公文箱

这是华生博士用来保存福尔摩斯案件记录的箱子，存放在查令十字街考克斯银行的保险柜里。破旧不堪，盖子上标着“约翰·H. 华生，医学博士，原属驻印部队”字样（出自《雷神桥之谜》）。保存案件记录的箱子，在《爬行人》《戴面纱的房客》中都有提及。这个箱子简直就是福迷们梦寐以求的圣物，因为里面保存着至今未刊的案件记录。比利·怀尔德导演的电影《福尔摩斯秘史》，便是以考克斯银行保管室的镜头开场的。打开箱盖的同时，屏幕上打出了电影名。只这一个镜头，就足以令福迷们落泪。

在电影《福尔摩斯秘史》(1970年)中出场的锡制公文箱。内装何物，敬请期待。

《布鲁斯-帕廷顿计划》

载于《斯特兰德杂志》1908年12月刊（《柯林斯周刊》1908年12月12日刊），收录于《致意》。案件发生于1895年11月的第三周，这是一个离奇的案件，福尔摩斯的哥哥麦考夫特意来到贝克街委托其调查。伍利奇兵工厂的初级职员阿瑟·卡多根·韦斯特突然失踪，后来被人发现死在铁轨旁。当时他还随身带着重要的设计图，问题相当严重。

破获此案的福尔摩斯，还从某位仁慈的女士那里，获赠了一枚绿宝石领带夹。（→参照“维多利亚女王”）

牛头梗

斗牛犬与梗犬交配所生的犬种。长着一张扁长脸，十分可爱。福尔摩斯大学时的同学维克托·特雷弗饲养的一条牛头梗狠狠地咬了福尔摩斯，致使后者躺了10天。在不时探病的过程中，二人逐渐建立起了友谊。特雷弗在其父位于诺福克的宅邸中款待福尔摩斯时，发生了《格洛里亚·斯科特号三桅帆船》。福尔摩斯也正是以此为契机，开启了他的侦探生涯。或许没有牛头梗犬，福尔摩斯就不会当上侦探……也未可知。（→参照“维克托·特雷弗”）

斗牛犬

华生在《血字的研究》中打算与福尔摩斯共同租房居住时，曾说过“我养了一只斗牛犬”（bull pup）。但后来这只狗便再也没有在原著中出现过。因此就有人说，应该将“bull pup”解释成它的另一个意思“小斗犬导弹”，认为应按照“keep a bull pup”（脾气暴躁）这个俗语的意思来理解。盖·里奇导演的电影《大侦探福尔摩斯》中，竟然极其难得地出现了斗牛犬（名字则取自政治家“格莱斯顿”）。

取自电影《大侦探福尔摩斯》（2009年）

普雷斯伯里教授

《爬行人》中的出场人物，剑津大学城著名的生理学家。案件发生时他61岁，妻子已经去世，女儿也已成年。教授和一名与自己年龄落差很大的女子（同一大学莫菲教授的女儿）订了婚之后，便做出了一些令人不解的事情。教授的秘书，也是他女儿未婚夫的贝内特先生因对此颇感不安，前来委托福尔摩斯调查。

布莱辛顿

《住院的病人》中的出场人物，资助珀西·特里维廉博士开设了一家诊所。博士负责在布鲁克街租房子，为开业准备设备，雇佣工作人员，经营诊所。诊所收入的¾归自己，剩下的归博士。布莱辛顿本人因为心脏不好，也要求住进诊所。他性格古怪，不和人打交道，也很少出门。他生活不规律，但每天同一时间都会到诊所查账簿，留下当天收入的¼，其余全部带回房间。但是情况不知从什么时候开始变得诡异起来，甚至还有奇怪的患者激化了事态。

弗雷德·波洛克

《恐怖谷》中的出场人物，罪犯，莫里亚蒂教授犯罪组织的成员。但这是一个假名。他收取福尔摩斯的钱，向他提供能够预防罪案发生的情报。在《恐怖谷》中，也用密码记录重要情报传递给福尔摩斯。在希腊字母"ε"的上端用花体，是他惯用的手法。

弗雷德里克·多尔·斯蒂尔

美国插画家（1873—1944年），《归来》《致意》《探案》在美国的《柯林斯周刊》刊载时，负责为其绘制插图。在彩色封面上也曾绘制过福尔摩斯，《诺伍德的建筑师》中，本应画拇指血指纹，却画上了手掌的血印。他以扮演福尔摩斯的威廉·吉勒特为模特绘制了福尔摩斯，将福尔摩斯的形象永远定格在了人们的心中，这是一大功绩。在美国，说他是福尔摩斯画家的代表也不为过。英国的西德尼·佩吉特，以及美国的斯蒂尔奠定了福尔摩斯像的基础。他为小说以及福尔摩斯的仿作画插图，以"编辑杀人案"为题，收录在《福尔摩斯的灾难》中。

贝克街

伦敦的西部南北走势的一条长路，夏洛克·福尔摩斯与华生博士住在贝克街221B，房东哈德森夫人的房子里。在19世纪末贝克街只有400米左右，221B也是一个虚构的门牌号。后来将约克坊、上贝克街也归到一起，才将贝克街延长了。后来建的国家教堂，因为其所在地包含221号，从全世界寄来给福尔摩斯的信件都被送到这里。该教堂的“福尔摩斯专属秘书”还负责写回信。再后来这栋建筑消失，又建起了其他大楼，靠近贝克街北侧的夏洛克·福尔摩斯博物馆声称“这里才是221B”，现在来信便都送来这里。这条街道上还有“夏洛克·福尔摩斯酒店”等若干栋以福尔摩斯冠名的建筑。以前在一般的土特产店都可以买到印着福尔摩斯剪影的T恤或杯子。有人说“如果在日本的话，要卖福尔摩斯点心或煎饼才是”，福尔摩斯博物馆的小商店的情况也差不多是这样，不过没有点心和煎饼。

贝克街门牌号

贝克街小分队

由流浪少年组成，当福尔摩斯在街头查案或追踪罪犯时，会花钱雇他们帮忙。《血字的研究》《四签名》时期，小分队由威金斯（→参照“威金斯”）领导。在《驼背人》中，出现了一个名叫辛普森的小男孩。作品中叫得出名字的只有这二人，可见其重要性。以小分队为主角的仿作，有安东尼·瑞德的《贝克少年侦探团》系列等多部。江户川乱步的“少年侦探团”也以他们为原型。但“少年侦探团”的成员都来自正常的家庭，而“小混混别动队”则更接近贝克街小分队（→参照第010页“主要人物介绍”）

贝克街站

伦敦地铁终点站，有多条线路在此会合。福尔摩斯在伦敦一般徒步或搭乘出租马车，而在《红发会》中则乘坐了地铁。基本可以肯定，他是从贝克街站上的地铁。该地铁站名因福尔摩斯而知名，于是便在站台上用小瓷砖拼出了福尔摩斯的侧面像，而每一块小瓷砖又都是福尔摩斯的小侧面像。而朱必利线月台上，则装饰着许多福尔摩斯案件的插画。20世纪80年代车站内还开设了“莫里亚蒂酒吧”，但修改了法律之后（或许是车站内禁止贩卖酒精饮料之类）便消失了。但令人疑惑的是，大侦探的脚下怎么会有冠以犯罪王名字的东西呢……

贝克街221B

这是福尔摩斯和华生共同租住的房子，房东是哈德森太太。福尔摩斯他们的房间（起居室）在二楼，也是委托人与之面谈的地方。因此，原著中的许多作品，都以起居室的场景开篇。这里摆放着福尔摩斯他们的餐桌，福尔摩斯的化学实验台，堆满剪报、书籍的书架等家具。还有饮料充气机，用来装烟草的波斯拖鞋。墙壁上留着“V.R”字样的弹痕。他会用匕首将未拆的信件钉在木头壁炉台的正中心。起居室和福尔摩斯的房间之间隔着一道门，华生的卧室大概在三楼（也有人认为在二楼）。房间的结构，在不同时期有互为矛盾的记述。特别是在《王冠宝石案》中的记述，简直令福迷们落泪。因着这个地址，“221”这个数字对福迷们具有了特殊的意义（起居室图解参照第146页）。

贝克街的福尔摩斯雕像

走出伦敦地铁贝克街站，正前方便耸立着福尔摩斯雕像。在福迷的圣地贝克街树一座福尔摩斯雕像，这个举措直到1999年才得以实施。瑞士和日本占了先机。话虽如此，但这里毕竟是圣地，为雕像的揭幕而举办的大规模活动还是持续了数日。铜像旁经常站着装扮成福尔摩斯的人，来为附近的福尔摩斯博物馆招徕观光客。

贝克小分队

简称BSI。美国历史悠久的福迷组织，是世界上最早成立，也是最权威的组织（1934年成立）。如果没有功绩，是无法加入该组织的。富兰克林·罗斯福、哈利·杜鲁门、雷克斯·斯托特、艾西莫夫都加入过该组织。组织名称自然是来自流浪少年组成的“贝克街小分队”，现在也已经有日本人加入其中。

巴兹尔·雷斯伯恩

英国演员（1892—1967年），出生于南非约翰内斯堡。在有声电影刚问世的年代里，以出演惊悚电影而出名。他在1939年的电影《巴斯克维尔的猎犬》中扮演福尔摩斯，直至40年代后半，他一共出演了十几部福尔摩斯电影，在人们心目中将“福尔摩斯即雷斯伯恩”这个印象固定了下来，并且一直延续到杰瑞米·布莱特的出现。在雷斯伯恩扮演福尔摩斯的电影中，扮演华生的演员是奈杰尔·布鲁斯，福尔摩斯&华生即雷斯伯恩&布鲁斯的印象在人们心目中可谓根深蒂固。电影中的故事背景距离维多利亚时代较远，受影片制作时的历史背景影响加入了纳粹的元素。在日本，电影几乎未在剧场上映，在人们使用录像带的年代里，只能花高价购买。今天已经可以在价格低廉的DVD-BOX中，观赏《福尔摩斯：大侦探案件簿》及《福尔摩斯：大侦探推理》，让人不禁感叹，真是赶上了好时代啊。

海特上校

《赖盖特之谜》中的出场人物，是一位见多识广的老军人。在阿富汗时，华生曾给他看过病，是他的老朋友。上校在萨里郡的赖盖特镇附近买了房，一直想请华生来家里做客。福尔摩斯因为查案操劳过度而病倒，借这个机会，华生想带着他一起去海特上校的家里拜访兼疗养。《赖盖特之谜》便发生在此时。福尔摩斯能够亲自来调查此案，相信上校一定大喜过望。

哈米什

这是詹姆斯的苏格兰名。约翰·H. 华生在《歪唇男人》中，被妻子叫作“詹姆斯”，且仅此一次。因此，一般认为他的全名是“约翰·哈米什·华生”。这是基于推理作家多萝西·L. 塞耶斯的说法得出的结论。

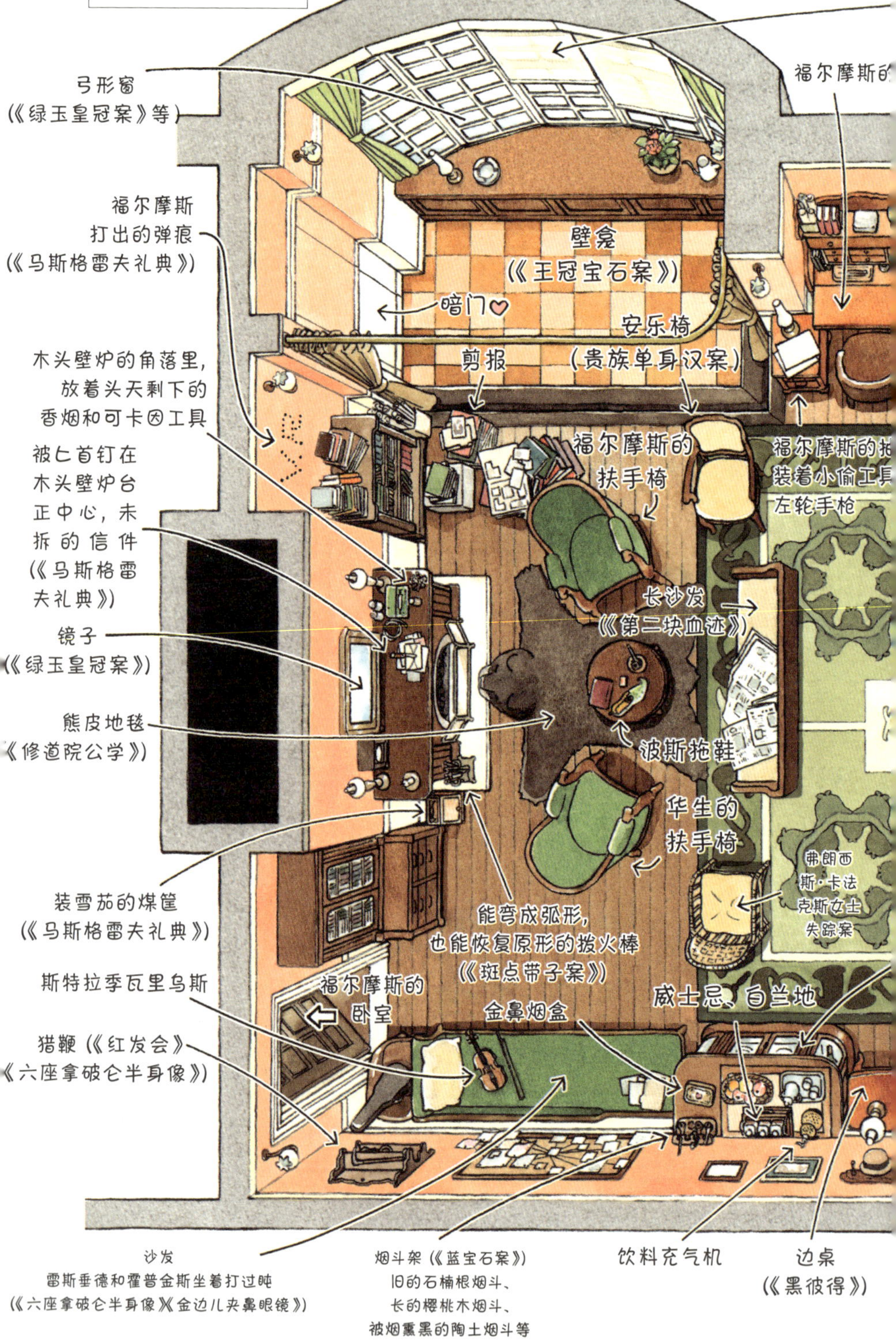

弓形窗
（《绿玉皇冠案》等）
福尔摩斯的
福尔摩斯
打出的弹痕
（《马斯格雷夫礼典》）
壁龛
（《王冠宝石案》）
暗门♡
安乐椅
（贵族单身汉案）
剪报
木头壁炉的角落里，
放着头天剩下的
香烟和可卡因工具
福尔摩斯的
扶手椅
福尔摩斯的
装着小偷工具
左轮手枪
被匕首钉在
木头壁炉台
正中心，未
拆的信件
（《马斯格雷
夫礼典》）
长沙发
（《第二块血迹》）
镜子
（《绿玉皇冠案》）
熊皮地毯
（《修道院公学》）
波斯拖鞋
华生的
扶手椅
弗朗西
斯·卡法
克斯女士
失踪案
装雪茄的煤筐
（《马斯格雷夫礼典》）
能弯成弧形，
也能恢复原形的拨火棒
（《斑点带子案》）
斯特拉季瓦里乌斯
福尔摩斯的
卧室
威士忌、白兰地
金鼻烟盒
猎鞭（《红发会》）
（《六座拿破仑半身像》）
沙发
雷斯垂德和霍普金斯坐着打过盹
（《六座拿破仑半身像》《金边儿夹鼻眼镜》）
烟斗架（《蓝宝石案》）
旧的石楠根烟斗、
长的樱桃木烟斗、
被烟熏黑的陶土烟斗等
饮料充气机
边桌
（《黑彼得》）

起居室有两扇大窗户
（《血字的研究》）
戈登将军的肖像画
（《硬纸盒子》）
华生书桌的抽屉里放着军用手枪、邮票、手帕等
亨利·沃德·比奇的肖像画
（《硬纸盒子》）
藤椅（《贵族单身汉案》
《蓝宝石案》）
保险箱 strong box
（《蓝宝石案》）
华生的小书架上都是医学书籍
（《巴斯克维尔的猎犬》）
餐桌
灯
黄油碟
华生引以为豪的高倍双筒望远镜
（《“银色火焰”赛马》）
雪茄盒
橱柜 放着面包、肉、酒杯等
锃亮的银咖啡壶
（《巴斯克维尔的猎犬》）
（《五个橘核》
《绿玉皇冠案》
《贵族单身汉案》等）
化学实验角
本生灯
两升的量筒
吸液管
试管
石蕊试纸
（《海军协定》）
显微镜
（《肖斯科姆别墅》）
等
走廊
手摇铃
（《波西米亚丑闻》
《六座拿破仑半身像》）
手杖有时也可以充当武器！

Headcoats

正式名称为“Thee Headcoats”，由比利·查尔迪斯牵头的英国车库摇滚乐队，主要活跃于20世纪90年代。将夏洛克·福尔摩斯的主题用于乐队形象，乐队成员戴着猎鹿帽，专辑名称和歌曲名称中都掺入了福尔摩斯元素。精选集《Headcoats Best》的副标题为“福尔摩斯遇见彭肯斯坦怪兽”，收录了以福尔摩斯与华生对话的形式写就的《我亲爱的华生》(基本在《巴斯克维尔的猎犬》基础上)。其他还有《巴斯克维尔的骑士们》(*Knights of the Baskervilles*)，《基本的》(*Elementary*)等专辑。由乐队成员的妻子或女友组成的乐队“Headcoatees”也仍然未脱离福尔摩斯元素。两个乐队合作出版的专辑《The Sound of the Baskervilles》，当然是“sound”(声音)和“hound”(猎犬)的梗。

Headcoats《Headcoats Best》
(日本古伦美亚唱片)

贝波

《六座拿破仑半身像》中的出场人物。意大利人，打零工的，是个手艺很好的工匠，在莫斯·哈德森工厂或格尔德工厂工作。因持刀伤了其他意大利人，而被警察逮捕过。

本尼迪克特·康伯巴奇

英国演员，生于1976年，又名本尼迪克特·蒂莫西·卡尔顿·康伯巴奇。父母都是演员，母亲婉妲·泛森，因扮演《UFO》中的维吉尼亚上校而著名。康伯巴奇在舞台剧、电视、电影中扮演过众多角色，但因在BBC版的《神探夏洛克》中扮演福尔摩斯而爆红，一跃成为国际大明星。首次访日时，粉丝挤爆了成田机场（笔者也在其中）。若论在日本获得如此高人气的福尔摩斯扮演者，康伯巴奇应该算第一人。2016年开始主演漫威系电影《奇异博士》。在《复仇者联盟3》中出演同一角色，与小罗伯特·唐尼共同出演，二人的组合被戏剧称为“福尔摩斯撞脸福尔摩斯”。他还朗读了福尔摩斯仿作CD《福尔摩斯：重新发现铁路之谜》(*Sherlock Holmes the Rediscovered Railway Mysterie*)。

贝林杰勋爵

《第二块血迹》中的出场人物，两度担任大英帝国的首相（从年代上推测是格莱斯顿或索尔兹伯里首相）。高鼻梁，目光敏锐，气场强大。他与特里劳尼·霍普一同前来委托福尔摩斯调查。在案件的最后，读者看到了其极其精明的一面。

波斯拖鞋

本来是在室内穿着的波斯拖鞋，福尔摩斯用来装抽烟斗用的烟草。在描写或重现福尔摩斯的房间时，这是一定不会被错过的物品。这种拖鞋与我们印象中的不同，它是有脚后跟的，而且脚尖部分向上翘起（《显贵的主顾》等）。

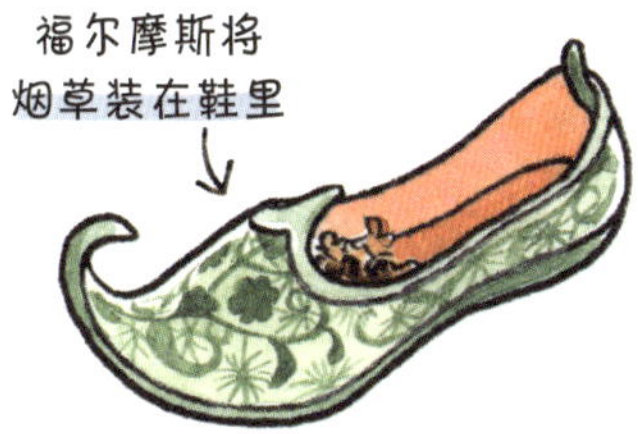

海伦·斯托纳

《斑点带子案》的委托人，其父是孟加拉炮兵部队的少将，夫妇二人育有双胞胎女儿（姐姐朱莉娅）。父亲去世早，守寡的母亲后来嫁给格赖姆斯比·罗伊洛特医生。回到英国不久母亲也在事故中去世，现在他们3人生活在斯托克·莫兰庄园。可是姐姐却留下“斑点带子！”这谜一样的遗言就撒手西归了。事发两年后，海伦自己也遭遇了同样的状况，因此急忙来向福尔摩斯求助。她也就30多岁，但过早长了白发，总之用华生的话说就是“看起来比实际年龄老”，但在格拉纳达版电视剧《福尔摩斯探案集》中，扮演海伦的罗莎琳·兰德当时却只有20多岁，反而给人以稍显年轻的印象。

本·金斯利

英国演员，生于1943年，凭借在电影《甘地》(1982年)中的表演，而获得金球奖最佳男演员奖。他既有在《辛德勒的名单》(1993年)中的硬派表演，又尝试过《外星人的使命》(2000年)这类喜剧电影，堪称电影人的楷模。2001年，他被授予骑士勋章。曾在《福尔摩斯外传》(*WITHOUT A CLUE, SHERLOCK AND ME*, 1988年)中扮演华生。在片中，福尔摩斯成了纯粹的配角，全靠智慧的华生破获案件，因此该片的主角其实是华生。金斯利朗读过原著7篇作品《A Treasury of Sherlock Holmes》，最早是录成卡带发行，现在则制作成有声书了。

变装

福尔摩斯是著名的变装达人，甚至经常骗过华生的眼睛。福尔摩斯在《波西米亚丑闻》中扮过“马夫”“新教牧师”等。当时华生曾感叹福尔摩斯“演技堪比约翰·黑尔”。在《米尔沃顿》中，福尔摩斯还装扮成水管工，与米尔沃顿家的女仆订婚。在《空屋》中，他装扮成右臂下夹着旧书的老头（旧书店老板？），后来在华生面前瞬间除去伪装时，把原本以为福尔摩斯已死的华生惊得晕厥过去。在《王冠宝石案》中，福尔摩斯甚至装扮成老太太跟踪默顿伯爵。他还装扮过流浪汉、意大利老牧师、水手、鸦片瘾君子等各色人物。

亨利·巴斯克维尔

《巴斯克维尔的猎犬》中的出场人物，在加拿大务农，因其伯父查尔斯爵士去世，他继承了巴斯克维尔家族的宗祧，回到英国，成为亨利爵士。案件发生时他年约30岁，身材结实，小个子，一激动就蹦出粗鲁的美国腔。可以预见到厄运也会降临在他的身上，故而将福尔摩斯请来调查真相。

亨利·贝克

《蓝宝石案》中的出场人物，他曾经活得很潇洒，但近来却落魄潦倒且酗。(根据福尔摩斯的推理)他的妻子已经不爱他了。好不容易攒钱买了只圣诞肥鹅，却在和小混混扭打时（和帽子一起）弄丢了。他完全没有察觉到，这只肥鹅的身体里藏着价值连城的东西。他是个时运不济的倒霉蛋，却让鹅落到了福尔摩斯的手里，从这个意义上来说，他又是个幸运的人。

《冒险的不在场证明》

动画片《名侦探福尔摩斯》剧场版的主题歌。歌曲没有放在剧场版的开场，而是放在了片尾播放。演唱者是桑名正博的妹妹桑名晴子。与DA CAPO[*1]演唱的电视版主题歌不同，这首歌曲元气满满，所谓《冒险的不在场证明》也与以动作为主体的《名侦探福尔摩斯》更加契合（笔者个人之见）。《蓝宝石案》剧场版中播放的另一首主题歌《再见，亲爱的》剧场版也由桑名晴子主唱。电视版主题歌《洒落天空的故事》早早就被收入了卡拉OK曲目，而《冒险的不在场证明》却迟迟未被收入。

霍尔本餐厅

这是位于高霍尔本大街与王道拐角西侧的一家餐厅。从阿富汗回国的华生，在克莱特里酒吧旁遇到故人小斯坦福之后，华生邀请他到霍尔本餐厅吃饭，席间第一次听说了夏洛克·福尔摩斯的名字。今天这家餐厅已经不在了。

拳击

外表斯文的福尔摩斯，其实是一名拳击高手。在《血字的研究》中，与福尔摩斯认识尚浅的华生为其做了一份列表，归纳出其掌握的知识范围，其中就有一项是“善使刀剑棍棒，精于搏击拳术”。在《四签名》中，新榭屋的看门人麦克默多，曾经与福尔摩斯大战过三个回合。在《格洛里亚·斯科特号三桅帆船》中，福尔摩斯说他自学生时代起就爱好击剑和拳术。格拉纳达版电视剧《福尔摩斯探案集》的《孤身骑车人》中，向对手伍德利展示了他拳击的本领。特意将福尔摩斯塑造成功夫派的，是盖·里奇导演的电影《大侦探福尔摩斯》系列。

*1：日本的民谣歌手组合。

“我们也有外交秘密”

福尔摩斯的金句之一，出自《第二块血迹》。当福尔摩斯完美地解决了案件之后，贝林杰勋爵问其事情的“真相”时，福尔摩斯给出了这个回答。这是基于机密的外交文件失踪案所发表的玩笑之言。此外，福尔摩斯也表明了自己的立场：自己并不是警察，如果要给案件相关人员一个完美结局，就未必会暴露所有的真相。这里福尔摩斯用了“我们”而不是“我”，相信华生听了一定会暗暗高兴。

“破案本身就是奖赏”

这是福尔摩斯的金句。这句话如实地表达了他对侦探事业的基本立场。他福尔摩斯干这行不是为了赚钱，而是出于对探案艺术的热爱，凡是跟怪案、奇案沾不上边的调查，他从不屑于参与。同样的台词，出现在《斑点带子案》《诺伍德的建筑师》等故事中。《斑点带子案》中委托人海伦·斯托纳小姐说道，自己一定会重金酬谢时，福尔摩斯除了抛出他的金句，还说：“你要愿意，可以支付查案过程中的开销。”实际上，福尔摩斯不怎么收取穷人的酬金，反而会从有钱的委托人那里收取高额报酬。

“我就你这么一个朋友”

这是福尔摩斯的著名台词，出自《五个橘核》。在案件的开头，一个暴风雨的夜晚，贝克街221B的门铃声响起，华生说“今晚这种天气谁会来？说不定是你的朋友”，福尔摩斯便说“我就你这么一个朋友”。介绍二人认识的小斯坦福，说到底只是个“熟人”，比朋友还差一层，学生时代走得近的马斯格雷夫，也只不过是“故交”罢了，言外之意是“你才是特别的”。相信华生听到这句话，一定感觉不坏吧（不如说是开心的）。

“我嘛，至少还有这瓶醒脑神药”

这是福尔摩斯的著名台词，出自《四签名》。故事的结尾，案件破获，警察立了功，华生找到了此生至爱。华生问福尔摩斯“请问你得到了什么”，福尔摩斯如此回答。他从来都主张自己干这行不是为了钱（福尔摩斯只在无案可查时注射可卡因）。这句台词有力地证明，福尔摩斯对可卡因上瘾。

“少了博斯韦尔，我都不知如何是好了”

这是福尔摩斯的著名台词，出自《波西米亚丑闻》。福尔摩斯将华生比作著名的传记作家詹姆斯·博斯韦尔*1（《约翰逊传》的作者，1740—1795年），请求他留下，记录委托人的叙述。半是吹捧半是撒娇的话语，不免让人觉得这是福尔摩斯控制华生的手段。

“我是靠大脑活着的，华生！其他器官只是附件”

福尔摩斯的著名台词，出自《王冠宝石案》。上一句是“消化过程需要血液供应，大脑就失去了这一部分血液”。福尔摩斯认为，自己是思考的机器，生理需求是思考的障碍。

*1：苏格兰传记作家，后来专指“为朋友作传的人”。

“我向来对女人没好感”

这是福尔摩斯的著名台词，出自《恐怖谷》。说这句话的语境是，他说即便他对女人没有好感，也能够看出女人行为中的疑点。虽然他对华生说过“研究女人是你的专长”（《第二块血迹》），但福尔摩斯本人是尊重女性，也擅长对待女性的。

《博斯库姆溪谷秘案》

载于《斯特兰德杂志》1891年10月刊，收录于《冒险》。查尔斯·麦卡锡是赫里福德郡博斯库姆溪谷哈瑟利农庄的租户，有一天被人发现死在树林里，他的儿子詹姆斯因有杀人嫌疑而被逮捕。农庄主约翰·特纳的女儿坚信詹姆斯无辜，因此来委托福尔摩斯查清真相。福尔摩斯来到现场后，趴在地上，用放大镜检查脚印。这篇作品真实地反映出福尔摩斯的作风。实际上博斯库姆在萨默塞特郡，赫里福德郡的博斯库姆是虚构的。

霍斯默·安杰尔

《身份案》中的出场人物，身高约5英尺7英寸（约170厘米），体格健壮，黑发，头顶略秃，黑浓络腮胡，戴墨镜，说话声音轻。他在利德霍尔街某办公楼当出纳。他在煤气管道工的舞会上，认识了玛丽·萨瑟兰小姐，并与其订婚。无法见面的时候，他每天给萨瑟兰小姐写信。等到了与萨瑟兰小姐举行婚礼的教堂，他便从乘坐的马车上消失了。萨瑟兰小姐为此前来委托福尔摩斯调查。安杰尔寄来的情书都是打字而非手写，而且都是寄到邮局，注明收件人自取。萨瑟兰小姐对这些竟然都没有感到异样。恋爱中的人果然智商低下啊。

《霍克的异乡冒险》

这是加纳一朗创作的福尔摩斯仿作，发表于1983年，并获得了第37届日本推理作家协会奖（长篇类）。这是以福尔摩斯在大空白时期来到日本为题材的作品中，具有代表性的一部。在这之前，日本原创的福尔摩斯仿作中，基本没有长篇作品，本作（及次年1984年岛田庄司《被诅咒的木乃伊》）便成为突破之作。福尔摩斯化名塞缪尔·霍克来到日本，一个日本医生充当了华生的角色，共同破获怪案。伊藤博文等真实人物也在作品中出现。后来以中国为背景的《霍克：紫禁城决战》《霍克：香港岛的挑战》（均为1988年）也都出版发行。其他还有短篇《舞动龙虾之谜》（1984年）、《在宇宙中发光的脸》(重写)等，被收入了2018年《加纳一朗侦探小说选》。(→参照“加纳一朗”)

《恐龙骨与侦探福尔摩斯》

这是鸣希理央创作的漫画。讲述死去的华生变成恐龙骨回到人世间，与福尔摩斯重新组合的故事。这部设定特殊的戏作属于极特别的作品。雷斯垂德警探、莫里亚蒂等悉数登场，包括福尔摩斯在内的人物都是少年。雷斯垂德出现在《红发会》《波西米亚丑闻》《希腊译员》等原著中。2015年，仅出版了1卷的此作就停止发行了，后续作品令人期待。

鲍勃·卡勒瑟斯

《孤身骑车人》中的出场人物，他居住在萨里郡边界，法纳姆近郊的奇尔特恩庄园，妻子已过世。他聘请了瓦奥莱特·史密斯小姐，作为自己10岁女儿的音乐教师。此前他一直生活在南非，并在那里认识了史密斯小姐的叔叔拉尔夫·史密斯。

波西米亚国王

卡塞尔-费尔斯坦大公，威廉·戈特莱希·希格斯蒙德·冯·奥姆斯坦，《波西米亚丑闻》的委托人。他有着赫拉克勒斯*1般强壮的体格，装束华丽。为了从曾经的情人艾琳·艾德勒手中要回照片，而来向福尔摩斯求助。有一种说法认为，在R. L. 史蒂文森《自杀俱乐部》中出场的波西米亚王子弗罗利泽，就是波西米亚国王年轻时候的样子。

*1：希腊神话中的大力士。

《波西米亚丑闻》

载于《斯特兰德杂志》1891年7月刊，收录于《冒险》。有一天，福尔摩斯的住所来了一位戴面具的客人，他就是波西米亚国王。他年轻时曾与歌剧女演员艾琳·艾德勒有过一段感情，此次来访的目的，是想通过福尔摩斯，从艾琳手中夺回照片。福尔摩斯对此展开了调查，这就是故事的大致内容。这是继长篇《血字的研究》《四签名》之后，以短篇形式创作的系列作品中最早的一个。福尔摩斯对女性没有好感，但他唯一尊敬的女性就是艾琳·艾德勒，她永远是福尔摩斯口中的“那位女士”。

《福尔摩斯》

这是久保田真二创作的漫画，在2000—2002期间，连载于《BUSINESS JUMP》，以及《BUSINESS JUMP增刊》上，全作共2卷。这是一部仿作漫画，讲述1889年渡海来到英国的少年，与夏洛克·福尔摩斯相遇后共同展开行动的故事。这是长大成人后的少年，向自己的儿子追溯往事的设定，从曾经的少年名为明智大五郎，儿子名为小五郎上就可以判断出来。这一对福尔摩斯&华生的搭档，做不到酷似杰瑞米·布莱特&大卫·伯克，但在BBC版电视剧《神探夏洛克》，以及盖·里奇的电影《大侦探福尔摩斯》带来福尔摩斯大热潮之前，这部福尔摩斯仿作漫画的连载，是占据了先驱的位置的。

福尔摩斯引进史研究

“福尔摩斯是如何被引进日本的”，这也是福尔摩斯研究的重要课题之一。研究这一课题的代表性人物是新井清司，《日本的柯南·道尔、夏洛克·福尔摩斯文献目录》（收录于筑摩文库版《详解版福尔摩斯全集》第10卷），《福尔摩斯、道尔文献目录》系列（日本福尔摩斯俱乐部发行）等，都是研究福尔摩斯引进史的基础文献。还有川边道昭、新井清司、榊原贵教编著的《日本的夏洛克·福尔摩斯》，由他们编辑的《明治时期福尔摩斯翻译汇编（全3卷）》，北原尚彦编《福尔摩斯古典案件簿》。

《福尔摩斯赝作展览会》

1980年由各务三郎编，讲谈社文库出版发行，是日本原创的福尔摩斯戏作/仿作文集，共收录9篇。1989年由河出文库再版发行。初版在埃勒里·奎恩编《福尔摩斯的灾难》的日译本（1984年/1985年）之前，因此作品有重复，这一点令人遗憾（在那个时间点，大概并未料到会出版日译本《灾难》）。此外，在未足300页的篇幅中，竟插入了100页左右的马克·吐温的《名侦探诞生》，略有失衡之嫌，但其中收录了阿瑟·惠特克《被通缉的男人》，文森特·斯塔瑞特《珍本“哈姆雷特”案》，安东尼·布彻《火星最大的伟人》，W. 海登费尔德《配角俱乐部的不快事件》，这堪称一大功绩。在此书的基础上，日本作家创作的福尔摩斯戏作文集也有出版发行。（参照《日版福尔摩斯赝作展览会》）

各务三郎编《福尔摩斯赝作展览会》（河出文库）

福尔摩斯君

这是房地产信息服务公司LIFULL中的角色。倾尽全力，为顾客寻找到与之相匹配的房子，这就是“找房名侦探”的设定。与房地产相关的故事中，有不少会在角色身上利用“Home”和“Holmes”的梗。而这个作品是其中特别有名的。角色戴着猎鹿帽风的帽子，手拿放大镜的形象，在电视广告中也有出现。LIFULL发行的非卖品绘本《福尔摩斯摩君，为您找到家》（2018年），讲述了为熊君、蛇君、寄居蟹先生、燕子先生找到合适的房子的故事，是狂热的福迷们争相收藏的书籍。

福尔摩斯研究

若论福迷活动的王道，当属研究了。其中著名的一类就是“年代学”研究。华生未必会注明案件发生的年月，或者记录互相矛盾，因此必须从各种各样的条件中进行推理，将原著中的60篇故事按照年代顺序排列。或是研究原著中出现的土地或建筑（如果是虚构的则是其原型），以及限定为特指的案件或事物（人物、铁路等）进行研究等，不一而足。在日本，为了便于了解背景，也会同时进行“福尔摩斯时期的××”这种维多利亚时代的研究。关联上本与福尔摩斯无关的事物加以研究，冠以“福尔摩斯与××”者亦有之。哪怕是细如发丝，也要找出与福尔摩斯的关联，这是福尔摩研究的奇特之处。在日本这样的非英语社会，也多有人调查福尔摩斯翻译的历史，比较译文的异同。还有一种手法，如“《名侦探柯南》与福尔摩斯”，是寻找其他作品中出现的福尔摩斯元素。福尔摩斯研究其实就是采取了学术研究手法的一种“游戏”，不拘一格，但求有趣。但也不会因为不做福尔摩斯研究，就不能称其为福迷的说法，诸位不必有负担。

《福尔摩斯的餐桌礼仪》

由SONY／PCL制作，录制成VHS录像带发行的影像作品，恐怕已经是20世纪80年代的作品，在“COLOR”这个自我启发的录像系列中，它属于“食”篇，小林亚星担任开场的解说。此篇的出场人物是夏克立·福尔摩斯、华夫博士*1，以及博士的秘书玛丽太太。许多人将咨询信件寄往福尔摩斯侦探事务所。作品以纪实剧，以及福尔摩斯等角色旁白的形式，对“必须服从餐厅的引导，不可擅自选座席”“餐巾的使用”“刀叉的使用顺序”“红酒选择困难症患者请咨询店员”等，食客在餐厅中要遵守的礼仪加以讲解，最后以一位名为“哈拉赫·罗宾*”的人来电而落幕。整个剧都由日本人出演，且没有演员名单。这不是福尔摩斯戏作解说书籍，而是解说录像。

《福尔摩斯是个女人》

这是中川裕朗（1934—1995年）创作的福尔摩斯研究&戏作集，副标题为《我们福迷》，由早川书房于1980年出版发行。前半部分是研究评论，后半部分是仿作。但前半部分是让原著中的人物（华生或莫里亚蒂）以书简或备忘录的形式，重新讲述案件的“真相”。因此，从广义上来说属于戏作/仿作。“福尔摩斯是个女人吗”承袭了雷克斯·斯托特的著名论文《华生是个女人》，将这个论断套用在福尔摩斯的头上而成。笔者个人觉得实在有趣。后半部分的戏作收录了2篇作品，但据作者所写的后记表明，这2篇是从10篇作品中甄选出来的。笔者在编排福尔摩斯戏作/仿作集时，虽与作者的遗属联系过，但很遗憾并未找到未发表作品。那些作品伴随着作者一同仙逝，令人惋惜。

中川裕朗著《福尔摩斯是个女人》（早川书房）

*1：分别取“打嗝”和“华夫饼”的谐音。

《福尔摩斯四世》

2016年发行，由新堂冬树创作的长篇戏作。福尔摩斯的曾孙是个型男，在新宿歌舞伎町当牛郎。这种设定简直闻所未闻。响讨厌总是被“福尔摩斯的子孙”这一阴影笼罩，这才当上了牛郎，但后来他还是开始调查失踪常客的下落。在JHW侦探事务所工作的美女侦探也跟着出场了，她自称柠檬·华生。然后阻拦他们探案的，是那个宿敌……此作打出的宣传语上写着“令福尔摩斯研究家北原尚彦惊叹！”“福尔摩斯戏仿作虽多，‘型男牛郎曾孙’设定却是全球首创”，虽略有博眼球之嫌，但确实如此。

新堂冬树著《福尔摩斯四世》（讲谈社）

霍尔·派克罗夫特

《证券经纪人的秘书》的委托人，就职于证券公司，每天早上都要看证券交易所牌价，记下股价。他以前在考克森-伍德豪斯供职，但因公司破产倒闭，他想转投莫森-威廉斯门下，意外受到佛朗哥-米德兰五金

霍尔德尼斯公爵

《修道院公学》中的出场人物，是个拥有众多头衔的英国贵族，历任海军大臣和国务大臣，拥有广阔的领地、矿场和宅邸。近来，公爵夫妇关系失和，二人分居。公爵将独子送进修道院公学，却从宿舍莫名失踪。公学的校长赫克斯特布尔博士擅自委托福尔摩斯调查，公爵对此并不以为然。

有限公司的高薪聘请，当他选择入职时，却发生了奇怪的事情。他为此来向福尔摩斯咨询。

《硬纸盒子》

载于《斯特兰德杂志》1893年1月刊，收录于《回忆》。年届50仍未婚的苏珊·库欣小姐收到一个包裹，里面装着两个人耳，案件由此展开。这个以第三者插足问题为开端的故事，或许是日本错综复杂的悬疑剧的原著……此作原本应收入《回忆》，但遵照柯南·道尔的意愿从中删除，重新收入《致意》。推测其原因，可能是作品涉及第三者插足。此外，有的版本还将本作的引言部分附在系列另一短篇《住院的病人》中。

庞培

福尔摩斯用来追踪足迹的猎犬之一，出现在《失踪的中卫》中。它黄白相间，又矮又胖，耷拉着耳朵，既像猎兔犬，又像猎狐犬。笔者听说，创建日本福尔摩斯俱乐部的小林司、东山茜夫妇的家中，就养着一条以这条猎犬的名字命名的小狗“庞培”。

麦考夫·福尔摩斯

夏洛克·福尔摩斯的哥哥。与夏洛克相比，麦考夫大七岁，且身高体胖。他的观察力和推理能力都在夏洛克之上，却不擅长实地勘察，因此未能成为一名侦探。他为英国政府做审计，表面上是一名下级官员，实际上是一位足以左右全盘政策的关键人物。他的正面出场仅在《希腊译员》《布鲁斯-帕廷顿计划》两宗案件中（说起来，这两宗案件是麦考夫带给其弟的）。在《最后一案》及《空屋》中，他为了弟弟也曾暗中活动。奎因·福塞特还写过《反对兄弟会》等以麦考夫为主角的仿作。在这些作品中，麦考夫大多被描写成英国情报机构的关键人物。（→参照第008页“主要人物介绍”）

迈克尔·凯恩

英国演员，生于1933年，演过《足迹》《遥远的桥》等多部电影，多次获得英国电影学院最佳男配角奖，2000年被授予骑士勋章。他在梭姆·艾伯哈特导演的《福尔摩斯外传》(1988年)中扮演福尔摩斯，一个假的侦探，实际上是华生雇来扮演名侦探的角色。凯恩的扮演惟妙惟肖。

迈克尔·哈德维奇

英国作家中的福迷（1925—1991年）。在BSI中也是被授予“四签名”称号的权威。曾担任BBC广播公司的福尔摩斯电视剧的编剧，BBC电视台的福尔摩斯电视剧制作顾问等工作。创作了《新福尔摩斯：魔犬的复仇》《福尔摩斯：我的人生与犯罪》(别名《福尔摩斯之谜》)等仿作。作家与妻子莫莉·哈德维奇合作创作了《福尔摩斯的优雅生活》(比利·怀尔德导演《福尔摩斯秘史》改编小说)。作家写过柯南·道尔的评传，以及将原著作品改编成戏剧。晚年时，因与柯南·道尔的女儿戴姆·简·柯南·道尔之间发生福尔摩斯角色使用权的纠纷，而停下了福尔摩斯相关作品的创作，不能不说令人遗憾。

麦林根

位于瑞士中央的一个村庄，自古便是疗养胜地。在《最后一案》中，福尔摩斯在莱辛巴赫瀑布与莫里亚蒂教授展开殊死决斗之前，曾与华生一起，投宿在这个村的英国旅馆。今天已将这里作为了供福迷朝圣的观光地。连装饰了福尔摩斯剪影的福尔摩斯酒

店，展示福尔摩斯相关物品的福尔摩斯博物馆都有。此外，立在此地的福尔摩斯坐像，是世界上第一尊福尔摩斯铜像。（→参照“莱辛巴赫瀑布”）

迈尔斯·麦克拉伦

《三个大学生》中的出场人物。为圣路加学院举办的福蒂斯丘奖学金考试准备的希腊语试卷，通过各种迹象表明被人动过了。三名大学生被列入嫌疑人名单，麦克拉伦是其中之一。他与教师希尔顿·索姆斯先生住在同一栋楼中，学校数一数二的才子，只要肯下功夫，肯定能取得成功。可惜他任性放荡，做人不诚实，第一年因为打牌出老千，差点被学校开除。

《王冠宝石案》

载于《斯特兰德杂志》1921年10月刊，收录于《探案》。著名的黄色王冠大钻石失窃，福尔摩斯为了追回钻石，对尼格雷托·西尔维厄斯伯爵设下了圈套。这个作品中贝克街221B房间的构造，与其他作品中的有许多不同之处。而且也不是以华生的第一人称叙述，而是以第三人称叙述的作品。与《恐怖谷》一样，作品中出现了一个名为比利的少年。因为年代迥异，也有说法认为，两个比利不是同一个人。（→参照“比利”）

《马斯格雷夫礼典》

载于《斯特兰德杂志》1893年5月刊，收录于《回忆》。这是福尔摩斯回忆认识华生之前所发生的案件。在原著中，从年代学的角度来看，这是继《格洛里亚·斯科特号三桅帆船》之后发生的古老案件，在两个案件中间很短的时间内，还破获了经“学生时代的朋友介绍”的几个案件。很明显的，在开始与华生同居之前，福尔摩斯住在蒙塔古街。雷金纳德·马斯格雷夫是福尔摩斯大学的校友，受其委托，前往其历史古老的庄园调查一桩诡异的案件。他在管家布伦顿身上发现了一些怪异的举动，此后管家便失踪了，但此事关乎《马斯格雷夫礼典》这一重要文件。关于仪式，存在若干疑点，格拉纳达版电视剧《福尔摩斯探案集》的《马斯格雷夫礼典》中，修改了这部分内容，最后破获此案（而且，这部剧不是以福尔摩斯的回忆来呈现，而是与华生共同经历）。

《斑点带子案》

载于《斯特兰德杂志》1892年2月刊，收录于《冒险》。斯托纳姐妹与继父罗伊洛特博士一起生活，姐姐朱莉娅以一种异状死

亡。两年后，妹妹海伦也感到自己的生命受到了威胁，为此来向福尔摩斯寻求帮助。闯入福尔摩斯住所的罗伊洛特博士，抓起拨火棒掰成了弧形，然后又被福尔摩斯掰回原状，这个场面非常著名。这个故事的名声高企，乃至使用其高潮场景作为封面。建议尚未读过此作的朋友尽早行动起来吧。

“排除不可能选项，剩下的就算再不可思议，也是唯一的正确答案。”

这是福尔摩斯代表性的金句之一。是《绿玉皇冠案》中的台词，但在《布鲁斯-帕廷顿计划》《皮肤变白的军人》中也出现过。这说明，它既是著名台词，也是福尔摩斯遵循的基本推理法。

马丁·弗瑞曼

英国演员，生于1971年，在BBC版电视剧《神探夏洛克》中扮演现代版华生博士“约翰”。这个角色使他与扮演福尔摩斯的本尼迪克特·康伯巴奇一举成名。除此之外，他还出演了电影《霍比特人》三部曲，扮演主角比尔博·巴金斯（在该电影中，本尼迪克特·康伯巴奇还扮演史矛革并为其配音）。在《神探夏洛克》中扮演约翰女友玛丽·莫斯坦的阿曼达·艾宾顿，在现实生活中也是马丁的前女友。

美内铃惠

日本的少女漫画家，生于1951年，代表作是目前仍在连载的《玻璃假面》。在其早期作品中，有一部戏作名为《福尔摩斯曾孙女历险记》(发表于《增刊雏菊》1971年7月刊)。故事讲述的是，贝克街221B侦探社的夏洛特·福尔摩斯是一个小女孩，但她是夏洛克·福尔摩斯的曾孙女，她的搭档是一只斗牛犬，名叫华生。美术馆长前来报案，说意大利的洞穴中发现的米开朗琪罗创作的维纳斯像被运到了英国，但雕像的头被盗。夏洛特参照着《如何成为名侦探》中所记录的《福尔摩斯辞典》破获了此案。此作收录于集英社漫画《不归的冰河》中。近年来，此作还被收入《美内铃惠佳作十选 孔雀色的金丝雀》中，很容易便可以欣赏到。

三上哲

日本演员、声优，生于1968年，为BBC版电视剧《神探夏洛克》中的福尔摩斯配音。同时还为本尼迪克特·康伯巴奇在《奇异博士》《星际迷航12：驶入黑暗》《模仿游戏》《队列之末》中的角色配音。电视剧《神探夏洛克》能在日本大火，三上功不可没。

《女神探夏洛克/Miss Sherlock》

这是Hulu与HBO携手制作的悬疑网络剧，2018年4月开始播放。该剧将福尔摩斯生活的舞台搬到了现代的日本，但将福尔摩斯和华生都换成了女性。外号“夏洛克”的主人公由竹内结子，华生（剧中名橘和都）由贯地谷诗穗梨扮演。相当于哈德森太太的角色波多野君枝由伊藤兰，和都的心理咨询师入川真理子由齐藤由贵扮演，演员阵容可谓相当豪华。全剧共8集，分别融入了原著中的内容。北原尚彦担任监修。

《福尔摩斯先生》

这是2015年由美国、英国联合拍摄的电影，导演是比尔·康顿。影片改编自米切·库林的小说《心灵诡计》。福尔摩斯由伊恩·麦克莱恩扮演，日本人梅崎由真田广之扮演。影片中，于20世纪40年代隐居苏塞克斯郡，业已93岁的福尔摩斯，30年前未破的伦敦悬案，为追寻有效防衰老的植物而来到的战后的广岛，三个部分的故事情节相互交织，最后收束在一个点上。因衰老而记忆力逐渐衰退的福尔摩斯，令人见之难过。原著与电影的结局不一样，笔者个人更喜欢电影的结局。在日本，这部电影继《SHERLOCK/神探夏洛克 可恶的新娘》之后上映，发生了“福尔摩斯电影连续路演”的奇迹，仅2016年3月18日当天可以连续观影。

三谷幸喜

日本剧作家、电影导演，生于1961年。曾执导过电视剧《古畑任三郎》，电影《魔幻时刻》，舞台剧《笑之大学》等多部作品。也曾撰写过木偶剧《夏洛克·福尔摩斯》的脚本，开辟了一个崭新的影像福尔摩斯的世界。他公开表示过，自己是福尔摩斯爱好者，当他的木偶剧获得日本夏洛克·福尔摩斯大奖时，他还出席了颁奖典礼举办方日本福尔摩斯俱乐部的全国总会（偕同木偶设计井上文太）。导演在致辞中，对自己喜欢的仿作名如数家珍，证明他的确是位铁杆的福尔摩斯爱好者。此外，他还将获奖的结果写成了随笔。2019年，由三谷幸喜创作、表演的新舞台剧《爱与哀愁的福尔摩斯》公演，进一步验证了这一点。

宫崎骏

日本动画家、电影导演、吉卜力工作室创始人，生于1941年。他创作了《鲁邦三世卡里奥斯特罗之城》《风之谷》《天空之城》等世界知名的伟大作品。在动画片《名侦探福尔摩斯》中，他曾担任部分故事的导演和演出。他的图本作品被收录在《吉卜力图本全集》的《名侦探福尔摩斯》全二卷中。

《音乐剧 夏洛克·福尔摩斯~安德森家的秘密~》

2011年在韩国开始公演的音乐剧（卢宇成脚本&作词）经过改编，于2014年由日本演员重新演绎。华生被设定为女性（当然由女演员表演，在故事中也是女性），这是一大看点。扮演福尔摩斯的是新感线剧团的桥本哲，扮演华生的是原宝冢剧团的一路真辉，其他演员还有大澄贤也等人。在主要案件开始前，插入了一段《跳舞小人儿》。主要案件讲述的是，在安德森家发生了枪击事件，年轻的男主人亚当·安德森的未婚妻露西·琼斯失踪。亚当有一个双胞胎弟弟埃里克，露西是他的前女友。案件由此展开……雷斯垂德警探在剧中出场（孔骨桑田）。双胞胎兄弟由浦井健治一人分饰两角，露西由昆夏美扮演。此剧在韩国曾多次获奖，以开膛手杰克为素材的续集也上演过。续集的日版《音乐剧 夏洛克·福尔摩斯2～嗜血游戏～》也已公演（2015年）。福尔摩斯、华生、雷斯垂德警探都由原班演员出演。女主角玛丽由原AKB48的秋元才加扮演，小西辽生、别所哲也也有出演。第一、二部作品均有DVD发售。

《音乐剧 福尔摩斯探案集》

这是1990年在主舞台公演的音乐剧，是日本原创作品，脚本、演出由福田善之担任。虽是基于柯南·道尔的原著，但此剧结合了《波西米亚丑闻》《红发会》《身份案》，以原创的故事情节登场。福尔摩斯的扮演者是以《哥斯拉》出名的宝田明，艾琳·艾德勒的扮演者是原SKD的成员春日宏美。其中有一场，日本福尔摩斯俱乐部的成员悉数前往观赏（包场？），笔者也去了。

《少女福尔摩斯》

该作以游戏软件《侦探歌剧：少女福尔摩斯》（2010年）为起点，在动画、漫画、轻小说等多媒体、多平台得到普及。作品以侦探、怪盗竞相活动的“侦都横滨”为舞台，推出了主人公少女侦探4人组“少女福尔摩斯”。所有成员都戴着形似猎鹿帽的帽子，但没有后帽檐，有点遗憾。4个人中，主角夏洛克·谢林福德是福尔摩斯的后代，其他3人也分别是名侦探的后代。尤其在动画中，集合了各种各样的推理梗，还有“巴流术”等福尔摩斯身上的梗。在四人被祖先附身的那一场中，福尔摩斯也出场了。此后又制作了第2季，以及年终SP，还被改编成了电影。为主角配音的四名声优偶像团体，也以“少女福尔摩斯”之名表演。她们人气超高，能够在武道馆举办演唱会，随后又进行了巡演（于10年之后的2019年解散）。最初的动画播放期间，笔者录下了几集却没有观赏。后来参加SF活动时，被周围的人揶揄“北原尚彦竟也没看过吗？”回去后，笔者立即翻出来看了一遍，也才明白了被他们揶揄的原因。

《六座拿破仑半身像》

载于《斯特兰德杂志》1904年5月刊（《柯林斯周刊》1904年4月30日刊），收录于《归来》。雷斯垂德来到福尔摩斯的住所，叙述了一个离奇的案件，拿破仑半身石膏像接连被砸。福尔摩斯对此案颇感兴趣，最后揭开了一个出人意料的真相。这个故事的日本翻版各种各样，其中包括《肖像的秘密》（高级侦探协会），以及《六个睡着的人偶》（大下宇陀儿）中，前者将拿破仑塑像换成了乃木将军的塑像，后者换成了卖给女孩的人偶。究其原因，大概是这个案件的发生过程和真相都异常吸引人吧。

《名侦探姆明》

姆明是杜芙·颜生在连环画中创造的角色，他会打扮成福尔摩斯的样子探案。这是由丰田协赞，全日本交通安全协会发行，为交通安全启蒙教育而创作的连环画之一。发行年份不详，推测是2000年前后。时间暂且搁置不谈，姆明的角色设计，及其女朋友的名字，都成了1969年动漫版的依据。亚美的点心被偷了，假装侦探的姆明开始调查。在追踪小偷蚂蚁的过程中，史尼夫险些被车撞了，便又有了“要走人行横道”“要遵守交通规则”这样的剧情。

玛丽·萨瑟兰

《身份案》的委托人。打字员玛丽小姐是一个大个子，近视眼。父亲去世后，母亲立即改嫁给了比自己小15岁的詹姆斯·温迪班克，这位继父比玛丽小姐仅大5岁。玛丽小姐在煤气管道工的舞会上认识了霍斯默·安杰尔，并与之订婚，但婚礼当天，新郎却无故失踪。为了解开这个谜，她来到福尔摩斯的住所寻求帮助。

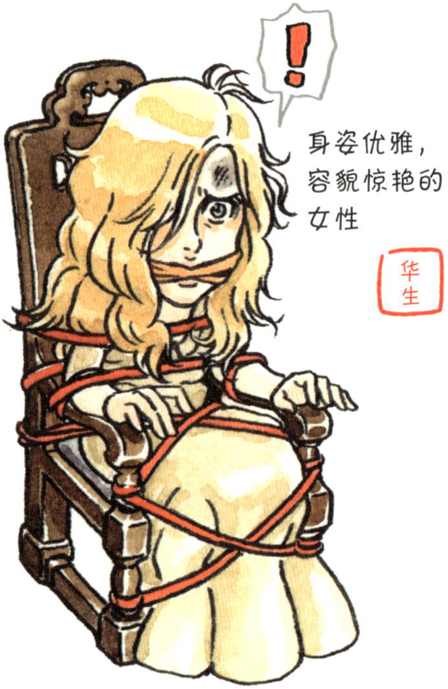

玛丽·布拉肯斯托

《格兰奇庄园》中的出场人物，尤斯塔斯·布拉肯斯托爵士的妻子。在南澳大利亚的阿德莱德长大，婚前姓弗雷泽。她的丈夫被杀害时，她被绑在橡木椅上。

玛丽·马伯利

《三角墙山庄》的委托人。作为三角墙山庄的主人，住在别墅中，已故道格拉斯·马伯利的母亲。最近出现了一个人，想要连同别墅里所有的家具一起，把三角墙山庄买下。但她仔细研究了合同后发现，如果成交的话，她连自己的随身物品都不能带出别墅。她为此事前来咨询福尔摩斯。其亡夫也曾找福尔摩斯办过案。

玛丽·莫斯坦

《四签名》的委托人，故事的女主角。其父曾是驻印度部队的军官阿瑟·莫斯坦上尉，她很小的时候就被送回英国，母亲去世早，她在英国无亲无故，在一所寄宿学校里一直待到17岁。后来，她接到父亲从伦敦发来的电报，说已返回英国，让她去约好的旅馆相见。可是，当她到达旅馆时，父亲却离奇失踪了。她在塞西尔·福利斯特太太家担任家庭教师，每年都会收到一颗匿名送来的珍珠。6年后，这个匿名送珍珠的人来信约她见面，她为此来向福尔摩斯咨询。华生对她一见倾心。有些仿作是专门为她而写。

《名侦探螳螂与五大怪案》

在动物角色的戏作中，此作属于优秀的昆虫题材戏作。故事发生在昆虫王国巴格兰，主角是名侦探螳螂与搭档飞蝗博士。作者威廉·科兹文克曾将《E.T.》改编成小说。此作中的五大怪案包括《失踪蝴蝶怪案》，讲述马戏团的杂技演员，蝴蝶朱莉安娜小姐失踪的故事，《青虫头怪案》讲述与内嵌青虫头的琥珀相关的案件等。故事中有许多有趣的设定，比如飞蝗博士不仅贪吃，还好女色之类。书中带插图，请对昆虫不适者慎阅。原著于1983年发行，不知何时能译成日语，笔者正欲亲自出手翻译，却不料经过近20年之后的2002年，浅仓久治的译本竟然问世了。能够读到浅仓译本，实为大幸。

《名侦探柯南》

这是青山刚昌创作的推理漫画，自1994年起连载于《少年Sunday》。高中生侦探工藤新一被犯罪组织灌下毒药，他的身体永远保持在了小学一年级学生的状态。当作者要取名时，身边正好放着江户川乱步和柯南·道尔的书，于是便为其取名“江户川柯南”。作者还是一个狂热的福尔摩斯迷，便将福尔摩斯的许多要素应用在了作品中。工藤新一被誉为“平成的福尔摩斯”，柯南等人居住的街道也模仿贝克街，取了“米花*1町”的名字。作品中还有一集《福尔摩斯发烧友杀人事件》，讲述发生在福迷之中的案件。剧场版《名侦探柯南：贝克街的亡灵》，讲述在虚拟体感游戏中的维多利亚王朝的伦敦，柯南追踪开膛手杰克的故事。其中也有福尔摩斯的出场。《福尔摩斯启示录》则以伦敦为背景，讲述发生于福尔摩斯博物馆的案件。“被害者工藤新一/犬伏城 炎之魔犬”中的“家族诅咒”“家主死亡”“火焰魔术”“无底沼泽”等，都是来自《巴斯克维尔的猎犬》中的元素。除此之外，名侦探柯南世界中的福尔摩斯元素可说不胜枚举。

《淘气大侦探》

这是2018年英美合作的CG动画电影，由约翰·史蒂芬森导演，埃尔顿·约翰担任制作人及作曲。在人类看不见的地方，生活着一群人偶。这个故事便以花园中的装饰陶泥人偶为主人公而展开。这是《糯米欧与朱丽叶》的续篇，从这个角度上来看，本作以陶泥人偶糯米欧、朱丽叶为主角，糯尔摩斯、华生为配角是没有问题的。糯尔摩斯打倒了莫里亚蒂（企业的角色人偶）之后，糯米便接连消失。糯米欧们的伙伴也接连不见，糯尔摩斯们出手调查……为糯尔摩斯配音的是约翰尼·德普。《糯米欧与朱丽叶》并未在日本公开发行，因此还不知会否单独引进《淘气大侦探》。但未公演的剧场版，却已发行了BD&DVD。这大概是托了约翰尼·德普的福。目前网络上的作品评价还不佳，但出场的商店和公司的名称有《威斯特里亚寓所》“谢林福德”“道尔”等，这些都为福迷们带来探索福尔摩斯要素的乐趣。艾琳与格雷格森也有出场。

《福尔摩斯探案 Sherlok Kholms》

2013年由俄罗斯制作的福尔摩斯系列电视剧（全8集）。伊戈尔·别特连科扮演福尔摩斯，安德烈·帕宁扮演华生。福尔摩斯在剧中戴眼镜的扮相，在影视作品中很少见。每集各自独立，但联结起来又互为关联。艾琳·艾德勒、莫里亚蒂教授等虽然是原著中的人物，但设定不同于原著，故事情节重新设计。从全剧的风格来看，颇受盖·里奇执导影片的影响。华生腕力惊人，

*1：读作“beika”，与“贝克”谐音。

在福尔摩斯面前展现其拳击技艺，将对方击溃的场面，看起来十分过瘾。该片与小罗伯特·唐尼，以及BBC版《神探夏洛克》齐名，成为21世纪版福尔摩斯中重要的一员。这部剧在日本未制作成碟片，仅在有线电视AXN推理频道中播放。笔者祈祷有一天能够看到收录全剧的光碟问世。

《福尔摩斯外传》

这是1988年的英国电影，由梭姆·艾伯哈特导演。电影塑造了一个头脑清晰的华生博士，擅长侦探术，但凭借一己之力无法获得大众的关注，于是便雇用了一个名叫雷金纳德·金凯德的演员来扮演福尔摩斯，他在背后偷偷地为其出谋划策。这是一部连细节都刻画到位的喜剧电影。华生由本·金斯利扮演，福尔摩斯由迈克尔·凯恩扮演。莫里亚蒂教授、莫兰上校也都有出场。音乐创作由影迷们耳熟能详的亨利·曼西尼担纲。该片在日本仅作为短期的特集上映的一环，在剧场公演过，连场刊都未发行。虽有录像带发行，但在日本未制作DVD，希望能早日填补这一空白。

《名侦探夏洛克·福尔摩斯彭》[1]

这是三田村信行创作的儿童小说系列，共3卷（1991—1992年）。这是一个脑洞超大，异想天开的故事，福尔摩斯穿的裤子具有了意识，开始侦破案件了。福尔摩斯过世后，他的裤子被放入博物馆展览，因为觉得实在无聊而逃出博物馆，在极乐町三丁目开了一个侦探事务所，搭档是华生的孙子瓦特。虽然像福尔摩斯那样叼着烟斗，但裤裆叼烟斗的画面，确实不太雅观。一开始，这是三田村信行的狼男侦探《狼侦探》系列“夏洛克·福尔摩斯彭事件”（“狼侦探与糊涂死神事件”）中的一个客串角色，后来才独立出来。因此，福尔摩斯彭的设定（世界观）在两个作品中有着微妙的差别。虽然有点标新立异，但它确实是日本国产的少年仿作中的杰作。

*1：由“福尔摩斯”和“裤子”的日语“ホームズ”与“ズボン”结合而成。

《名侦探福尔摩斯》

这是意大利广播公司与东京电影新社共同制作的动画。出场人物都是被拟人化的小狗，因此也被称为“犬福尔摩斯”，共计26集，于1984—1985年间在朝日电视系列播出。其中6部由宫崎骏担纲导演及演出。因是国际合作，制作曾一度暂停，险些流产。先是与《风之谷》同时上映了2集，随后在电视上播放全集。虽然剧场版中福尔摩斯的声优及角色名都与电视版不同，但可能牵涉到版权问题，制作方非基于柯南·道尔原著的做法遭到了拒绝，因此在电视版中露出了原作者的姓名。相比推理悬疑作品，这部剧是以动作为主的娱乐之作。电视版的赞助商格力高借此机会，推出了角色主题点心，这是因为该公司想以此消除当时“格力高·森永事件”（又称“怪人二十一面相事件”）的负面影响。为福尔摩斯配音的，剧场版是柴田侊彦，电视版是广川太一郎。为两个版本的华生配音的都是富田耕生。为莫里亚蒂教授（剧场版中是莫洛亚奇教授）配音的，都是大家周夫。后来成名的片浏须直也操刀撰写脚本。他撰写了以《巴斯克维尔的猎犬》为原著的《巴斯卡比家的传说》，但未参与制作。在这部动画中，特别是哈德森太太的存在，催生了许多兽迷。

《名侦探福尔摩斯/黑马车之影》

这是1979年英国、加拿大合拍的电影。作为一部描写福尔摩斯对战开膛手杰克的电影，与《恐怖的研究》合称双璧之作。扮演福尔摩斯的，是《音乐之声》中冯·特拉普上校的扮演者克里斯托弗·普卢默。电影完美地呈现了福尔摩斯与华生在黑暗的维多利亚王朝的伦敦中的活动，在开膛手杰克案中，还交织着政治丑闻，以及共济会的阴谋，简直就是一部“未公开的福尔摩斯秘史”。虽然电影已被改编成小说，但遗憾的是没有日译版。这部电影以录像和DVD的形式，多次在日本发行，却未发行《恐怖的研究》，这一点让笔者完全无法接受。

《“银色火焰”赛马》

载于《斯特兰德杂志》1892年12月刊，收录于《回忆》。故事讲述金帕兰驯马场罗斯上校的马厩中，一匹赛马“银色火焰”赛马失踪，驯马师约翰·斯特雷克被杀的案件。作者柯南·道尔承认，其中存在赛马规则上的问题。此案发生在达特穆尔，距离《巴斯克维尔的猎犬》发生地很近。在此案及《博斯库姆溪谷秘案》中，福尔摩斯都戴上了带有护耳的旅行帽，被认作就是猎鹿帽。本作品还被译作《银星号事件》，曾经的日本福尔摩斯俱乐部的东京例会召开地点，便是西荻洼的“银盛会馆”。

梅拉斯

《希腊译员》中的出场人物，与麦考夫·福尔摩斯住在同一栋公寓，并且就住在麦考夫的楼上，二人互相认识。他有希腊血统，个子矮壮，橄榄色皮肤，乌黑头发，典型的希腊人特点。他主要从事希腊语翻译，并因此而经历了一次奇妙的事件，所以来向麦考夫求助。

“说实话，换作是我妹妹”

在《铜山毛榉案》中，委托人奥瓦莱特·亨特小姐向福尔摩斯询问，自己是否应该接受来自铜榉庄园的工作。福尔摩斯回答“说实话，换作是我妹妹，我肯定不想看她找这种工作”。有些福迷便依此推断，“福尔摩斯有妹妹”。还有一些仿作以福尔摩斯的妹妹为主人公，如南希·斯普林格的《福尔摩斯小姐》等。

“假如能手拉手飞出窗外，在大伦敦的上空盘旋……”

这是在福尔摩斯在《身份案》中对华生说的台词。他要表达的意思是，如果能够飞在空中，掀开各家各户的屋顶，一定会看见许多怪事。

莫尔斯·哈德森

《六座拿破仑半身像》中的出场人物，在伦敦的肯宁顿路上经营着一家专卖装饰画和塑像的小店。他是个小个子，身体壮实，红脸膛，看上去脾气不太好。他从格尔德商店购入了3座拿破仑塑像，其中2座卖给巴尼科特博士，1座摆在店里，却被人砸碎了。

望月三起也

日本漫画家（1938—2016年），知名作品有《WILD7》《密探JA》，以独特的动作描写风靡一时。自1972年实业之日本社的JN漫画起，望月三起也发行了漫画《名侦探福尔摩斯》系列，共计3卷，包括《四签名》《巴斯克维尔的猎犬》《斑点带子案》。虽然都出自原著，但经过了大幅改编。扮演华生一角的，是华生的侄子比金斯。《斑点带子案》中，福尔摩斯与比金斯用木刀练习剑术，福尔摩斯在后半段（原著中未出现）曾使用过猫鼬。从“柯南·道尔原著/编排 望月三起也/润色 田边节雄”的表述和图案来看，望月三起也担任了分镜和草稿的工作。实际担纲线稿的推测是田边节雄。只是，田边节雄是望月三起也的学生，二人画风很接近。1972年，尚在连载的《WILD7》就已经被改编成电视剧了，他在其他的少年漫画杂志上也有多个连载，因此推测这是他在百忙时期的苦肉计。他还出版了形式相同的《德古拉》系列，二者都是超级稀有的版本。

莫蒂默·特里根尼斯

《魔鬼之足》中的出场人物，住在康沃尔的特里德尼克·沃拉斯村。他是个衣食无忧的绅士，在牧师那里租了几间房，为其微薄的收入提供一点补贴。他沉默寡言，长得又黑又瘦，戴着眼镜，驼背，给人身体畸形的感觉。他有两个弟弟欧文和乔治，还有一个妹妹布伦达，他们都遭遇了不幸。他们家以前在雷德鲁斯开锡矿，后来把产业卖给了一家公司。

“自从莫里亚蒂教授不幸离世，伦敦就变成了一座毫无乐趣的城市”

这是在《诺伍德的建筑师》的开头，福尔摩斯说的一句台词，前面还有半句是“对探案专家来说”。福尔摩斯自大空白时期之后，回到伦敦才几个月，因此发出这样的感叹也是无可奈何的。对于福尔摩斯来说，莫里亚蒂教授也许就是如此重要吧。但也就在他说完这番话之后，发生了一件怪异的案件。

森川智之

日本演员、声优，生于1967年。他在电影中为基努·里维斯和汤姆·克鲁斯配过音，并且在许多动画中均有出演。在BBC版的《神探夏洛克》和《霍比特人》三部曲等作品中为马丁·弗瑞曼配音。也为裘·德洛配过音，在两部由盖·里奇导演的《大侦探福尔摩斯》中，也担任华生博士的配音。Frontier Works Inc.的电视剧CD《夏洛克·福尔摩斯》《夏洛克·福尔摩斯2》中也为华生博士配音，是一位了不起的“华生声优”。

蒙塔古街

伦敦的大街，地处大英博物馆东侧。福尔摩斯刚到伦敦时（与华生同居之前），曾住在蒙塔古街。福尔摩斯在《马斯格雷夫礼典》中说，他住在蒙塔古街时，一边等待机会，一边利用大把的空闲时间研究各门科学，提高探案能力。他当时一定是常去大英博物馆和大英图书馆。他的大学朋友雷金纳德·马斯格雷夫来委托福尔摩斯查案时，他也是住在蒙塔古街的房子里。

蒙提·派森

英国的六人喜剧团体，成员包括格雷厄姆·查普曼、约翰·克里斯、特里·吉列姆、艾瑞克·爱都、特瑞·琼斯、迈克尔·帕林。他们以自己创作的电视节目《蒙提·派森的飞行马戏团》而成名，人称英国戏剧界的披头士。其中的约翰·克里斯曾在《这是很基本的事，华生》（1983年）中扮演福尔摩斯。还在电视电影《我们所知的文明即将终结的奇怪事件》（1977年）中，扮演福尔摩斯的后代阿瑟·夏洛克·福尔摩斯。此外，在日本为艾瑞克·爱都配音的，是《名侦探福尔摩斯》的广川太一郎。今天，蒙提·派森与福尔摩斯一样，都已成为英国文化的代名词。

蒙哈榭

这是法国勃艮第地区出产的高级白葡萄酒。产量小，售价高。《三剑客》的作者亚历山大·仲马曾说过“喝蒙哈榭时应该双膝跪地并脱帽致敬”。在《戴面纱的房客》发生时，福尔摩斯与华生用餐柜上的山鹑冷盘和一瓶蒙哈榭来补充能量。

山田风太郎

日本小说家（1922—2001年），擅长侦探小说、明治小说、怪奇小说等，尤其以忍法帖风靡了一整代。作家著作颇丰，包括《甲贺忍法帖》《明治断头台》《十三角关系》等。作为一名福迷，他创作的福尔摩斯仿作短篇《黄色房客》拥有很高的知名度。故事讲述福尔摩斯遇到了留学伦敦的日本人，他后来成为文豪。该作品可以在《日版福尔摩斯赝作展览会》《对福尔摩斯充满爱》中读到。

山寺宏一

日本演员、声优、明星，生于1961年。因为可以诠释各种各样的声音，而被誉为"拥有七种音色的男子"。他是儿童向早间综艺节目《Oha Suta》的著名主持人，若论动画，他的每一部都是代表作（笔者个人是《星际牛仔》的铁粉）。在三谷幸喜创作脚本的人偶剧《夏洛克·福尔摩斯》中，他扮演福尔摩斯。此外，他也在电影《少年福尔摩斯：金字塔之谜》中，为福尔摩斯配音。在真人电影《亚森·罗宾探案故事集：奇岩城》中扮演亚森·罗宾。因此，他除了是一名声优，还是罗宾扮演者。

山中本

指山中峰太郎通过白杨社出版的《名侦探福尔摩斯》全集20卷，被福迷们称为"山中本"。作品社复刻的《名侦探福尔摩斯全集》的编者平山雄一则用"峰太郎版"来定义。因是长期畅销书，在不同时期都有完全不同的装帧，封面的设计也略有差别。这种捉摸不定的变化，令福迷感佩。

山中峰太郎

日本陆军军人、作家（1885—1966年），擅长改写军事小说、冒险小说、幻想科学小说、侦探小说。代表作有《敌中横断三百里》，"军事侦探·本乡义昭"系列等。20世纪50年代，从白杨社的《世界名作侦探文库》中分离出的《名侦探福尔摩斯》全集20卷出版发行。与其说这是原著的译本，莫如说是改写。福尔摩斯的角色以及故事的开展等，都发生了巨大变化。但也正因如此，从某种程度上来说，这也变成了一部非常有意思的作品。作品不是随意的修改，而是以消除原著的矛盾而进行的修改。昭和时代的人们，有不少是在学校图书馆中读到这部全集，以此作为福尔摩斯的启蒙读物。2017年，作品社分三卷发行了平山雄一编《名侦探福尔摩

道尔原著/山中峰太郎著《名侦探福尔摩斯7：怪盗之宝》《名侦探福尔摩斯12：夜光怪兽》（白杨社）

山本周五郎著/末国善己编《山本周五郎侦探小说全集2：夏洛克·福尔摩斯异闻》（作品社）

斯全集》。作品中附有编者的详细注释，便于读者阅读和理解。

山本周五郎

小说家（1903—1967年），著名作品包括《最后的枞树》《红胡须》等。作家创作古代小说、历史小说，但也不乏《夏洛克·福尔摩斯》（《新少年》1935年12月刊另册附录）这样的作品。在很长时间内，这部作品被福尔摩斯研究者认为是原著的译本，后来才发现是仿作。作品将多个原著故事组合成一个故事，而且还让福尔摩斯来到了日本。今天，这册附录只有寥寥数本通过了确认，因此十分珍贵。但作品已被重新收录于末国善己编的《山本周五郎侦探小说全集2：福尔摩斯异闻》（作品社/2007年）中，可以很容易找到。而且现在还可以读到新潮文库的《木乃伊庄园之谜》。

《少年夏洛克/木乃伊之谜》

这是1985年的美国电影，由巴里·莱文森导演。剧中的福尔摩斯（尼古拉斯·罗尔饰）与华生（艾伦·考克斯饰）在学生时代便互相认识，他们一直在追查邪教组织拉美特普所犯下的罪案。影片既有推理元素，又有动作元素，是一部非常值得期待的作品。烟斗和因弗内斯大衣这些让福迷们发出会心一笑的元素也加入其中。可能也因为史蒂文·斯皮尔伯格在此片制作人之列，这部福尔摩斯电影在日本也久违地上映了，这令日本的福迷们大为心动。本片中出场的“骑士”，是电影史上首个利用DCG创作的角色。此外，影片还提醒观众，演职员表之后还有影像，要“在座位上坐到最后”。但是在日本，虽然福迷们很喜欢这个梗，普通观众却无感。反而是孩子们做出“那是××啊”的反应，大概是动画《名侦探福尔摩斯》刚刚在电视上播放过的缘故。当时录像带尚不普及，笔者买了黑胶唱片来反复听。托它的福，《拉美特普之歌》仍然萦绕在脑海中。由艾伦·阿诺德改写的小说在原著的基础上，不太情愿地以华生的第一人称写成。在此片之后，以小说和电影形式讲述“少年福尔摩斯”故事的作品越来越多。

《忧国的莫里亚蒂》

这是竹内良辅策划，三好辉绘制的漫画（仍注明柯南·道尔“原著”），2016年开始连载。故事聚焦于少年莫里亚蒂兄弟与其周围的人物，将一个维多利亚王朝英国社会的背景推到读者眼前。主人公是威廉·詹姆斯·莫里亚蒂，其兄阿尔伯特·詹姆斯·莫里亚蒂，其弟路易斯·詹姆斯·莫里亚蒂。当然也少不了塞巴斯蒂安·莫兰上校。他们有犯罪的原因，夏洛克·福尔摩斯理所当然地成为他们的宿敌，但作品并未傻乎乎地画出来（偶尔也不免有这一面），让他与莫里亚蒂对立。故事在对原著进行重新架构的基础上推进情节发展，还加入了007的段子，这让读者大为吃惊（惊喜）。2019年出到了10卷，并且还改编成小说出版。2019年更是改编成了音乐剧，2020年还计划另外搬上舞台。作品在读者中获得了极高的人气，可以说是近年福尔摩斯题材漫画中，最成功的案例。

尤金妮亚·罗德太太

《戴面纱的房客》中的出场人物，是梅里洛太太的房客。她永远戴着面纱，不肯将面容示人。7年来，梅里洛太太也只见过她的脸一次。那根本不能算脸。她是罗德马戏团团长的妻子，与“阿巴斯·帕瓦的悲剧”案有关。梅里洛太太听到她大喊“杀人了！”，还看到她变得越来越虚弱，所以来找福尔摩斯。

尤斯塔斯·布拉肯斯托

尤斯塔斯爵士，《格兰奇庄园》的受害者，肯特郡马舍姆格兰奇庄园的主人。他40岁左右，长着黑短的胡子，高个子，体格健壮。他是个酒鬼，一喝酒就变成恶魔。被发现时，他的脑部遭拨火棍重击，鲜血和脑浆溅得满屋子都是。

《蜜蜂养殖实用手册》

这是福尔摩斯的著书。他退休隐居之后，来到苏塞克斯郡养起了蜜蜂，并将养蜂的研究成果写成了书。完整的书名是《蜜蜂养殖实用手册：兼论蜂王隔离》。用福尔摩斯的话说，“我观察忙碌的小蜂群，就像当初观察伦敦的犯罪界一样”。这是一本小蓝书，用一排金字印着书名。在《最后致意》中，此书起着重要的作用。

横田顺弥

日本科幻小说作家，古书研究家，明治研究家（1945—2019年）。将搞笑追求到极致的Hatya HatyaSF*1，日本的古典科幻研究，以及未知的明治文化介绍等，都是作家创下的功绩。其代表作包括《宇宙垃圾大战》《火星人的逆袭》《日本古典科幻》等。作家为发掘押川春浪改写的福尔摩斯作品《怪星大侦探》付出了巨大的劳动。在Hatya HatyaSF中有一篇《斑点干货*2案》(收录于《日版福尔摩斯赝作展览会》)，借用了《斑点带子案》的谐音梗。而《真鳕之肝案》(收录于《日版福尔摩斯的灾难》)则是《怪星大侦探》的仿作。《东京塔的潜水员》(收录于《年刊日版SF佳作选 项目：夏洛克》)，是福尔摩斯戏作《鲁福克·福尔摩斯冒险》的仿作。《非人魔界的秘密》是一部明治科幻小说，讲述押川春浪与其伙伴“天狗俱乐部”来到柯南·道尔《失去的世界》的舞台。

横沟正史

日本侦探小说作家（1902—1981年），凭借《犬神家族》《八墓村》等金田一耕助系列作品,《蝴蝶杀人事件》等由利麟太郎&三津木俊助系列作品，以及《人形佐七捕物帐》等作品而知名。1931年至1933年改造社版《道尔全集》中有几部翻译作品，但横沟本人证实，那些只是借用其名，而非其本人翻译。在短篇小说《堀见先生的推理》(收录于《横沟正史侦探小说选1》)中，堀见俊六老师充分发挥了其推理能力，作品也出现了其对手和户孙，属于广义上的福尔摩斯仿作。作家还创作了几部儿童向的作品，其中使用了让福尔摩斯改头换面的要素。关于将作家少年时期读过的《六座拿破仑半身像》中的拿破仑塑像换成乃木将军塑像的改写作品，一直以来都是一个谜，后来已经证实是《肖像的秘密》(高等侦探协会)。

*1：作家本人创造的词，“Hatya”是模拟笑到无法正常说话，只能发出“啊呀、啊呀”的声音。

*2：在日语中，“带子”与“干货”是谐音。

横山光辉

日本漫画家（1934—2004年），知名作品包括《铁人28号》《伊贺的影丸》《巴比伦二世》等。《夜光犬》(载于《少年俱乐部杂志》1957年9月刊附录）虽然将背景和出场人物都换作了日本，但其实是《巴斯克维尔的猎犬》的改写作品。后来又经过修改，以《地域之犬》（中村书店/1958年）之名发行了单行本。附护封的单行本售价20万日元，数量极其有限。

《四签名》

原著的第2部长篇作品，载于《利平科特杂志》1890年2月刊。故事讲述玛丽·莫斯坦小姐每年都会收到神秘包裹，直到第6年，寄包裹的人要求与之见面。这促使莫斯坦小姐前来向福尔摩斯咨询，于是牵扯出巴塞洛缪·肖尔托杀人案的真相。这是一个围绕着印度“阿格拉财宝”展开的故事，出现了用狗追踪气味的场景，让人提心吊胆的汽船追捕等场面。后半段峰回路转，转而陈述引发案件的往事。华生后来与在该案中认识的莫斯坦小姐订婚。

《狮鬃毛》

载于《斯特兰德杂志》1926年12月刊（《自由杂志》1926年11月27日刊），收录于《探案》。案件发生在1907年7月末，当时福尔摩斯已经退休，隐居在苏塞克斯郡的海边。这是一个极其珍贵的案子，也正是托了此案的福，我们才能一窥福尔摩斯在苏塞克斯郡的生活。福尔摩斯目睹科学老师菲茨罗伊·麦克弗森神秘死亡，受当地警探所托，他开始协助调查此案。然而，紧接着又发生了第二起案件。华生当时不在身边，福尔摩斯本人成了本案的讲述者。

《赖盖特之谜》

载于《斯特兰德杂志》1893年6月刊，收录于《回忆》。根据华生的记录，此案发生

于1887年4月，历时2个月侦办国际大案的福尔摩斯因劳累过度而病倒，他被华生带到萨里郡的赖盖特镇，案件就发生在那里。先是老阿克顿家被盗，紧接着坎宁安家的马夫威廉又遭枪杀。人们都以为人是盗贼杀害的，最后福尔摩斯查明了真相。福尔摩斯居然会发出“救命！救命！杀人啦！”的惨叫，这个场景也是极其罕见的。

岩雷鸟

这是一种松鸡科雷鸟属动物。在日本，岩雷鸟属于珍稀野生动物，在欧美国家则允许捕猎、食用。在《四签名》中，福尔摩斯出发搜查犯人之前，准备了一对岩雷鸟和牡蛎，并用上等白葡萄酒款待阿瑟尼·琼斯警探和华生。福尔摩斯究竟做了什么料理尚不为人所知，这也成了福迷们研究的课题。

莱桑德·斯塔克上校

《工程师大拇指案》中的出场人物，说话带点德国口音的陆军军人，大约40岁，特别瘦，却步态轻快。他声称自家的水力压印机坏了，请工程师维克托·哈瑟利前去修理。还有一个工作伙伴名叫弗格森，他的言行也很可疑。哈瑟利受不住50几尼的报酬的诱惑，而接下了这个活儿。

莱辛巴赫瀑布

位于瑞士阿勒河支流，莱辛巴赫河的一条瀑布，靠近迈林根村。在《最后一案》中，福尔摩斯与莫里亚蒂教授在此殊死搏斗。每当由福迷团体组织瑞士旅行团来到此地，都会约定要扮成福尔摩斯和莫里亚蒂，在此重演当年对决的场面。如今在那里已树起标识牌，向游人昭示对决之地。（→参照“迈林根”）

《力士侦探夏洛克山》

这是田中启文的系列短篇集，以相扑界为背景，是之前从未有过的戏作。铜煎部屋的相扑力士斜麓山非常热衷于推理，自己也想成为一名侦探。他的搭档是自己的随从轮斗山。发生的案件也是“秃头会”“斑点腰带”“巴斯塔米纳池的猎犬”等，模仿原著而创造的。原以为是部设定乱七八糟的搞笑小说，却不料是值得读者回味的推理小说。各种模仿笑料百出，福迷们看了想必都会忍俊不禁。

《天降奇兵》

这是艾伦·摩尔原作、凯文·奥尼尔绘制的美漫。《所罗门王的宝藏》的阿兰·郭德曼，《海底两万里》的尼摩船长，《化身博士》的杰科和海德等，19世纪著名小说中的人物都悉数登场。他们受命于英国间谍部门的M，出征对抗神秘幽灵。在此过程中，莫里亚蒂教授也出场了，以倒叙的形式回溯了莱辛巴赫瀑布之战。漫画被改编成了电影，但设定做了大幅改动，风格也大为不同。漫画是一个系列。至描写赫伯特·乔治·威尔斯《星际战争》的火星人来袭的第2部《续天降奇兵》为止，日译版即告中止，但在时隔多年之后的2019年，又出现了第3部的日译版，不禁让人期待更多的续集。

理查德·布伦顿

《马斯格雷夫礼典》中的出场人物。他是马斯格雷夫庄园的管家，年轻时当过老师，丢掉工作后受雇于雷金纳德·马斯格雷夫的父亲。他身材健壮，相貌英俊，生性风流，会说好几国语言，几乎每种乐器都会弹奏。凡是来过庄园的客人，都对这位管家印象深刻。然而，就在他被发现偷看马斯格雷夫家的文件之后便失踪了。

《利平科特杂志》

1868年至1915年发行的美国文艺杂志。1890年2月刊上，发表了福尔摩斯系列的第二篇作品《四签名》。当时该杂志社的编辑从美国来到英国，柯南·道尔在与编辑聚餐之际，受托开始创作这个故事。同时，奥斯卡·王尔德也受托，创作《道林·格雷的画像》（载于1890年7月刊）。该杂志的知名度虽不及福尔摩斯初登场的《比顿圣诞年刊》，但对于福迷们来说，无疑是一本意义非凡的杂志。

《绿玉皇冠案》

载于《斯特兰德杂志》1892年5月刊，收录于《冒险》。亚历山大·霍尔德开了家霍尔德–史蒂文森银行。有一天，他的办公室里来了一位高贵的绅士，将一个绿玉皇冠案作为贷款抵押物交给了他。他又将皇冠带回了自己家，结果皇冠的一部分被盗，他的儿子阿瑟成了头号嫌疑人。来贷款的那位绅士不知姓甚名谁，但极有可能是威尔士亲王。最后，福尔摩斯破获了此案，但如何处

理这个皇冠却仍疑点重重。此外，福尔摩斯在此案中还说“我要有这样的儿子”的话，这让福迷们对“福尔摩斯莫不是有儿子”浮想联翩。

鲁福克·福尔摩斯（Loufock Holmés）

这是法国作家卡米创造的侦探。“Holmés”既是“福尔摩斯”的法语读音，也是模仿法语“脑子坏掉了”一词的发音。广义上应划分为福尔摩斯戏作，实际上福尔摩斯元素却屈指可数。既没有华生这号人物，案件也没有模仿原著的痕迹，净是盗贼驾着飞船之类的异想天开。但抛开这些不谈，故事本身很强的趣味性还是吸引了很高的人气。日译版绝迹很长时间，已成为收藏者们垂涎的目标。2016年终于由创元推理文库重新翻译出版《鲁福克·福尔摩斯历险记》。但此书收录的是以戏剧形式创作的单行本的日译版，而未收录发表在各处的小说作品。为了弥补这一点，2017年由盛林堂推理文库出版发行了《鲁福克·福尔摩斯案件簿》。

雷切尔·豪厄尔斯

《马斯格雷夫礼典》中的出场人物，马斯格雷夫庄园的女佣，具有威尔士人的性格特点，容易激动。管家理查德·布伦顿与她订婚后又将其抛弃，搭上其他女人。她突发脑膜炎，像黑眼睛幽灵一样在屋里转悠。布伦顿失踪后，她陷入歇斯底里状态，后来也失踪了。

法国荣誉军团勋章

这是法国政府颁发的最高荣誉勋章，一般授予在文化、军事方面功勋卓著的人士。福尔摩斯于1894年因追捕“林荫大道暗杀罪犯”尤勒而立下功勋，被授予该勋章，并收到法国大总统亲笔的感谢信。福尔摩斯拒绝接受英国的爵士封号，却接受了法国荣誉军团勋章，这一点值得深深玩味。或许是因为他继承了法国血统（祖母系法国画家韦内特的妹妹）吧。

雷金纳德·马斯格雷夫

《马斯格雷夫礼典》的委托人，曾是福尔摩斯的大学同学，但“只是泛泛之交”。福尔摩斯在“格洛里亚·斯科特号三桅帆船”案中曾说过，维克多·特弗雷是他大学时代唯一的朋友，由此可见，雷金纳德·马斯格雷夫与他的关系尚未达到“朋友”的程度。他是西苏塞克斯郡马斯格雷夫庄园的主人，当他的管家布伦顿偷看自家文件的行为被自己撞破之后，管家便告失踪。他于是来到蒙塔古街福尔摩斯的住处寻求帮助。当时他已是郡议员的身份。

雷斯垂德警探

苏格兰场的警探，恐怕是与福尔摩斯合作查案最多的警探。名字不详，但首字母是“G”。福尔摩斯和华生首次搭档调查《血字的研究》时，他已经认识福尔摩斯了。后来，他又在《四签名》《贵族单身汉案》《硬纸盒子》等许多案件中出场。福尔摩斯虽未极力称赞他的侦探能力，但还是尊重他的。在《巴斯克维尔的猎犬》中，福尔摩斯不顾这只是个地方性案件，而将雷斯垂德召来协助调查。而后者在遇到困难时也总是求助于福尔摩斯，连微不足道的小事都会到贝克街与福尔摩斯商量。在《血字的研究》中对他的描述是“身材瘦削，神情警觉”。但在《第二块血迹》中却写他“站在前窗边，斗牛犬似的脸望向我们”，或许是因为他变胖了吧。在格拉纳达版电视剧《福尔摩斯探案集》中，托了科林·吉沃斯的福，将这样一个形象不定的雷斯垂德的容貌在读者心中固定了下来。（→参照第010页“主要人物介绍”）

雷克斯·斯托特

美国侦探小说作家（1886—1975年），在《吓破胆联盟》《厨师太多了》等作品中，塑造了一个体积超重、热爱美食的私家侦探——尼禄·沃尔夫。作家是BSI成员，以《华生是个女人》这篇论文在福迷界留名。在巴林·古尔德的《贝克街的福尔摩斯》中，提出了尼禄·沃尔夫是艾琳·艾德勒与福尔摩斯所生的儿子的说法。又因其生得身材魁梧，有人把他说成是麦考夫·福尔摩斯的儿子。

《弗朗西斯·卡法克斯女士失踪案》

载于《斯特兰德杂志》1911年12月刊，收录于《致意》。拥有贵重宝石的中年贵妇弗朗西斯·卡法克斯女士去向不明，福尔摩斯受托调查。福尔摩斯不能离开伦敦，华生被派往瑞士洛桑。有的日译版翻作《弗朗西斯·卡法克斯姬[*1]失踪案》，却引来福迷们的不满，“原以为是年轻漂亮的公主被绑架，读下去才知道，失踪的这位不仅是中年妇女，而且压根不是公主”。

*1：日语“姬”有小姐、公主之意。

伦纳德·尼莫伊

美国演员（1931—2015年），曾在科幻电视剧《星际迷航》中，扮演著名的斯波克船长。他出演的其他作品还有《碟中谍》《神探可伦坡：溶化的线》。1976年，皇家莎士比亚剧团上演柯南·道尔&威廉·吉勒特创作的剧目《大侦探福尔摩斯》，尼莫伊扮演福尔摩斯。在1975年的《内在动机》（*Interior Motive*）这个电视科学节目中，虽然没有打出姓名，但一看便知他扮演了福尔摩斯的角色。1978年，在一个名为《寻找福尔摩斯》（*In Search of Sherlock Holmes*）的电视节目中扮演主角。此外，他所扮演的斯波克引用福尔摩斯的台词时，说引用“我的祖先的话”，暗示了他是福尔摩斯的后代。

罗杰·摩尔

英国裔演员（1927—2017年），在其扮演的众多的角色中，以007电影的詹姆斯·邦德最为出名。2003年获封爵士。1976年在电视电影《福尔摩斯在纽约》中出演福尔摩斯。因那时他正在出演007电影，观众观影时便觉得“詹姆斯·邦德在扮演夏洛克·福尔摩斯”，效果倒也不坏。出演这部电影的是摩尔的儿子杰弗里·摩尔，可谓父子共演。（→参照《夏洛克·福尔摩斯在纽约》）

罗纳德·伯特·迪瓦尔

美国的福尔摩斯文献学者（1932—2018年）。他将与福尔摩斯相关的书籍、文献、影像等整理成数目庞大的书刊（名单），功勋卓著。《The World Bibliography of Sherlock Holmes and Dr.Watson》（福尔摩斯与华生博士世界参考书目），《The Universal Sherlock Holmes》（环球夏洛克·福尔摩斯）等，都是调查海外的福尔摩斯文献及仿作的珍贵材料。笔者记得，海外的福迷们说过“在迪瓦尔的文献中找到被遗漏的福尔摩斯研究学时，简直欣喜若狂”，这句话千真万确。笔者收藏的迪瓦尔文献，被各种仿作/戏作盗用。

罗纳德·霍华德

英国演员（1918—1996年），出演过电影《马普尔小姐：命案目睹记》（1961年）等。1954年至1955年，在电视系列剧《名侦探福尔摩斯》（全39集）中，扮演福尔摩斯。扮演华生的是霍华德·马里昂-克劳福德。整体来讲，此剧多为原创情节（即仿作），但也是在原著基础上仿制的情节。在日本，只有福迷才熟悉此剧，近年来由于观众可以购买到价格实惠的DVD，此剧的人气度便直线上升。

罗伯特·圣西蒙

《贵族单身汉案》的委托人，巴尔莫勒尔公爵的次子，准确地说是罗伯特·沃尔辛厄姆·德·维尔·圣西蒙，在往届政府中担任过殖民地事务部副部长。他相貌温文尔雅，一圈花白头发，头顶差不多秃了，整体感觉比实际年龄要老。除了一小块地皮，并无任何私人财产，被迫卖掉父亲巴尔莫勒尔公爵的藏画换钱。他与加州某富豪的千金哈蒂·多兰小姐结婚，新娘却在婚礼当天失踪。他为此而委托福尔摩斯调查。

小罗伯特·唐尼

美国演员，生于1965年，主演过《零下的激情》等多部作品。以《卓别林》中的卓别林一角，入围了奥斯卡最佳男主角奖，并获得英国电影学院奖。他的代表性角色之一，是《钢铁侠》《复仇者联盟》等漫威电影中的托尼·史塔克（钢铁侠）。另一个代表性角色，若说是盖·里奇导演的《大侦探福尔摩斯》(2009年)，以及《诡影游戏》(2011年)中的夏洛克·福尔摩斯怕也不为过。影片上映之前出现过质疑选角不当的声音，而实际上作品呈现给观众的，却是一个全新诠释（当然是基于原著的）的福尔摩斯，并最终俘获了观众的心。他与BBC版《神探夏洛克》的康伯巴奇，二人掀起了21世纪的福尔摩斯风潮。在漫威电影《复仇者联盟3：无限战争》中，二人的携手出演还一度制造过“福尔摩斯撞脸福尔摩斯”的话题。继《诡影游戏》之后系列3的企划尚未取消，目前已宣布将于2021年上映，敬请期待。顺便说一下，小罗伯特·唐尼曾深陷毒品的困扰，并且因携带可卡因而被捕（已戒断）。其实这一点与福尔摩斯是相通的。

罗伯特·诺伯顿

《肖斯科姆别墅》中的出场人物。诺伯顿爵士，肖斯科姆别墅女主人比阿特丽斯·福尔德夫人的弟弟。他是英国最玩命的骑手，曾用马鞭抽打过一位有名的放债人。最近，他将所有身家都押在一匹名为“肖斯科姆王子”的赛马上，王子一旦失利，他的人生就毁了。因觉比阿特丽斯姐弟二人行为古怪，受罗伯特雇佣的一位驯马师前来向福尔摩斯求助。

罗伯特·弗格森

“吸血鬼”的委托人。在伦敦明辛巷，经营着弗格森-缪尔黑德茶叶店。他曾经与华生同在一支橄榄球队，并且还交过手。因为目睹妻子吸食自己的婴儿的血液，而来向福尔摩斯求助。他与前妻另有孩子。

洛伦·D. 埃斯特尔曼

美国推理小说作家，西部小说作家，生于1952年。作家以创作硬派《阿莫斯·沃克》系列，杀手《彼得·麦克林》系列而知名。同时，他还是一位福尔摩斯仿作作家，代表作是将布莱姆·斯托克的《德古拉》与福尔摩斯结合的《福尔摩斯大战吸血鬼德古拉》，以及与史蒂文森《化身博士》结合的《化身博士与福尔摩斯》(*Dr.Jekyll and Mr.Holmes*)。在短篇仿作方面，他创作了《三个幽灵》《华生医生和他太太在家中》《阿拉伯骑士的冒险》《黄金猿的冒险》等。以上短篇收录在《福尔摩斯的危险》(*The Perils of Sherlock Holmes*)中，于2012年出版发行。

伦敦桥

这是伦敦泰晤士河上最古老的桥梁，连接着南沃克自治市高街和伦敦市的威廉王大街。有一首著名的童谣叫作《伦敦桥要塌下来》。发生《歪唇男人》的烟馆，位于伦敦桥东，泰晤士河北岸码头的后面。伦敦桥南岸是伦敦桥车站，福尔摩斯和华生在《希腊译员》《布鲁斯·帕廷顿设计图》中都曾在此车站搭车。著名的景点塔桥容易与伦敦桥混淆。现在已改建成新桥，福尔摩斯时代的古桥移到了美国亚利桑那州，在电视电影《福尔摩斯归来记》中有不少出镜。

《我最亲爱的福尔摩斯》

这是罗哈斯·皮尔斯于1988年发表的仿作。探讨如果福尔摩斯与华生之间不仅有友情，还有爱情的话会如何。如果放在今天的话，大概要划入耽美题材的范畴了。在第一部《绝密搜查》中，处理了《四签名》中涉及的未刊案件（塞西尔·福利斯特太太的“一场家庭纠纷”），第二部《最后一案》中，描述了与莫里亚蒂教授决战的实际情况，这些都善加利用了原著的要素。1991年由柿沼英子翻译成日版，在《小说June》连载（插图绘制坂田靖子）之后，1993年由白泉社发行了单行本。单行本也由坂田靖子绘制封面，但并未收录插图。因此，笔者将杂志连载版剪切保存了下来。这部畅销作品在后来很长时间里处于绝版的状态，直到2015年由Monochrome Romance文库重新发行（装帧、插图山田樱子）。作者罗哈斯·皮尔斯的名字从原来的Rohase Piercy，改成了与之发音相近的Ross Piercy。而命名与此作相近的《我最亲爱的华生》（玛格丽特·P. 布里奇斯）不是其续集，与之也无任何关系。

“华生，研究女人是你的专长”

这是福尔摩斯的著名台词。在《第二块血迹》中，来委托查案的希尔达·特里劳尼·霍普夫人离去时，福尔摩斯对华生说了这么一句之后，又问出“真正的目的是什么？”的话。这是福尔摩斯本身讨厌女性（至少是不喜欢女性）的明证，同时也是揶揄华生容易对女性动心。华生本人也号称“阅尽地球三大陆各国的女性”（《四签名》）。

华生的伤

华生在第二次阿富汗战争中应征入伍，在战场上受了严重的枪伤。但问题是，哪个部位受枪击了呢？在《血字的研究》中，他说“子弹射中了我的肩膀”，在《四签名》中又说“一颗滑膛子弹射中我的腿”。为此，福迷们自发研究起“华生受伤的究竟是哪个部位”这一课题。肩膀、腿、肩膀和腿，以及不可言说的部位等不一而足。BBC版《神探夏洛克》给出了一个解释，即“被击中的是肩膀，但受到创伤后应激障碍的影响，被映射到了腿上”。

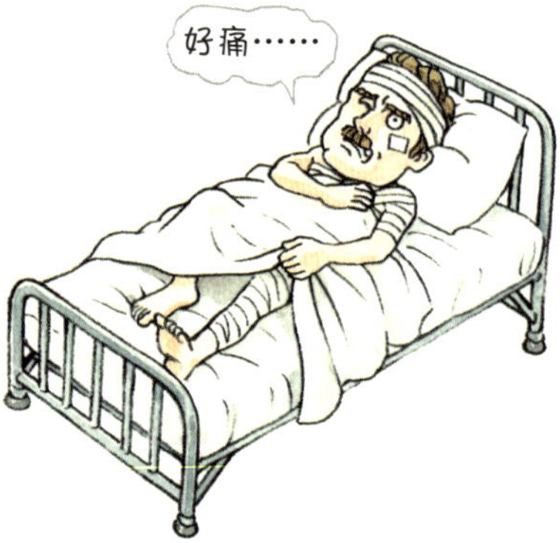

《华生是个女人》

这是雷克斯·斯托特所写的论文，从原著中对华生的动作（比如《空屋》中，华生“晕倒”）和记述论证华生是个女人。而且还论证了如果是女人的话，到底是“妻子”，还是“情妇”。可以说这是福迷的基本套路，摆出一本正经的学术架势开玩笑。朱利安·伍尔夫写了一篇《华生不是个女人》的论文（二者均收录于埃德加·W. 史密斯编的《夏洛克·福尔摩斯读本》中）来反驳。

北原尚彦个人收藏

各国版本的福尔摩斯书籍 ③

本节介绍北原尚彦的第三波个人收藏，包括《血字的研究》在内的各国、各系列的原著版本。与《巴斯克维尔的猎犬》(第101页、第123页)一样，每一个版本都有所属国的风格，体现着各自的时代性，单看封面就很让人赏心悦目。

希伯来语版
《探案》
(1960年)

斯洛文尼亚语版短篇集①
《六座拿破仑半身像》等
(1963年)

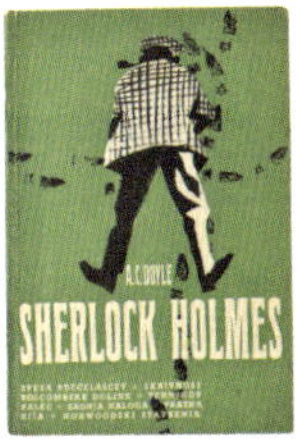

斯洛文尼亚语版短篇集②
《诺伍德的建筑师》等
(1963年)

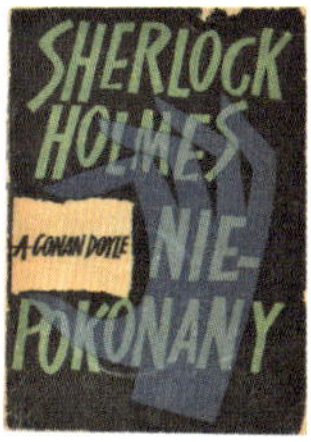

波兰语版短篇集
《格洛里亚·斯科特号三桅帆船》等
(1969年)

波兰语版
(1991年)
※标题是《恐怖谷》，但内容是《血字的研究》

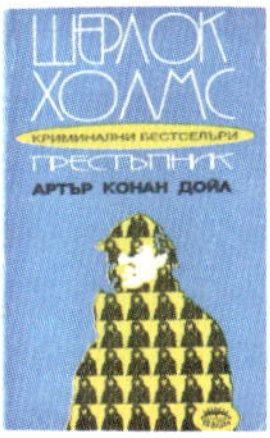

保加利亚语版
《冒险》
(1992年)

匈牙利语版
《血字的研究》
(1993年)

泰米尔语版 作品集
(1997年)

葡萄牙语版
(2002年)
※标题是《回忆》，内容是《致意》

简体中文版儿童读物
《血字的研究》等
(2009年)

韩语版儿童读物
《红圈会》等
(2010年)

芬兰语版
《冒险》
(2014年)

结语

夏洛克·福尔摩斯问世至今已有3个世纪，仍是全球读者心中所爱。近年来，在漫画、动画、儿童读物中，我们看到了各种各样的福尔摩斯，有英俊的福尔摩斯、可爱的福尔摩斯、冷酷的福尔摩斯……各种类型的演员，在电影和电视剧中都扮演过福尔摩斯，每个人眼中都有自己的福尔摩斯，这一点令人感佩不已。

毛毛草工房在本书中绘制的插图，无论如何加工，都未脱离插画家西德尼·佩吉特笔下的福尔摩斯原型。当福尔摩斯故事尚在《斯特兰德》杂志连载时，插画家便将以福尔摩斯为首的角色们栩栩如生地绘制在纸面上，读者从中感受到了当时英国的时代气息。这也成为日后插画绘制强有力的参考。

跟随着绘制本书插图的进程，令人感佩更深的是，原著作者柯南·道尔竟能创造出如此丰富多样的角色。

其中必须提到的是莫里亚蒂教授，他外观上“满头银发，瘦骨嶙峋”“其实是个力量型选手”，用今天的话说是“反差萌”。“身材肥短，满脸堆笑的米尔沃顿”“系着粉色领带的可怕拳击手”“打扮过度的管家”等，各种画在纸上让人兴奋，外观上充满冲击力的人物逐个登场，读者再次被柯南·道尔创造出的福尔摩斯的世界所吸引。

最后请允许我们向将插图绘制全权交到我们手中的北原尚彦老师，给予我们细致关照的吉田朋子老师、神田贤人老师，设计师熊谷昭典老师及所有工作人员，为插图文字进行校对的明山以郎老师致以衷心的感谢。能够加入全书的创作团队，我们深感光荣。衷心感谢各位出色的表现。

毛毛草工房

作者介绍

北原尚彦，作家、翻译家、福尔摩斯研究家，生于1962年，毕业于青山学院大学理工学部。著有小说《约翰，去全裸会吧》等。凭借《收集福尔摩斯》入围日本推理作家协会奖。译作有金·纽曼的《莫里亚蒂秘闻》等。著有随笔《福尔摩斯秘藏宝物研究》等。编著《福尔摩斯古典事件帖》等。

毛毛草工房，1999年9月9日成立的二人组漫画绘制团队。曾为《神探可伦坡调查全录》《金田一耕助调查全录》《福尔摩斯解读全录》（宝岛社），《福尔摩斯130》《神探可伦坡播出50周年纪念》（NHK网站）绘制插画，以及为舞台剧《爱与哀愁的福尔摩斯》创作宣传插画等。

图书在版编目（CIP）数据

图解夏洛克·福尔摩斯关键词／（日）北原尚彦著；（日）毛毛草工房绘；方宓译．—武汉：华中科技大学出版社，2022.3

ISBN 978-7-5680-7828-3

Ⅰ.①图… Ⅱ.①北… ②毛… ③方… Ⅲ.①侦探小说－小说研究－英国－现代 Ⅳ.①I561.074

中国版本图书馆CIP数据核字（2022）第002012号

图解夏洛克·福尔摩斯关键词
Tujie Xialuoke Fuermosi Guanjianci

[日] 北原 尚彦 著
[日] 毛毛草工房 绘
方宓 译

出版发行：华中科技大学出版社（中国·武汉）　电话：（027）81321913
华中科技大学出版社有限责任公司艺术分公司　（010）67326910-6023
出 版 人：阮海洪

责任编辑：莽　昱　康　晨
责任监印：赵　月　郑红红　封面设计：邱　宏

制　　作：北京博逸文化传播有限公司
印　　刷：北京汇瑞嘉合文化发展有限公司
开　　本：889mm × 635mm　1/32
印　　张：6
字　　数：140千字
版　　次：2022年3月第1版第1次印刷
定　　价：79.80元

华中出版

本书若有印装质量问题，请向出版社营销中心调换
全国免费服务热线：400-6679-118　竭诚为您服务